JA

銀河乞食軍団　黎明篇②

葡萄山《ぶどうやま》司令部、陥落!?

鷹見一幸・著／野田昌宏・原案

早川書房

6517

図版イラスト：鷲尾直広

本書は野田昌宏氏の原案をもとに、なぜムックホッファとロケ松が東銀河連邦宇宙軍を退役し、〈銀河乞食軍団〉こと星海企業をたちあげることになったのか、その誕生秘話を描いた作品である。

目次

蒼橋《あおのはし》星系概念図

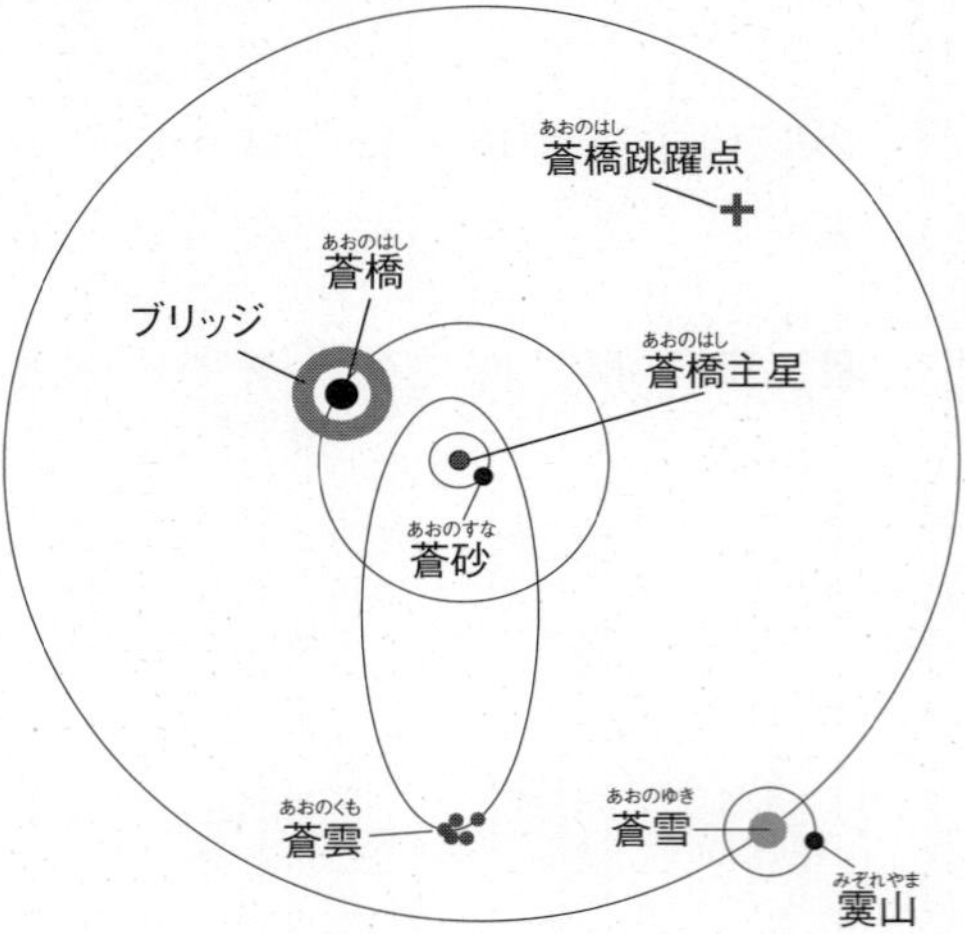

ブリッジ概念図

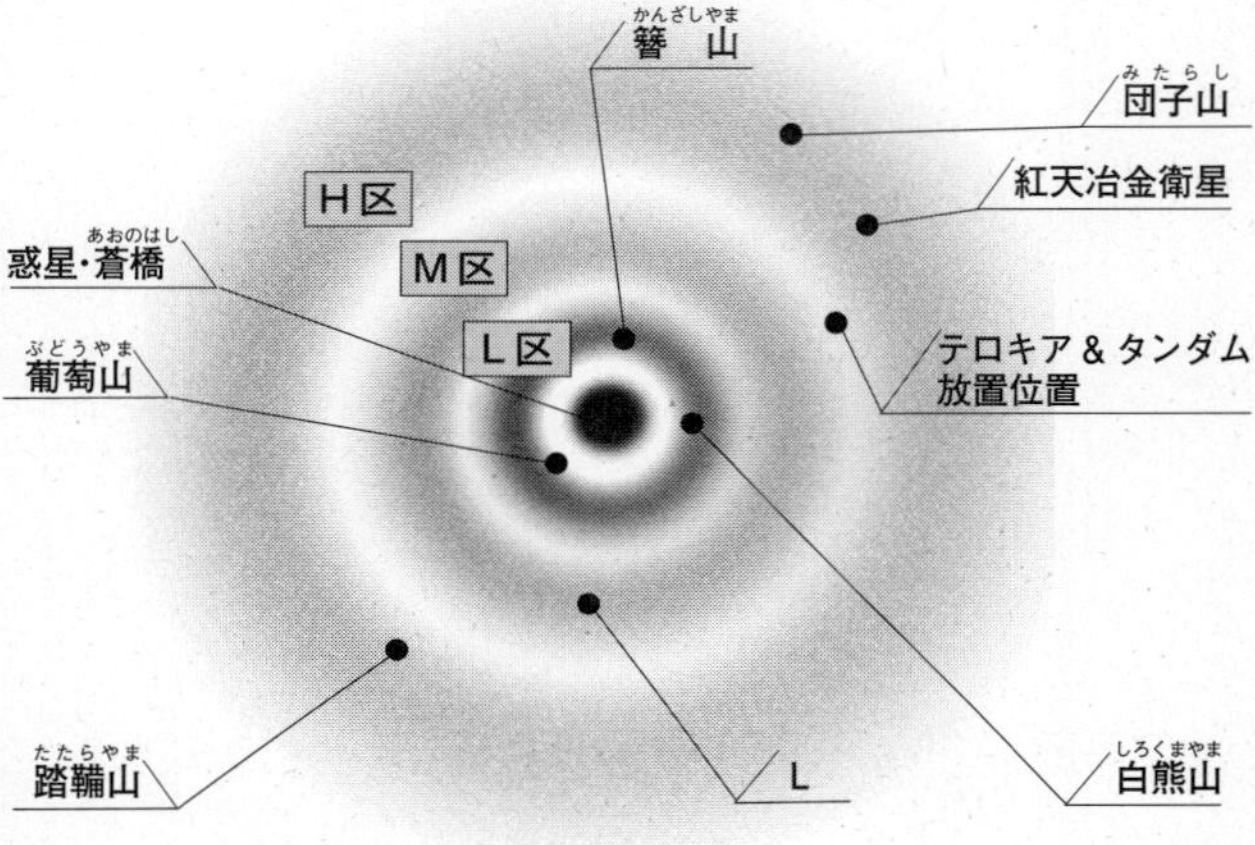

簪山《かんざしやま》（蒼宙市《あおぞらし》）

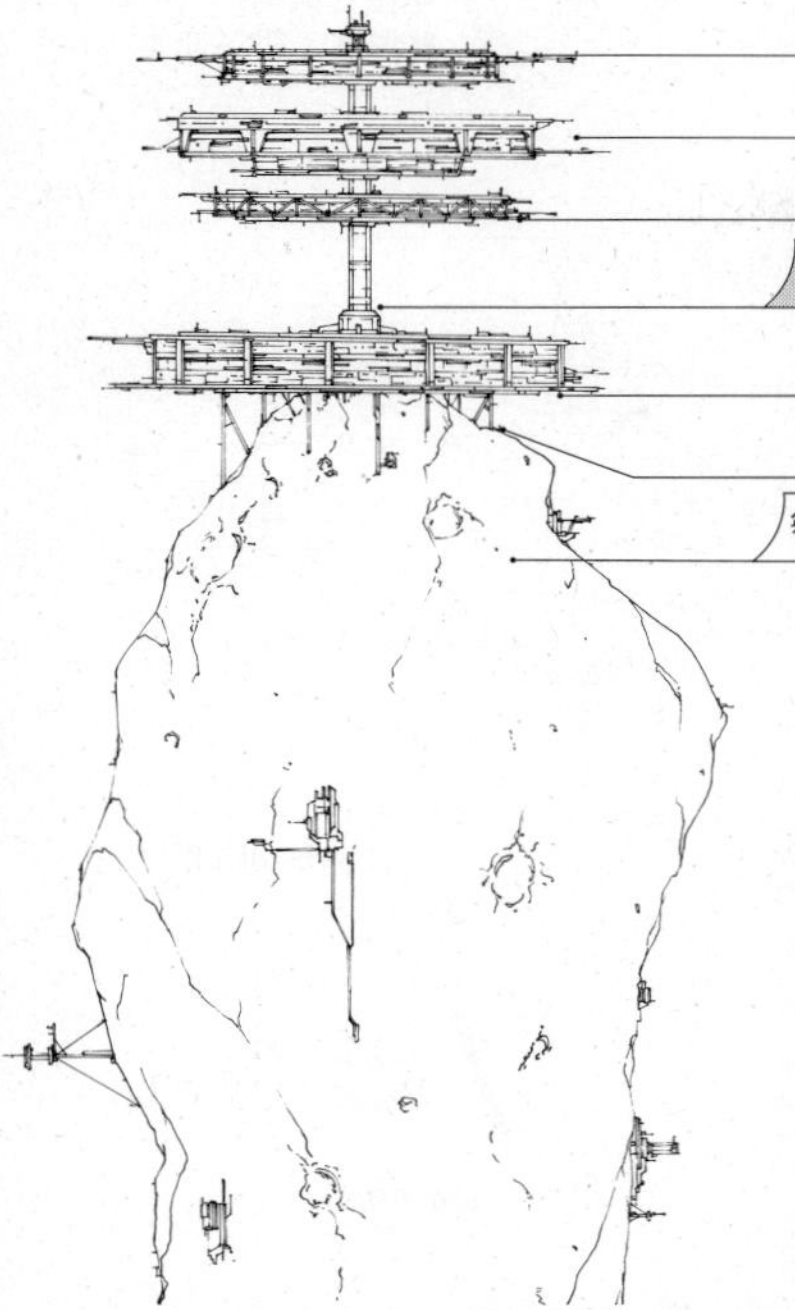

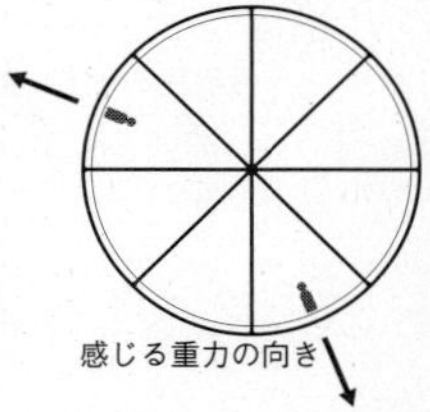

ロビーを真上から見た図
（埠頭と簪山の小惑星部分は省略）

※ 埠頭部分は円盤構造だが、回転していない。（無重力）
※ 中央シャフトが、そのまま簪山（小惑星）を貫いている。
※ 簪山は自転している。内部はくりぬかれていて、内部が居住区画になっている。一番外側の居住リングで、1G になる。
※ 埠頭から中央シャフトで接続されたロビーは、円筒形の構造で、簪山に同期して回転している。1G。
※ 埠頭からは中央シャフトのリフトでロビー部分まで移動。（無重力から微小重力）
その後、スポークのリフトに乗り換えて、円筒の一番外側へ。（微小重力から 1G）
ロビーから簪山へは回転が同期しているのでリフトでそのまま移動。（1G のまま）

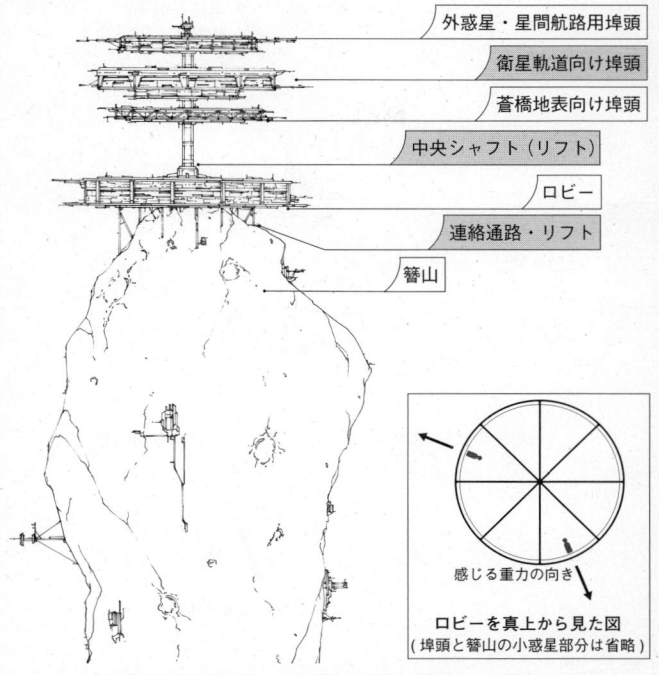

全長 240m
総質量 12,000 t

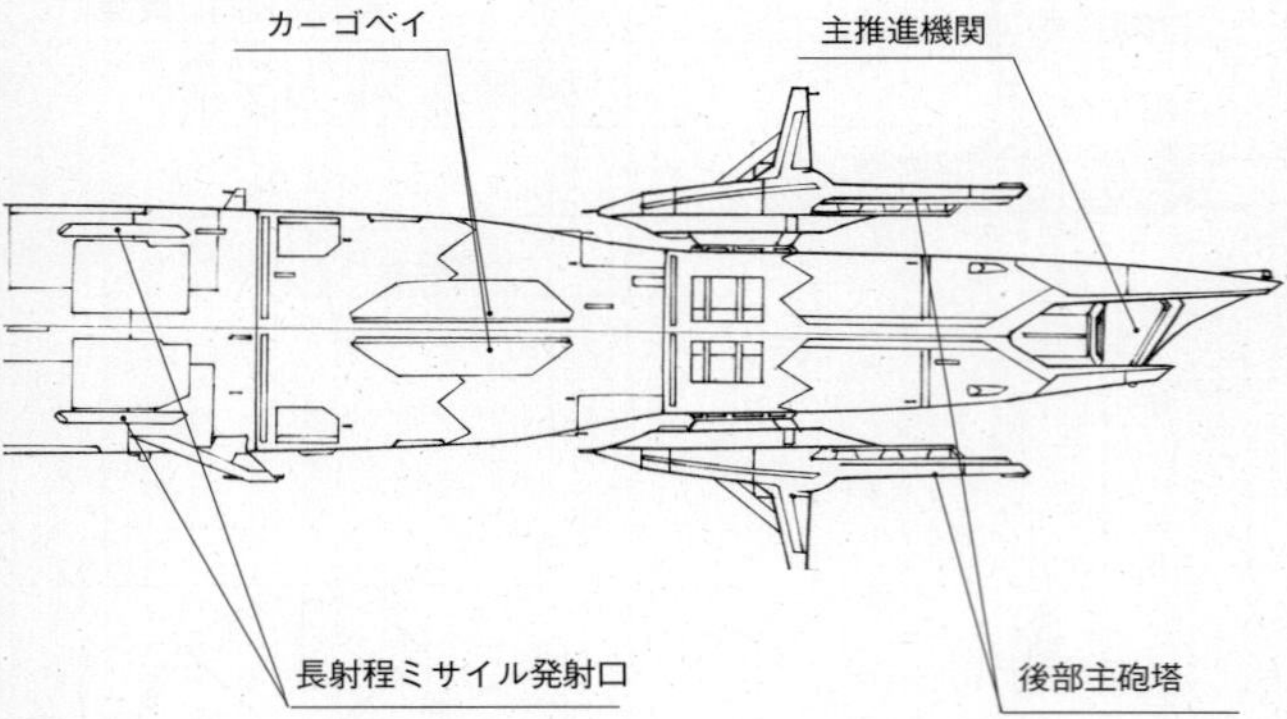

全長 260m
総質量 16,000 t

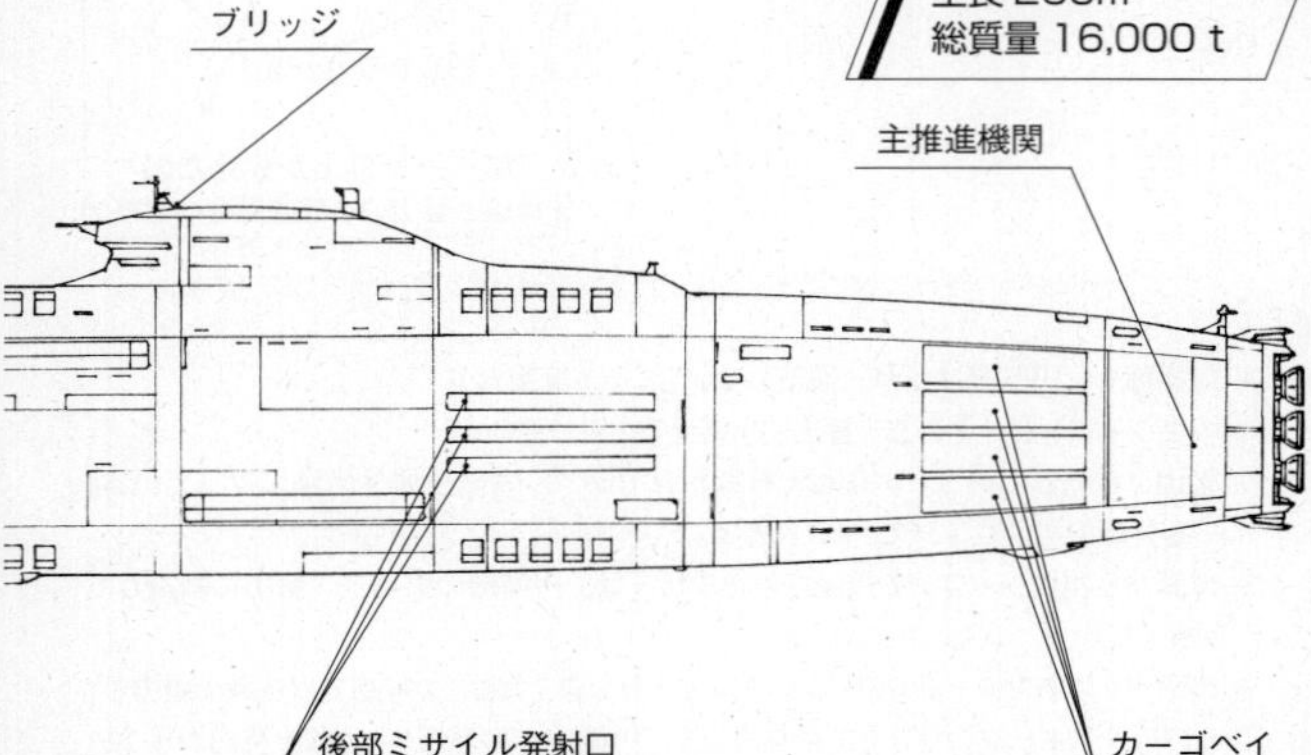

紅天星系軍軽巡航艦

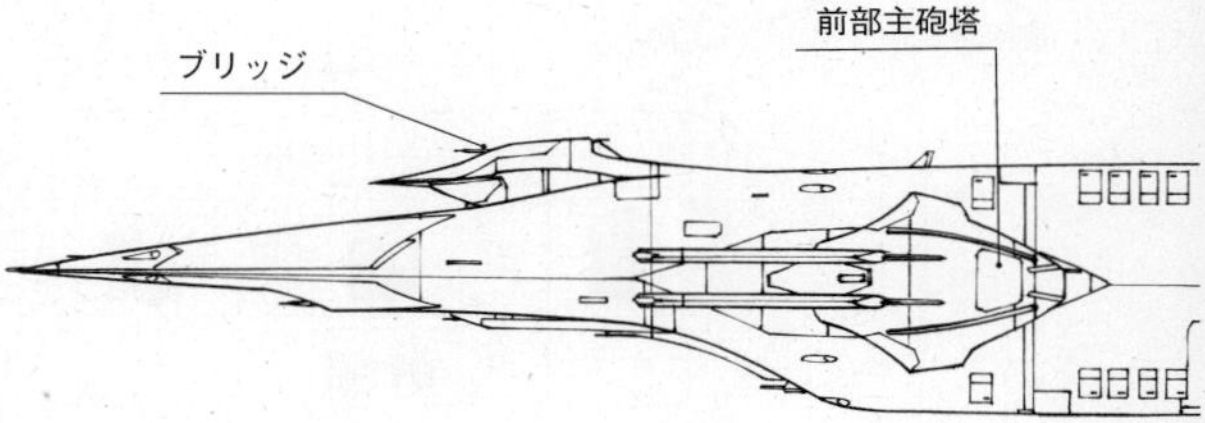

東銀河連邦軍軽巡航艦

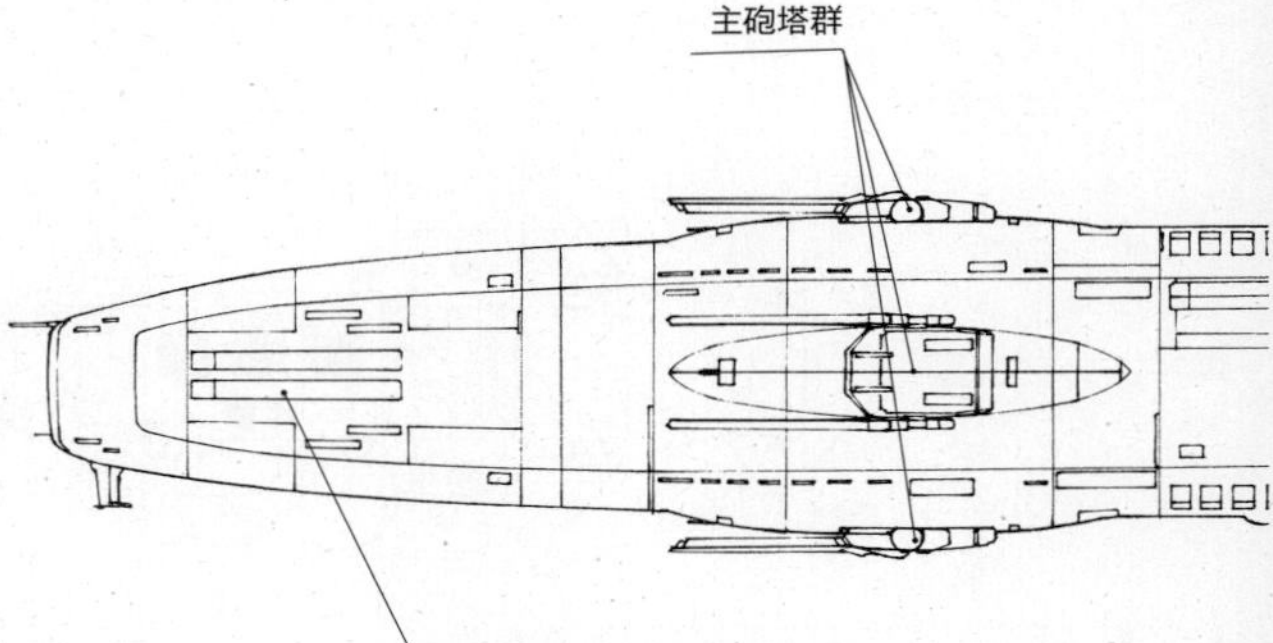

採鉱艇〈車曳き〉仕様

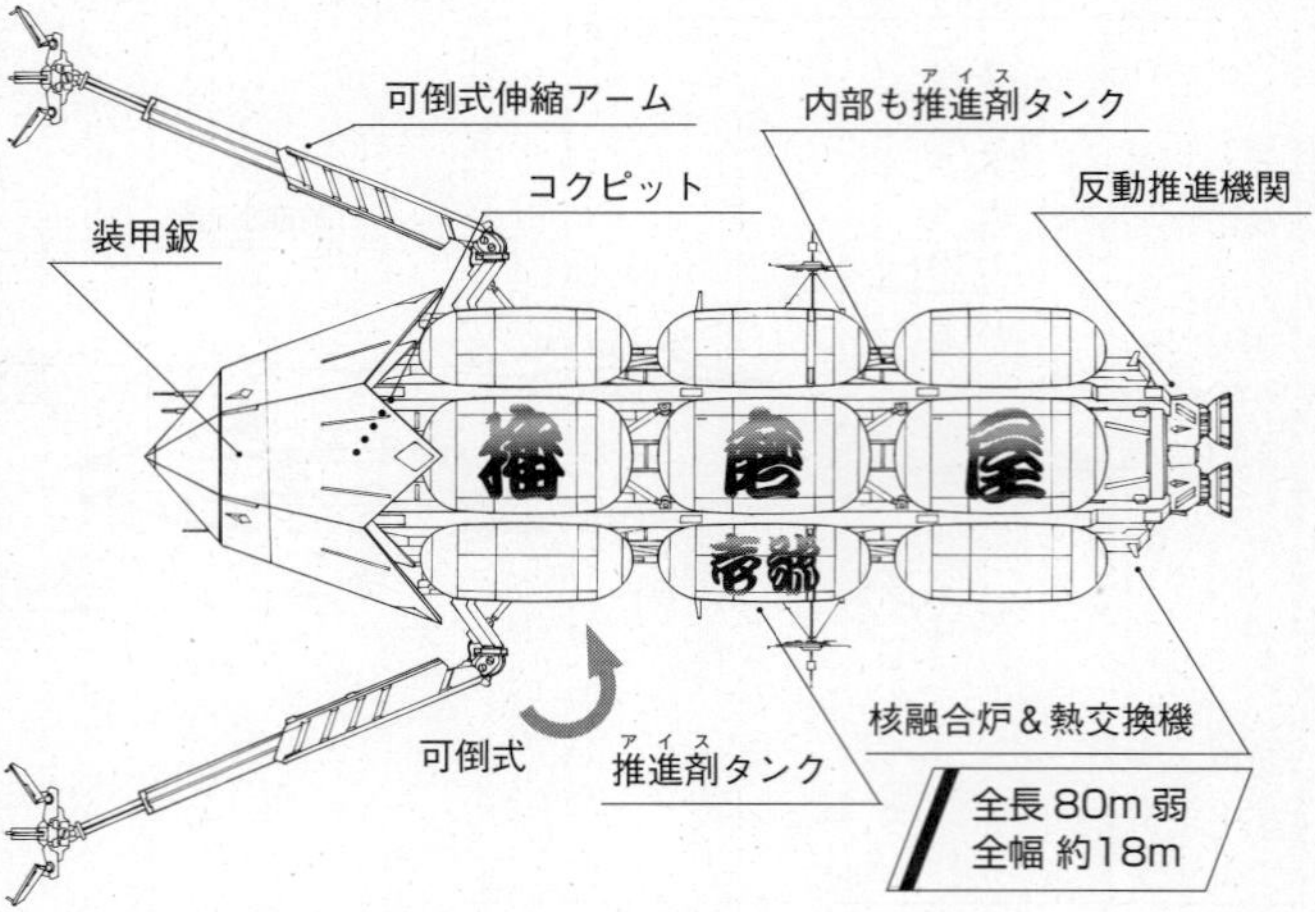

採鉱艇〈露払い〉仕様

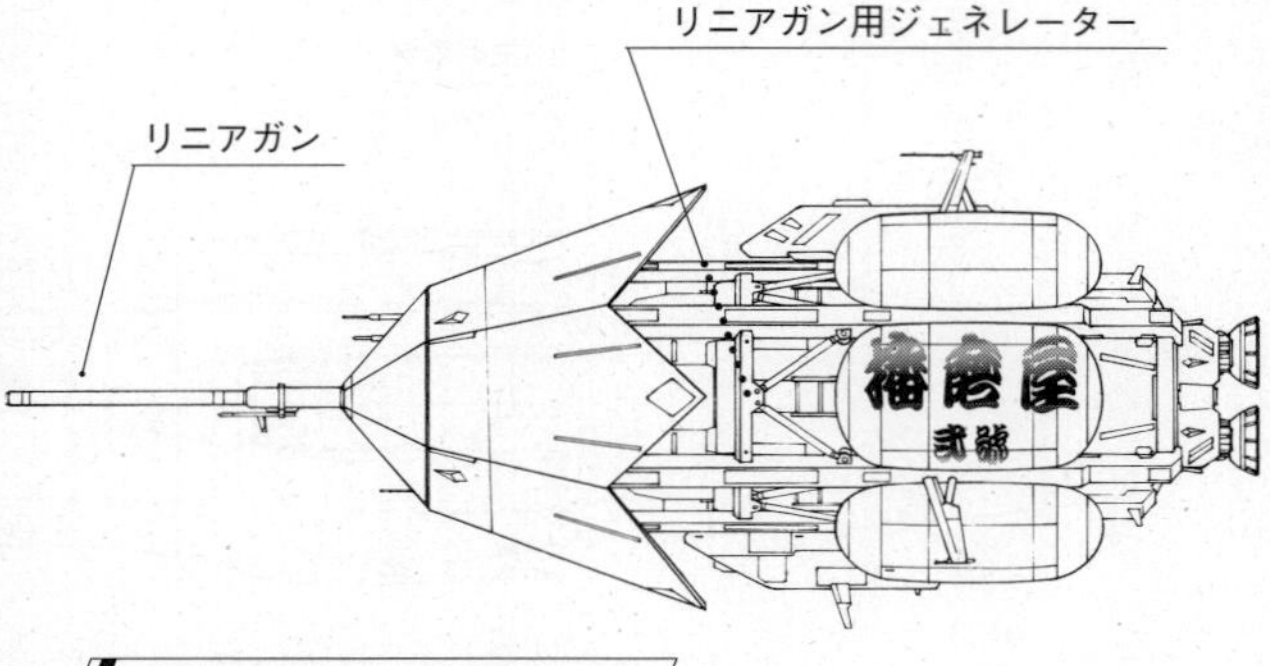

全長 約35m（リニアガン除く）
全幅 約18m

採鉱艇〈発破屋〉仕様

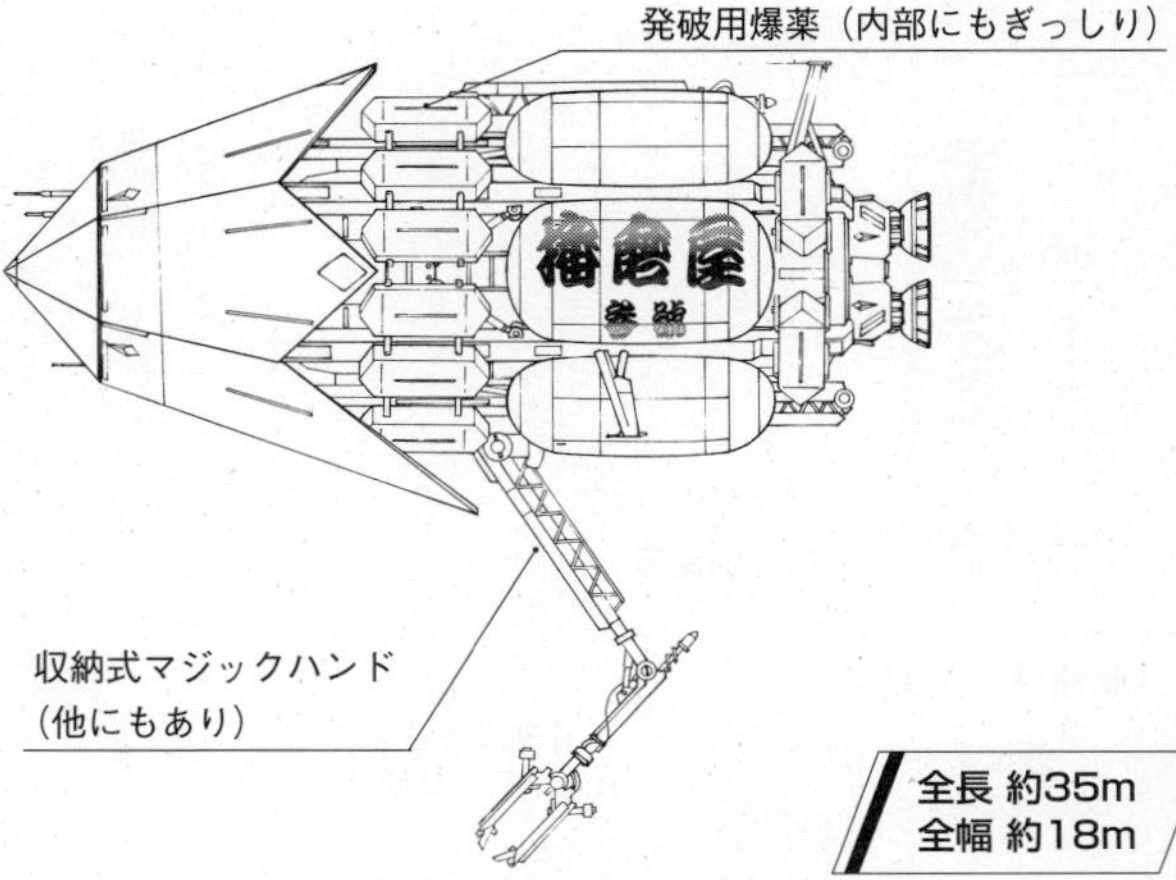

採鉱艇〈旗士〉仕様

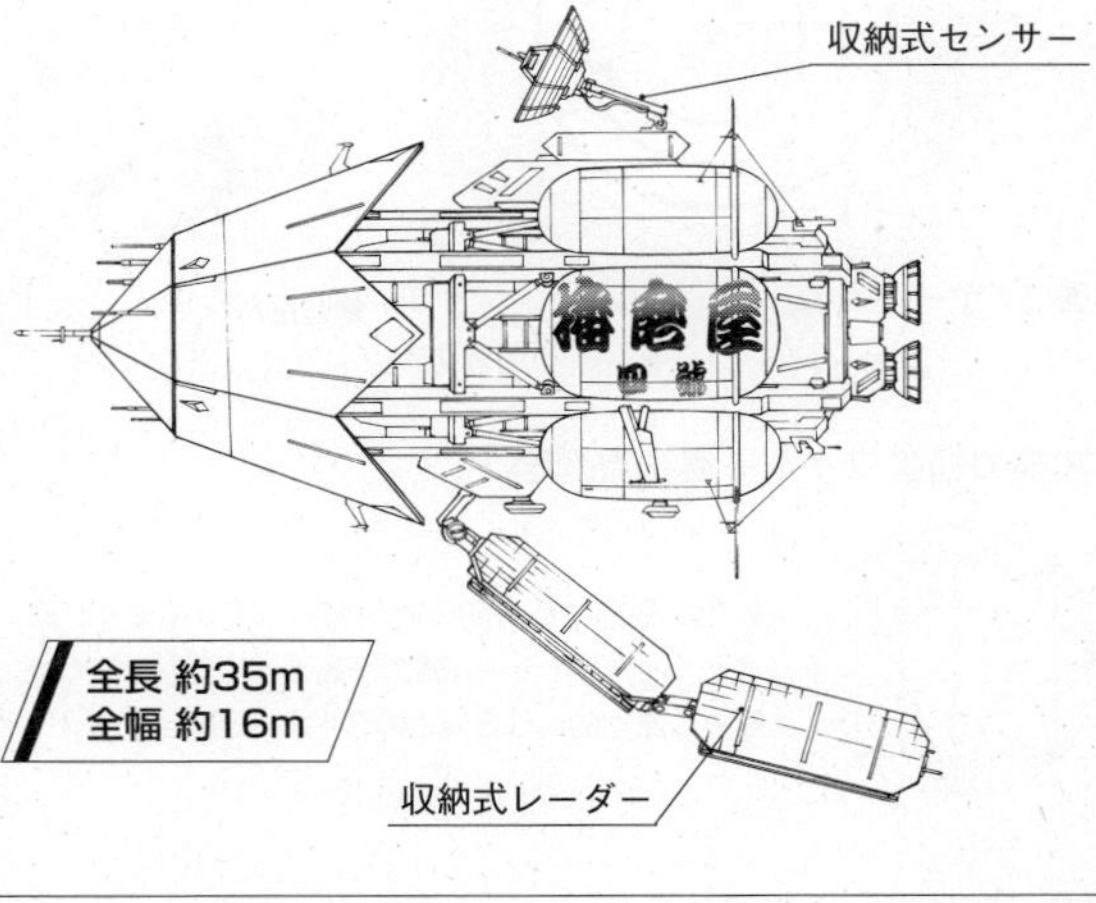

鍛造衛星サイクロプスⅣ

●外観

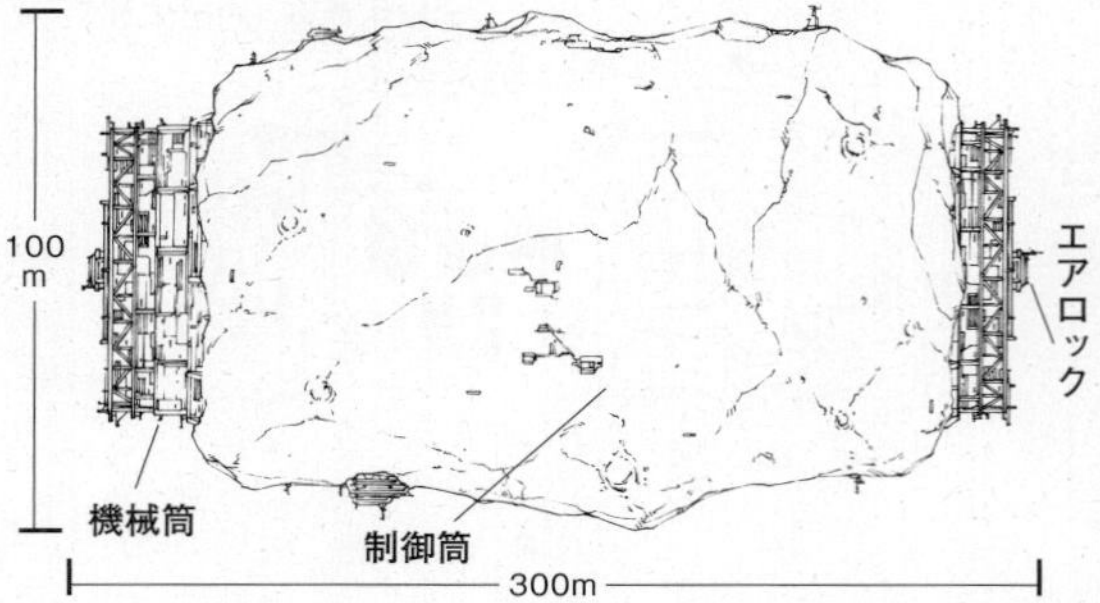

●機械筒断面図

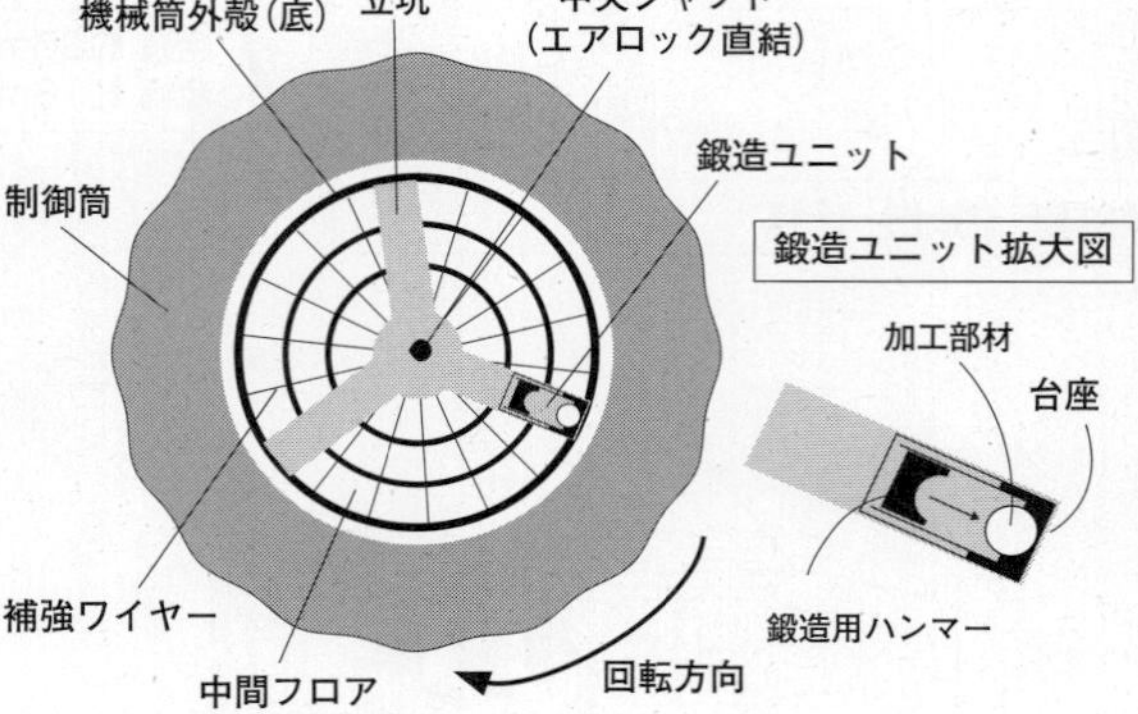

●実際の補強ワイヤー展張概念図

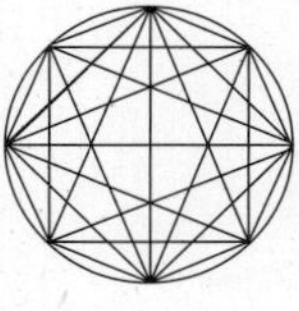

外殻が変形する方向に力が加わってワイヤーが緩むと、他のワイヤーの張力が高まって変形を防ぐ仕組み。原理的には自転車のスポークと同じ。

葡萄山《ぶどうやま》司令部、陥落!?

登場人物

●〈蒼橋《あおのはし》〉星系

播磨屋源治……………………………播磨屋一家の八代目大将。車曳き。
《播磨屋壱號》。蒼橋義勇軍中佐
大和屋小雪……………………………同ナビゲーター。同大尉
成田屋甚平……………………………露払い。《播磨屋弐號》。同大尉
音羽屋忠信……………………………発破屋。《播磨屋参號》。同少佐
滝乃屋昇介……………………………旗士。《播磨屋四號》。同中尉
ロイス・クレイン……………………星湖トリビューン蒼橋特派員
滝乃屋仁左衛門………………………御隠居。蒼橋義勇軍司令長官
アントン・シュナイダー……………蒼橋義勇軍参謀長
ムスタファ・カマル…………………蒼橋評議会主席
和尚……………………………………葡萄山細石寺の住職
沙良……………………………………蒼橋中級軌道実技学校生徒
越後屋景清……………………………車曳き。蒼橋義勇軍少佐
生駒屋辰美……………………………露払い。同大尉
番匠屋豊聡……………………………宇宙鳶・阿亀組の頭
石動健二………………………………ＡＴＴ（蒼橋電信電話会社）管制長
エア・宮城
仙崎信雄 ｝……………………………同エンジニア

●東銀河連邦宇宙軍

アルベルト・キッチナー……………中将。蒼橋平和維持艦隊司令長官
ジェリコ・ムックホッファ…………准将。第一〇八任務部隊司令官
熊倉松五郎……………………………機関大尉。通称〝ロケ松〟

●紅天星系軍蒼橋派遣艦隊

アンゼルナイヒ………………………中将。蒼橋派遣艦隊司令官
ラミレス………………………………中佐。軽巡航艦《テロキア》艦長
ラルストン……………………………少佐。同海兵隊機動スーツ部隊長

1　承　前

「で、結局どうなったのかね？」

ＥＭＰ（Electro Magnetic Pals 電磁パルス）の影響で〈蒼橋〉全体の通信網が途絶する中、やっと通じた緊急無線で開口一番そう訊《たず》ねたのは、蒼橋《あおのはし》評議会のムスタファ・カマル主席だった。

それを受けた〝葡萄山《ぶどうやま》〟ＣＩＣ（Combat Information Center 戦闘指揮所）の蒼橋義勇軍司令長官、滝乃屋仁左《たきのやにざ》衛門《えもん》が首を振りながら答える。

「どうもこうもありませんや。四つ残った〝天邪鬼《アマンジヤク》〟の二つを〝踏鞴山《たたらやま》〟のビーム砲が落とした直後に、急造の磁場発生器《ジェネレーター》がリークして、ＥＭＰが起きちまったんでさ」

それを聞いた主席は唖然とした。

「発生源はやはり〝踏鞴山《たたらやま》〟か！」

「……申しわけありません。まさかあんなことになるとは……」

「いや、起きてしまったことは仕方ない。ATT（蒼橋電信電話会社）からも、影響は大きいがすでにシステムの自動復旧が始まったと聞いているから、今はその話はいい。それより問題はそのビーム砲だ。凄い威力なのは見せてもらったが、あんなものがあるという話は聞いてなかったぞ」

「あれは……鹵獲《ろかく》した〈紅天《こうてん》〉の軽巡航艦から取り外したやつでしてね。撃てるかどうかやってみるまで分からなかったんで、秘密にしてあったんでさ。黙っていたことは謝ります」

聞くうちに落ち着きを取り戻したらしい主席が、考えるように口を開く。

「そうか……あの軽巡航艦からか……しかし、よく撃てたものだ」

「〝踏鞴山《たたらやま》〟の連中の功績です。後で褒めてやってください」

「それはもちろんだが……ではそのビーム砲で〝天邪鬼《アマンジャク》〟は全部落とせたんだな？」

そう聞かれて司令長官は少し言い淀んだ。

「それなんですが……今この通信を聞いているのは主席だけですかい？」

声が低い。主席は思わず自分のマイクを手でふさぐと周囲をさりげなく見まわした。

評議会の緊急対策本部に詰めているほかのメンバーは、被害状況確認と回復指示に忙殺されていて、こちらに注意するものはいないようだ。念のためにほかに通信をモニターしている者がいないかどうかも確認して、主席は口を開いた。

「大丈夫だ。今はそんな余裕はない」

「分かりやした。いま言ったとおり、〝天邪鬼《アマンジャク》〟を二個落としたところでEMPが発生したんで、全部は落とせなかったんでさぁ」

とたんに主席の声音が変わる。

「何？　じゃあ〝踏鞴山《たたらやま》〟は……」

それにかぶせるように御隠居司令長官が告げる。

「大丈夫ですぜ。残りは騎兵隊が落としてくれました」

一瞬何のことだという様子の主席だったが、すぐに思い至った様子で返す。

「……騎兵隊？——連邦宇宙軍か！」

「ええ。連中は軽巡航艦二隻を先行させて、減速をいっさいしない最大戦速のまま〝天邪《アマンジ》鬼《ヤク》〟を撃破しやがったんです」

今度こそ主席は絶句した。

「……減速しないで？　それは……」

主席が驚嘆したのも無理はない。〝踏鞴山《たたらやま》〟の臨時砲台が、自分に向かって一直線に迫って来る目標を撃破したのとは次元が違う話だ。

軽巡航艦の最大戦速は秒速数百キロを超えるだろう。その速度のまま直径一〇メートル程度しかない〝天邪鬼《アマンジャク》〟を、すれ違いざまにピンポイントで撃破するというのは神業の域を通り越している。

「ええ、とんでもねぇ錬度でさぁ。あんな連中に本気出された日にゃあ、蒼橋義勇軍なんて蟷螂《とうろう》の斧《おの》どころじゃねぇ」

「たしかにそのとおりだ。正面切って戦えるとは元から考えていなかったが、今の話を聞いて肝《きも》が冷えた。これは敵にまわすわけにはいかんな」

司令長官にも異議はない。

「おっしゃるとおりで。あれだけの腕を見せられちゃあどうしようもねぇ。ここは仕切り直すよりありませんぜ」

「……そうだな。最初考えていた手は没にするしかない。なるべく弱味は見せたくなかったんだが――こうなっては〈紅天〉と連邦を等距離に置いて駆け引きするわけにはいかん」

「それなんですが……」と御隠居司令長官は再び言い淀んだ。

「どうしたね？　ほかにも何か？」

そう主席に促されて司令長官は重い口を開いた。

「先ほど〝天邪鬼《アマンジャク》〟を落とした連邦宇宙軍のムックホッファ准将から連絡があったんですが……」

「ムックホッファ准将？　彼が功績を盾に何か無理難題を言って来たのかね？」

御隠居司令長官の答は主席の予想を超えていた。

「いえ、無理難題には違いないんですが……最後の二個を落としたのも蒼橋義勇軍だということにして欲しいと……」

「何だって？」

「連中が〝天邪鬼《アマンジャク》〟を落としたのに気付いたのは、ＥＭＰ耐性のあった蒼橋警察軍《けいさつ》の哨戒艦だけです。まだ通信網は完全に回復はしてませんから、今のうちに口止めすればできねぇ話じゃねぇんですが……」

「それは……」

どう答えていいかどうか迷った主席が再び絶句する。

「せっかくビーム砲を撃てるところまでいったんだから、予備の砲身もあったことにすればいい。連邦宇宙軍は黒子に徹する――と言うんですがね」

「ふむ……」

そう説明されて、主席は考え込んだ。

――確かに蒼橋義勇軍が〝天邪鬼《アマンジャク》〟の最後の四個を全部ビーム砲で撃破したことにすれば、義勇軍と評議会への支持は高まるし、さらに予備砲身の準備もあったということにすれば紅天艦隊への強力な牽制になるのは事実だ。

紅蒼相互安全保障条約によって遠距離兵器の所持を禁止されていた〈蒼橋〉がビーム砲

を戦力化しているとなれば〈紅天〉の思惑は外れるし、今後の交渉で優位に立てる可能性が出てくる。

その一方で連邦宇宙軍は腕の冴えを見せた上で、その功績を譲ると言う。黒子に徹すると言った以上、自分から公表する意図はないと見るべきだろう。

しかも連邦宇宙軍には、この後に続く〝天邪鬼《アマンジャク》〟の迎撃にも協力してもらわねばならない。それを見越しての申し入れだとすれば……。

「連邦宇宙軍は、今後の交渉で〈蒼橋〉サイドに立つことも吝《やぶさ》かではない――という意思表示だということかね？」

主席の言葉に司令長官は無言で頷き、音声通信だったことに気付いて慌てて言い直した。

「そういうことだろうと思いますぜ。ビーム砲二発で〈蒼橋〉を取り込めれば、連邦としては願ってもない話だ。こちらとしても後ろ盾があれば〈紅天〉との交渉もやりやすい。違いますか？」

司令長官の返答は予想していたとおりだったが、それゆえに主席は改めて考え込んだ。

――准将の申し入れは一見すると好意に見えるが、海千山千の彼らが単純に〈蒼橋〉への好意だけで動いていると考えるのは浅薄にすぎるだろう。平和維持艦隊の目的はこの紛争を収めることであって、〈蒼橋〉に有利に解決することではないからだ。

それにここで性急に連邦の思惑に乗って距離を詰めてしまえば、ほかの選択肢が消えてしまう。事は〈蒼橋〉だけの問題ではない以上、ここで先走るわけにはいかない。それに――いくら美辞麗句で飾り立てても嘘は嘘だ。いずれ露見する時が来る。政治に嘘は付き物だが、それに慣れてしまえば道を誤る……。

そこまで考えて主席は口を開いた。

「たしかにそのとおりではあるが、わたしはまだその時期ではないと見る。好意は好意として受け取って、事実は事実として公表すべきだろうな」

それを聞いた司令長官は声を出さずに破顔した。

「さすがは主席だ。タダより高いものはないってぇ言葉もあります。まだ戦争《ドンパチ》は始まったばかりなのに、ここで引け目を感じるような真似をしたらあとあと面倒なことになるかもしれねぇ」

言われて主席も声を抑えて笑った。

「何だ。御隠居も考えは同じかね。だったら最初からそう言えばいいものを」

御隠居司令長官は澄まして答えた。

「何、軍人は助言するけれど、決定には口を挟まねぇってのが〝しびりあんこんとろーる〟ってやつでしょう。俄作《にわかづく》りの司令長官でもそのくらいは承知してまさぁ」

そう事もなげに言われて、カマル主席は思わず表情を引き締めた。

「分かった。こっちの責任は重大ということだな。准将にはこちらから返事をしておく。

今後も助言をよろしく頼む」

「了解《ラジャー》」

そう返してヘッドセットを外した滝乃屋司令長官が向き直った時――。

「で、結局どうなりました」

と声をかけたのは、背後で待ち構えていた蒼橋義勇軍のアントン・シュナイダー参謀長だった。

「どうもこうもあるけぇ。今の主席の話を聞いてたんだろう?」

「いえ、司令長官はヘッドセットを使ってらしたんで……」

「おっといけねぇ、うっかりしてたぜ」

そう言ってつるりと額をなでた司令長官は、改めて主席との会話内容を参謀長に伝えた。

〝葡萄山《ぶどうやま》〟CICのこの一角には遮音スクリーンが張られているから、ほかのスタッフに会話が漏れる気遣いはない。

「なるほど。准将からの申し入れは断るわけですね?」

そう応えた参謀長に、司令長官はニヤリと笑って答えた。

「親爺《おやじ》らしくもねぇ言いぐさだぜ。連中《きへいたい》は黒子に徹すると言ってるんだろう? だったらこっちがそれを無視するわけにゃあいかねぇよ」

「え？」

目をぱちくりさせる参謀長に司令長官は言葉を継いだ。

「そうだな。発表は――蒼橋義勇軍が最後に残った〝天邪鬼《アマンジャク》〟を〈紅天〉から奪ったビーム砲で撃破中にEMPが発生。これにより〈蒼橋〉の通信網は多大の損害をこうむったが、EMP収束後、すべての〝天邪鬼《アマンジャク》〟は撃破済みであることが確認された――てなところでどうだ？」

参謀長はあまりのことに呆然とした。たしかに嘘は言っていないが、事実も言っていない。これを聞いた〈蒼橋〉市民は、蒼橋義勇軍が〝天邪鬼《アマンジャク》〟を全部落としたと思うだろう。

そう訊ねる参謀長に司令長官は答えた。

「どう受け取るかは受け取る人しだいってぇことだが……どうやら納得してねぇみてぇだな」

そう聞き返された参謀長は憤然として返した。

「当たり前です。司令長官は〝嘘はつくな〟とおっしゃったはずです。これは嘘より悪い」

「おれは嘘はつくなとは言ったが、悪いことをするなとは言ってねぇぜ」

司令長官にあっさり言われて、参謀長は絶句した。

「……そんな無茶な……」

「無茶でも何でも、戦争《ドンパチ》やるならそのくれぇは覚悟しとくもんだ。おまえさんもいつも言ってるだろう」

「おれが？　何の話です？」

「秘密ってのは、秘密にしたとたんに漏れ出すもんだ――ってやつさ。これから通信網が回復して来りゃあ、目撃者は哨戒艦のほかにも一杯《いっぺぇ》出てくる。そいつら全部に口止めはできねぇんだから、功績を譲ってもらっても意味はねぇ。いずれ嘘はバレる――とはいえ、この〝天邪鬼《アマンジャク》〟騒動が収束するまでは連邦に頼る以外手はねぇから、申し入れを無下に断わるわけにもいかねぇのさ」

そう言われて参謀長は考え込んだ。

「――だからこの、嘘ではないが真実でもない公式発表ということですか？」

「ああ。この件については当面だんまりでいく。〈蒼橋〉の世論や〈紅天〉がどう読むかが見えれば、めっけものというやつだな。

そんなことより、今は後続の〝天邪鬼《アマンジャク》〟の相手をするのが先だ。作業艇の集合状況はどうだ？」

御隠居司令長官にそう言われて、親爺参謀長が不承不承データを繰り始めた頃――。

「で、結局どうなったんです？」

連邦宇宙軍第一〇八任務部隊旗艦《プロテウス》のCICでそう訊ねたのは参謀長のアフメド中佐だった。

減速なしで〈蒼橋〉をフライバイした二隻の軽巡航艦は、〝天邪鬼《アマンジャク》〟を撃ち落とした後で減速、次に予定されている迎撃のために新しい軌道に遷移しつつある。

蒼橋評議会からの高次空間通信《HDSN》を読み終えた司令官のムックホッファ准将が顔を上げ、苦笑する。

「どうもこうもないな。〝天邪鬼《アマンジャク》〟迎撃の手並みに感服す。助力には深甚の謝意を表し、相応の謝礼を準備する。なお、当方は他人の功績を横取りするつもりはない――と言って来た」

「それは……〈蒼橋〉もずいぶん強欲ですね」

そう中佐に言われて、准将は表情をゆるめた。

「ああ、ここで〈蒼橋〉に重ねて恩を売るつもりでいたが、そうは問屋が卸《おろ》さなかったわけだ――というわけでこれを見てくれ、いま入った情報だ」

そう言われて准将のコンソールを覗き込んだ中佐の表情が変わる。

「これは……蒼橋義勇軍の公式発表ですね？……うわ、こう来たか」

その表情を見ていた准将が微笑《ほほえ》む。

「どうだ、なかなかやるだろう？」

「ええ、嘘はついていないが、事実を全部明らかにしてもいない。これはわれわれからいったん距離をおくという意思表示ですね」

「ああ、間違いない。迎撃の功績を自分のものにしていれば、真相が明らかになった時に蒼橋義勇軍は信を失うだけでなく、最初から連邦と結託していたんではないかと疑われる。それを避けたと見るべきだろう。

　功績を譲るという提案に飛びついて来れば、その弱味を握って彼らを深みに嵌《は》め、われ《連》われ《邦》と一蓮托生にしようという思惑もあったんだが――見事に失敗したよ」

「なるほど。まぁ、これからの対〈紅天〉交渉を考えれば、今の時点で関係者にそういう疑問を抱かせるのはいかにもまずいですからね」

「つまり、〈蒼橋〉の指導層は先見の明があるが、自分たち以外の関係者の意向は無視できないということだな」

「え？　関係者？」

　自分が何気なく言った言葉を准将に再提示されて、中佐はぽかんとした。

「考えてみたまえ。〈蒼橋〉と〈紅天〉、それにわれ《連》われ《邦》だけが関係者なら、こんな悠長な真似はせずに、最初からわれ《連》われ《邦》の助力によって〝天邪鬼《アマンジャク》〟迎撃に成功したと発表すればいい。

　どうせわれ《連》われ《邦》はこれから後続のＩＯ《Irregular Object》迎撃に参加するんだし、それを隠すわけにはいかないだろう？」

「たしかに、四〇隻もの艦隊による迎撃を隠蔽はできません」

「ならば、最初の迎撃についても助力を受けたと言えば済む話だ。だが、真相は公表されなかった。なぜだと思う？」

　少し考えた中佐は口を開いた。

「要請の有無――ということですか？」

「そうなるな」頷いた准将は言葉を継いだ。

「後続のＩＯ迎撃は〝こちらの手が足りないから助力を頼む〟という話だった。だが最初の二個は別に要請されてはいない。言ってみればわれわれ《連邦》が勝手にやったことだ」

「つまりわれわれ《連邦》は、自発的に〈蒼橋〉サイドに立って行動した……」

「そのとおり。実際には人道支援の範疇だが、外から見ればそういうことになってしまうわけだ。そうなれば〈紅天〉は反発するだろうが、われわれ《連邦》が〈蒼橋〉の後ろ盾になっている証拠を見せつける形になり、今後の交渉は〈蒼橋〉優位に運ぶだろう」

　准将の言葉を中佐が補足する。

「――だが、〈蒼橋〉にはそういう意図はない……なるほど」

「つまり、〈蒼橋〉にはまだ、われわれ《連邦》に無条件で接近するわけにはいかない事情があるということだ。それが何かはまだ分からないがね」

聞くうちに准将の言葉が中佐の中でようやく形になり始めた。

「……そうか。〈蒼橋〉が平和維持艦隊の派遣を要請したのに、われわれ《連邦》に対して具体的な交換条件を提示して来なかった裏にそういう事情があったとすれば、いろいろ頷ける節もあります。こいつはかなり根が深いですね」

ムックホッファ准将が頷く。

「だろうな。だが予断はやめておこう。この先は専門家に任せるのが一番だ。それよりそろそろ後続の艦隊が〝ブリッジ〟に接近する頃だ。蒼橋義勇軍と連絡を密にして、IOの撃ち漏らしのないように準備してくれ」

「了解《イエス・サー》しました」

と、アフメド中佐が返した後、しばらくして——。

「で、結局どうなったというのかね？」

と、連邦宇宙軍第五七任務部隊旗艦《サンジェルマン》の艦橋で訊ねたのは、平和維持艦隊司令長官のキッチナー中将だった。

ムックホッファ准将麾下《きか》の第一〇八任務部隊とは異なり、彼らの艦隊は〈蒼橋〉と紅天艦隊の双方ににらみを効かせるための軌道を維持したままだ。

問われた参謀長の笹倉大佐は咳払いすると、出力したばかりのプリントアウトを手渡した。赤い縁取りはユアアイズオンリー《複写不可一読後焼却》の印だ。

「どうもこうもないですね。ムックホッファ准将はさすがになかなかの手並みですが、〈蒼橋〉もしたたかです」

プリントアウトを受け取り、ざっと目を通した中将は、ニヤリと笑みを漏らした。

「なるほど。たしかにいい手並みだ。秒速八〇〇kmでＩＯ《Irregular Object》を撃破するのはわれわれでも難しい。よくやったものだ」

「ええ。准将が手塩にかけた艦だけのことはあります。これは〝戦訓〟ものでしょう」

超遠距離で目標を撃破可能なビーム砲のコントロール自体は人間が関与できないレベルにあるが、その探知・管制システムを組み上げるのはやはり人間なのだ。工廠から出る時は同レベルにある艦でも、システムのチューンナップ具合で大きな差が出てくることは珍しくない。

だが、それを放置していては同型艦なのに能力の差が開いてしまい、艦隊としての統一行動が取り難《にく》くなる。それを平均化するのが〝戦訓〟と呼ばれる実戦データなのだ。

大きな戦果を上げた艦のデータは〝戦訓〟としてほかの艦に配布され、参考にされる。これは砲撃手順だけでなく、艦の運用や通信管制の手順など、すべてに渡って行なわれていて、連邦宇宙軍の戦力維持に大きく貢献している。

とはいえ、その〝戦訓〟を参考にするにはそれ相応の技量が必要なのも事実であり、この仕組みを大過なく運用している連邦宇宙軍の技能レベルは、凡百の星系軍のそれを遥かに凌駕《りょうが》しているということになる。

もちろん、中将も大佐の意見に異議はない。

「そのとおりだな。准将から来たデータはわれわれの艦隊に配布するだけでなく、本部(連邦宇宙軍作戦本部)にも送っておいてくれ。艦名と指揮官、そして砲術長の名前も明記するように」

そう言われて「了解しました《イエス・サー》」と返した大佐の顔には笑みがある。

――部下の〝戦訓〟を自分のものとして本部に送る指揮官は珍しくないが、この司令長官は違うらしい。

まぁ、現場の目は節穴ではないから、そういう輩《やから》はいずれ淘汰されることになるが、それまでは部下が苦労することになる。まずは一安心か……。

「しかしこっちを〝戦訓〟にはできんな」

中将にそう声を掛けられて、大佐ははっと我に返った。

「どれです?」と中将が示すプリントアウトの一点に視線を向けた大佐が、一読して嘆息する。

「ああ、たしかにこれは無理です。ビーム砲二発で相手星系を取り込もうとしたのはともかく、相手の反応から背景事情を察知するというのは、やれと言われて真似できるもんじゃありません」

「だろうな。だが真似はできなくても、得られた情報は役に立つ。ここはこれまでの経緯を、准将の見解を前提にして洗い直すべきだな。もし〈紅天〉や〈蒼橋〉以外の影がちらつくようだったら、対策を一から考え直すこともあり得るが——できるかね？」

そう中将に問われて、大佐は一も二もなく頷いた。

「できます——というか、分析班の連中はその命令を心待ちにしています。何しろ今は待機する以外にやることがありませんから」

それを聞いた中将は思わず破顔した。

「たしかにそうだ。幸い准将が送って来た〝戦訓〟データもある。あれには砲術以外の連中にも参考になる部分が多いはずだ。データの解析と運用のための訓練計画を立ててもらおう。時間のあるうちに一つでも二つでも自分のものにしておかなくてはならん」

「了解しました《イエス・サー》」と答えて笹倉大佐が退出するのを見送り、司令長官はプリントアウトをコンソールの瞬間焼却スロットに押し込んだ。

焼却完了のランプがともるのを確認してシートをリクライニングさせる。

——准将を〈蒼橋〉に向かわせたのは正解だったな……。〈紅天〉がＩＯ《Irregular Object》を作り出したのは予想外だったが、それをここまでうまく利用できたのは彼の手腕だ。

これで〈蒼橋〉はわれわれ《連邦》の存在を無視できなくなったし、〈紅天〉はＩＯ迎撃の真相に気付くまでは〈蒼橋〉の戦備を意識せざるを得ない。そして真相に気付いた後は、われ《連》われ《邦》の力量も考慮しないわけにはいかなくなる。

——そして分析班が准将の見解を元にして何か発見できれば、この紛争解決への大きな手掛かりが得られることになる……。

　そんな風にキッチナー中将が胸算用を重ねていた頃——。


「で、結局何がどうなったというのだ？」

　そう〈紅天《こうてん》〉の蒼橋派遣艦隊旗艦《テルファン》の艦橋で声を荒げたのは、派遣艦隊の司令長官、アンゼルナイヒ中将だった。

　派遣艦隊はまだ第四惑星・蒼雪《あおのゆき》を巡る軌道上にいる。

「どうもこうもありません。〈蒼橋〉はビーム砲を配備しています」

　そう答えた参謀長のフリードマン少将に、司令長官は再度雷を落とした。

「そんなことは報告を見れば分かる。なぜそんなことになったかと聞いてるんだ」

　中将が声を荒げることは珍しい。少将は慌てて手元のデータを繰るが、第三惑星・蒼橋との通信時差が数時間ある紅天艦隊からでは、蒼橋の状況を直接観測はできない。手元にあるのは、蒼橋にある〈紅天〉の弁務官事務所から届いた高次空間通信《HDSN》による報告だけだ。

　しかもその報告には、IO《Irregular Object》迎撃の最終段階で蒼橋義勇軍がビーム砲を使用したことと、その最中にEMPが発生して〈蒼橋〉の通信網がブラックアウトしていることしか載っていないのだ。いくら参謀長でも報告がないものを説明はできない。

しかし、ここは無理しても中将に気を鎮めてもらうよりないだろう。

少将は腹を括《くく》ると「推測ですが」と前置きして話し始めた。

「蒼橋義勇軍が使用したビーム砲は、鹵獲されたわれわれの二隻の軽巡航艦から取り外したものと思われます。ただ、完全なものではない。その証拠がEMPです。まだ直接観測できませんが、原因はビーム砲の磁場発生器《ジェネレーター》か蓄電コイルのリークだと思われます。たぶん、充分な磁気遮蔽能力を持つ合金が用意できなかったのでしょう」

報告を聞くうちに中将の表情が穏やかになって来た。少し気まずそうな様子で口を開く。

「いや、大声を出して悪かった。考えてみれば参謀長も高次空間通信《HDSN》の報告以外にデータがないのだから、推測以上のことが言えるはずもないな。

だが――その推測が正しいとすると、われわれは困ったことになる」

少将が無言で頷く。

「はい。ビーム砲の発射には安全装置の解除コードが必要です。これだけはいくら技術力があっても解析はできません」

「ああ。逆解析にはビッグバンを三度繰り返す以上の時間が必要だと聞いている。知っているのは艦長と砲術長だけのはずだ」

紅天艦隊の軍艦には、乗っ取りを防ぐための方策がいくつか仕込まれている。ビーム砲の安全装置もその一つだ。一度電源が切られたビーム砲は、改めて解除コードを打ち込まないかぎり再起動できない。

つまり、コードを知る誰かがそれを漏らしたということになるが、紅天軍の士官は皆、自白剤に対抗するためのインプラント手術（対自白剤カプセルの埋め込み手術）を受けている。従って拷問その他で自白を強要されたということは考え難い。ならば結論は一つだ。

「まさかとは思うが、ビーム砲発射が事実ならラミレス中佐を疑う以外にない。部下がやったとしても同罪だし、それはわれわれも同じということだ……」

――ラミレス中佐の腕を惜しんで降伏を命じたのは自分なのだ。事が露見すれば軍法会議はまぬがれない。そして紅天軍の軍法では、重要機密の漏洩には極刑をもって報いるとされている……。

だが、俯《うつむ》いてそう述懐する中将を、距離をおいて眺める少将の考えは少し違っていた。

そう、彼が考えていたのは――われわれ？　わたしの間違いではありませんか？――ということだった。

参謀は司令官に助言する権限を持つが、士官や兵員への命令権限はない。

逆に言えば、誤った助言に基づいた命令が失敗しても、その責任は助言した参謀にはなく、それを受け入れて命令を下した司令官にあるということだ。

ましてや今回は参謀の助言はなかったのだから、艦隊司令部の幕僚が訴追されるようなことはない。せいぜい譴責《けんせき》される程度だろう。

軍隊の命令系統とはそういうものであり、例外はない……。

そこまで考えて少将は内心で赤面した。

——いや、まだ責任云々《うんぬん》を言うのは早すぎる。この戦争はまだ始まったばかりなのだ。自己保身に走る前にやるべきことがある……。

少将は一つかぶりを振って雑念を振り払い、口を開いた。

「いえ、事の真相はまだ分かりませんし、査問や軍法会議のことは参謀本部から呼び出しがあってから考えればいいことです。ここで後ろ向きになっている暇はありません。これからどうするか、それが一番肝心なはずです。

どうします？　侵攻作戦の第二案を予定どおり進めますか？」

そう強く質問されて、中将は我に返った様子で顔を上げた。

「……ああ、そうか、そうだったな。肝心なのはそのことだ、少し待ってくれ、今考える」

そう言うと中将は長考に入った。

——〈蒼橋〉がビーム砲を戦力化していたのはたしかに予想外だった。

だが、よく考えればこちらの作戦に影響はほとんどない。向こうが手にしたのは軽巡航艦二隻分の主砲だけだし、それも溶岩に埋まった前部主砲まで掘り出せたとしての話だ。

いま彼ら《蒼橋義勇軍》の手にあるのはたぶん、軽巡航艦一隻に満たない火力でしかないし、そもそもビーム砲が何門あったとしてもこの作戦に対抗はできない。

問題はIO《Irregular Object》の後陣迎撃に協力するらしい連邦宇宙軍の動きだが、連中が蒼橋義勇軍と共に〝ブリッジ〟全域に散らばってくれればそれに越したことはない。作戦がやりやすくなるだけの話だ。

そしてEMPだ。そんなものが発生するとは想定外だったし、まだここまで影響は届いていないが、〈蒼橋〉の通信網全体がブラックアウトしたとすればかなりの規模だろう。

つまり……。

アンゼルナイヒ中将は決然と顔を上げた。目の輝きが一変している。

「作戦実施を早める。EMPで〈蒼橋〉が混乱しているうちに作戦を開始するよう、蒼橋の弁務官事務所に高次空間通信《HDSN》で伝えろ。この際、多少の行き違いや齟齬《そご》があってもやむを得ない。実行部隊には弁務官事務所が閉鎖されることを前提として動くよう徹底させるのを忘れるな。

次、蒼橋評議会に高次空間通信《HDSN》で連絡――」

発：紅天星系軍蒼橋派遣艦隊司令長官アンゼルナイヒ中将

宛：蒼橋評議会及び蒼橋義勇軍
本文：当艦隊は、先に行なわれた貴星系の一方的戦闘停止宣言に同意する旨表明する。
なお、発生したEMPにより、〈蒼橋〉内の〈紅天〉資産にも相当の被害が生じていることが予想されるため、当艦隊はその確認と復旧支援を目的として、蒼橋の汎用通信網に接続可能な位置まで移動する旨通知する。
この勧告受け入れの期間は〈蒼橋〉時間の一週間とする。以上。

命令を受けたフリードマン少将の顔も輝く。

「了解しました」

こうして紅天艦隊が、〈蒼橋〉や連邦が予想もしていなかった方向に舵を切った頃——。


「で、どうなの？　成田屋《じんぺい》さんと連絡は付いた？」

星湖《ほしのうみ》トリビューンの蒼橋特派員、ロイス・クレインの声が、蒼橋義勇軍中尉、滝乃屋昇《たきのやしょう》介《すけ》の耳元で響いていた。

二人が乗る《播磨屋《はりまや》四號》は、昇介が〝天邪鬼《アマンジャク》〟にぶつけたせいで気密が破れている。

二人は真空耐Gスーツを脱げないのだ。

昇介はEMPで停止したシステム復旧にかかりきりになっているが、何かランプがともるたびに、ロイスは同じことを訊ねてくる。
そして昇介も今は、同じように「ごめん、まだ分からない」と短く繰り返すしかない。
艇《フネ》のシステムはおおかた復旧したものの、肝心の通信網の復旧が遅れているのだ。
昇介は小さく呟《つぶや》いた。
「それを知りたいのはぼくも同じだよ」
一瞬息を呑む気配があって、かすかに「ごめんなさい」という声が耳元で響く。
昇介は振り返ってロイスに笑顔を見せた後、蓋を開けたコンソールに向き直った。
〝葡萄山《ぶどうやま》〟からも、そして〝踏鞴山《たたらやま》〟からも、連絡はまだない……。

2　確　認

「――以上が、紅天《こうてん》艦隊の声明文の内容です」

連邦宇宙軍第一〇八任務部隊旗艦《プロテウス》のCICで、参謀長のアフメド中佐の概論説明が終わり、自由討議が始まる。

「ここで停戦に同意とは、紅天艦隊は何を考えているんだ？」

「すでに〈蒼橋《あおのはし》〉は一方的停戦宣言をしている。普通ならこれで交渉開始なんだが……」

「われわれ《連邦宇宙軍》への言及はありませんね？」

「ああ、こちらの戦闘停止勧告は無視されたままだ」

「交渉する気はないということか？」

〈紅天〉側はこの紛争の最初から、これは自治星系間の問題であり、連邦の干渉は不要――という姿勢を崩していない。その文脈からすればキッチナー中将が行なった停戦勧告が無視されていることに不思議はないが、にもかかわらず〈蒼橋〉の一方的停戦には合意するという……。

その意図を一同が計りかねている時、一人の参謀がぽつんと訊《たず》ねた。

「実際のところ、紅天系衛星の被害状況はどうなんでしょう？」

一同はあっとなった。みな紅天艦隊の言う〝被害確認〟は〝ブリッジ〟に接近する口実としか思っていなかったのだ。

准将も少し驚いた顔で通信参謀を見る。

「ええと……緊急無線の傍受が主ですが、応答しない衛星がかなりあるようです。ただ、その理由が何か深刻なトラブルなのか、それとも単なる無線機の故障なのかは不明です」

慌ててコンソールを叩いた通信参謀の答に、質問した参謀が重ねて訊ねた。

「なるほど。蒼橋系の衛星はどうですか？」

「あ、そちらは……九〇％以上が自動復旧済み、または復旧中と回答していますね」

別の参謀がそこに口を挟む。

「待てよ、ＥＭＰの発生源は〝ブリッジ〟のＨ区（高軌道区）にある工業衛星群だろう？　たしか紅天系の衛星は大部分がＬ区（低軌道区）にあったはずだ。

発生源に近いＨ区に多い蒼橋系衛星に問題がなくて、遠いＬ区の紅天系衛星に被害が出ているというのは妙じゃないか？」

ＥＭＰは電磁波の塊だから、発生源からの距離の自乗に比例して減衰する。普通ならＨ区の被害のほうが大きいはずなのだ。

「それはたぶん、こういうことだと思います」

通信参謀はそう言うとコンソールを操作した。

CIC中央に据えられた円形のテーブルの上に、〈蒼橋〉の立体模式図が浮かび上がる。

中央の蒼橋を囲む三重のリングの最外部にちりばめられた青い光点は、〝踏鞴山《たたらやま》〟周辺の一部を除いて明るく輝いているが、最内部のリングにある赤い光点は半数以上が暗いままだ。

そこで通信参謀は改めてコンソールを操作した。蒼橋を中心にして長く尾を引く、薄いピンク色の霞《かすみ》のようなものが表示される。

「これが蒼橋主星からの恒星風と、惑星蒼橋の磁場が干渉して発生している惑星磁気圏です。ご覧のとおりL区はこれにすっぽり覆われていますが、M区より外側は一部が覆われているだけで、それも蒼橋の公転によって蒼橋主星の方向が変われば外に出てしまいます」

と、一人の参謀が声を上げた。

「そうか、宇宙線耐性の差か！」

銀河系の中心部では常に新しい恒星が発生し続けている。過去にその過程で発生した各種の荷電粒子は恒星間磁場等のさまざまな要因によって何万年、何億年も加速され続け、星間宇宙を満たしているのだ。

これが宇宙線（銀河宇宙線）と呼ばれる高エネルギー荷電粒子の流れだ。粒子自体の質量はマイクロレベルだが速度と電荷が高いため、継続して浴びると人体のみならず電子機器や構造物にも悪影響を与える。そのため、星間宇宙を航行する宇宙船には厳重な耐宇宙線防御が施されるのが常識だった。

ただ、惑星の地表や低軌道の衛星軌道内なら、惑星磁気圏が天然の対宇宙線バリヤーとして働くから、厳重な対策は必要ない。

もちろん、宇宙線は荷電粒子でＥＭＰは電磁波だから及ぼす影響は異なるが、対策自体を見ればそう大きな差はない。どちらも素子と回路の耐久性を上げることで防止できるのだ。

「はい。惑星磁気圏の外に出ることがあるＨ区の衛星が対宇宙線対策済みなのは当然で、それが今回はＥＭＰ対策としても機能したということでしょう」

その結論に一同が頷くなか、最初に質問した参謀が考えるように口を開いた。

「……となると〈紅天〉としては放置できませんね」

「そうなるな。紅天艦隊は〝こちらで調べて返事するから来るな〟と言われても聞かないだろうし、〈蒼橋〉にはそれを阻止する手段がない」

「そうか……紅天艦隊は〈蒼橋〉の通信網にリンクする位置まで接近するだけだったな」

〈蒼橋〉内の施設や作業艇、そして個人は、実は相互に直接通信しているわけではない。

〝ブリッジ〟のあちこちに配置されているATT（蒼橋電信電話会社）の中継衛星を通じて、〈蒼橋〉全体をカバーする汎用通信網（通称〝蒼橋リンク〟）に接続しているのだ。

この他星系《よそ》では見られないリンクが設置された背景には、宇宙空間としては狭隘《きょうあい》な空域に通信の障害となる無数の岩塊が存在し、さらにその中で数百基の衛星が稼動している上に数千隻の艇《フネ》も運用されている——という〝ブリッジ〟特有の事情がある。

当然、人口が増えるに連れて限られた一般帯域に無線通信が集中し、混信が多発するようになったが、連邦標準の帯域指定を一地方星系の判断で変更することはできない。

そこで蒼橋評議会が取った抜本的な解決策が、〝ブリッジ〟中に専用中継衛星を大量に設置し、それに届く程度の出力で通信可能な汎用通信網《蒼橋リンク》の整備だった。

「はい。現在蒼橋リンクはEMPの影響で停止中ですが、復旧すれば〝ブリッジ〟に入らなくても接続は可能なはずです」

「なるほど……ということは蒼橋義勇軍得意の岩塊落としはできないし、蒼橋義勇軍の作業艇はIO《Irregular Object》迎撃で手一杯だ。たしかに手段はないな」

「もしあっても、休戦を受諾した相手を実力で阻止すれば、今度悪者になるのは〈蒼橋〉のほうだしな。われわれ《連邦宇宙軍》としても〝自分たちの資産の被害状況を確認するため〟と言われれば、干渉はしにくい」

「というか、動けないのはわれわれも同じだ。干渉する気があってもどうしようもない」

彼らの艦隊・第一〇八任務部隊は《ユリシーズ》と《テーレマコス》の二隻の軽巡航艦以外は補助艦が主で、個艦防御用の短射程ビーム砲しか装備してない。とはいえ、蒼橋義勇軍の軌道作業艇に比べれば格段の重武装だし、加減速性能も比較にならないくらい高い。

そのため、蒼橋義勇軍と協議した上で、遠距離に進出できる連邦宇宙軍がIO《Irregular Object》の予想軌道に展開してまず大物を迎撃。その後、蒼橋義勇軍が中物や小物を始末する――という手はずで、すでに移動を始めているのだ。そして一度散開してしまえば、迎撃終了まで集合はできない。

「間に合いそうなのはこの艦《プロテウス》と《テーレマコス》だけだが……」

「いや、それはまずい。相手がIOでは、穴を開けただけでは意味がない。きちんと始末できなかった時にバックアップできるのは軽巡航艦だけだ」

じっと話を聞いていたムックホッファ准将がおもむろに口を開く。

「たしかにIOを無視して紅天艦隊に備えるわけにはいかないな。ここはキッチナー中将に任せるしかないだろう。連絡は済んでいるな?」

通信参謀が打てば響くように答える。

「蒼橋評議会から転送された高次空間通信《HDSN》はもともと第五七任務部隊宛で、こちらに来たのはCC《カービンコピー》です。向こうでも事情は承知しているはずです」

「分かった。中将のことだから遺漏はないだろうが、いちおうIO対応で手が離せないことだけは念押ししておいてくれ」

「了解《イエス・サー》しました」

そう通信参謀が答えた頃――。


「EMPの発生は紅天艦隊としても予想外だったはずなのに、それを逆手に取って〈蒼橋〉に接近を図るというあたり、紅天艦隊の指揮官はかなり優秀だな。彼の経歴は判明したかね？」

連邦宇宙軍第五七任務部隊旗艦《サンジェルマン》の艦橋で、平和維持艦隊司令長官のキッチナー中将が参謀長の笹倉大佐に訊ねていた。

「アンゼルナイヒ中将は士官学校の卒業席次こそ平均的ですが、実戦で何度も功績を上げて昇進してきた将校で、有能であることは間違いありません。ただ……」

そこで参謀長は少し言い淀んだ。

「……有能であるがゆえに、それを煙たがる一派もあるようです。情実がらみの引き立てをいっさい行なわないという話ですから」

それを聞いた司令長官の口元が微妙に歪む。連邦宇宙軍といえども人間の集まりであることに変わりはない。人事《ひとごと》とは思えない話なのだろう。

「年齢は五四歳か……待てよ、少将昇進が一二年前で中将昇進は四年前だな。四二歳で少将というのは紅天軍でも珍しくはないか？」

「はい。将官への昇進スピードは歴代の紅天軍将校の中でも二番目です。一番目は当時の星系主席の息子だったそうですから、特定のバックを持たない将校としては異例の早さですね」

「にもかかわらず、少将のまま八年か……。有能ゆえに煙たがられているというのは事実のようだな」

「ええ、ご覧いただいている経歴でも分かるとおり、軍政関係の役職に就いたことは一度もありません。実戦部隊での功績はかなりのものですが、紅天軍首脳部への出世コースからは完全に外れていますね」

司令長官は急いで記憶を探る。

――紅天軍の定年はたしか連邦宇宙軍と同じ五五歳だったはずだ。佐官以下はその年齢になれば無条件で予備役に編入されるし、将官でも軍の主要ポストに就いていない者には肩叩きが待っている。それは連邦宇宙軍も同じだが、規模の小さい紅天軍では出世争いはより熾烈《しれつ》だろう。軍政畑の経験のない将官が軍に残れる可能性はまずない。

――ということは、今回の蒼橋派遣艦隊司令長官就任は最後の花道ということなのか？いや、違うな。〈紅天〉にとって今回の事態は、この先に見えている連邦への直接加盟に影響を及ぼす重大事だ。個人の花道云々《うんぬん》で指揮官が決められたはずがない……。

そんなことを司令長官が考えていた頃――。

「何か打つ手はないのかね？」

「いや、休戦を受諾された時点で、力ずくで阻止はできませんぜ」

〝葡萄山《ぶどうやま》〟のＣＩＣで、蒼橋義勇軍司令長官、滝乃屋仁左衛門《たきのやにざえもん》はカマル主席の質問に答えていた。

「それは分かっているが……」

未練がましい主席の応《いら》えを受け、しばらく考えていた司令長官は、一つ頭《かぶり》を振って口を開いた。

「こうなったらまた、後《ご》の先《せん》でいくしかねぇと思いますぜ」

主席がどこか不安そうに訊ね返す。

「このまま〈紅天〉の出方を待つというのかね？」

「連中が素直に被害状況だけ確認して帰るはずはねぇ、きっと何か仕掛けてきます。〈蒼橋〉を開発したのは〈紅天〉です。どこまで根っ子を張っているか知れたもんじゃねぇ」

「やはり紅天籍市民を拘束して、紅天系施設も接収すべきだったか……」

紛争勃発以来、紅天系企業の活動は停止され、紅天籍を持つ市民は居住区内に留まるよう指示が出ているが、逆に言えばそれだけで、接収も拘束もされてはいない。

ストで輸出が停止した時点で企業は開店休業状態だし、紅天系企業の管理者として派遣されて来る紅天籍市民は、〝簪山《かんざしやま》〟の専用居住区から出ることはまずないからだ。

「それを言うのはなしですぜ。今さら拘束なんてできるはずがねぇでしょう。蒼橋義勇軍と蒼橋警察軍《けいさつ》は〝天邪鬼《アマンジャク》〟迎撃で手一杯ですぜ」

「……そうか、そうだったな。そういう手段は取らないという前提で、紅天艦隊迎撃案を立てたんだった……」

紅天系衛星を接収してしまえば、それは紅天艦隊にとって攻撃目標になり得るし、市民を拘束してしまえば奪還対象になる。蒼橋義勇軍は岩塊《ヤマ》の相手は専門だが、直接人間を相手にするための訓練はしていないし、やっている暇もない。最初からそういう手段は考慮の外だったのだ。

「〈紅天〉とは話せるが、〝天邪鬼《アマンジャク》〟に耳はねぇ。である以上、〈紅天〉が何かを言うまで待つしかねぇってことです」

「たしかにそのとおりだ。この一週間が山場だな」

「です。でなければ休戦の期限を一週間と切る理由がねぇ。主席も後ろの用心を忘れないように願いますぜ」

「心得た。御隠居も気を付けてくれ」

「了解《ラジャー》しました」

と、滝乃屋司令長官が返した頃――。

――こいつぁ酷《ひで》え……。

葡萄山細石寺《ぶどうさんさいせきじ》の庵の中。床から伸びだしたコンソールのモニターを覗き込んだロケ松こと連邦宇宙軍機関大尉・熊倉松五郎《くまくらまつごろう》は呆然としていた。

モニターにはスクラップの集積所としか思えない光景が映っている。

大小の破片や残骸が浮遊する中を人の太腿ほどもある電源ケーブルがのたくり、厳重にシールドされていた内部の導線が剝き出しだ。その間で派手な色彩がいくつも動いているのは、〝宇宙鳶《そらとび》〟のスーツらしい。

――宇宙船事故の現場でもこんなに無茶苦茶にはならねぇぞ。

と、そこに髭だらけの顔面が映り込んで口を開いたが、ヘルメットの中の口がぱくぱくするだけで声が聞こえない。

と、髭面《ひげづら》は何かを思い出したらしく、着込んでいる耐Gスーツの右肩あたりを探り、有線通話用のジャックを引っ張り出した。

しばらくごそごそしている気配があって、突然声が飛び出した。

「……っと、繫《つな》がったか。誰かと思えば大尉さんじゃねぇか。そっちは大事ねぇかね？」

〝踏鞴山《たたらやま》〟の重電担当役員、神立雷五郎《かんだちらいごろう》だ。

例によって一瞬気圧《けお》されたロケ松だったが、この面構えにも慣れたといえば慣れたような気がする。

「いや、EMPで蒼橋リンクがブラックアウトしたが、ハードに大きな問題はないらしい。重要な回線から復旧が始まったところで、その一つがこの回線なんだが――そっちはどうなんだ？　EMPのおおもとはやっぱりそいつか？」

モニターのロケ松に背後を指されて、雷親爺《かみなりおやじ》は思わず振り返ったが、向き直った後の表情は固い。

「ご推察のとおり、せっかく手助けしてもらった磁場発生器《ジェネレーター》だが、二発撃っただけでこの有様だ」

予想どおりの答にロケ松も渋い顔になる。

「やっつけ仕事にしてはいい腕だと思ってたんだが……そうか、やはりもたなかったか。で、設備はともかく、人間のほうはどうなんだ？　まさか人死にでも……」

そう問われて雷親爺の表情が曇る。

「死屍累々《ししるいるい》とまではいかねぇが、似たようなもんだ。幸い人死には出なかったが、意識不明の重体が三人、意識のある重傷者が一二人。とりあえず歩けるくらいの怪我人は数えきれねぇ。実はおれも脚をやられてる。ゼロGだから動けはするがね」

「そりゃあ……」お大事に、と言いかけてロケ松は口を閉じた。今はそういう決まり文句で済むような場合ではないと気付いたからだが、雷親爺はそれに斟酌《しんしゃく》せず、本題に話を移した。

「で、〝天邪鬼《アマンジャク》〟はどうなったんだ？　おれたちが二個落としたが、あと二個あったはずだ。なのに軌道交差時間になっても降って来たのは砂粒みてえな小物だけだ。あの二個を落としたのは誰だ？」

ロケ松がニヤリと微笑《ほほえ》む。

「おれたちさ」

「？　大尉さんたち？　じゃあ……連邦の艦隊が間に合ったってことか？　だが、前に聞いた位置からなら、今はまだ減速の真っ最中だろう？」

「いや、いま減速中なのはそのとおりだが、〝天邪鬼《アマンジャク》〟を落とすまで減速はしてなかったのさ」

「減速しなかったぁ？　そんな無茶な……」

「たしかに無茶だが、必要ならやる。それが連邦宇宙軍だぜ」

そう軽く切り返しておいて、今度はロケ松が訊ねる。

「それはそれとして、復旧の見通しは付いてるのかぃ？」

とたんに雷親爺の顔が難しくなる。それを見て取って、ロケ松は慌てて言葉を継いだ。

「い、いや。おれが口を挟む筋合いのもんじゃねぇことは承知してるぜ。ただ、御隠居にこれだけは聞いておいてくれと頼まれたんで……」

　と、雷親爺は軽く手を振った。

「大尉さんの立場は分かってるさね。おれが渋い顔をしてるのはそんな細けぇことじゃねぇ。その見通しってやつがまるで立たねぇからさ。ここをそのままにして、別の工場で新しいやつを組むだけなら、そう時間はかからねぇだろうが……」

「同じことをやったら、同じことになるだけ、ってことだな」

「ああ。磁気遮蔽の方法を見つけないかぎり同じことになる。二発撃ったら、ボンだ」

「で、〈蒼橋〉はまた、ＥＭＰでブラックアウト――たしかにそいつはいただけねぇな」

「高密度磁気を遮蔽する方法が何かあるはずなんだが……大尉さん、知らないかね？」

「おいおい、それを知ってたら最初に話してらぁ。おれは機関科士官で造兵官（工廠で艦載兵器を開発製造する専門技術官）じゃねぇんだ。できることはできるが、できねぇことはできねぇよ」

「そうか……そうだよな」

　と、二人の技術屋が頭を抱えていた頃――。

「甚平《じんぺい》兄ちゃん、生きてる！」

「ええっ！」

　やっと回復した蒼橋義勇軍のＣＩＣ直通回線（防人《さきもり》リンク）が流す戦況速報を見ていた昇《しょう》

介《すけ》の叫びに、ロイスは飛び上がった。

「ど、どこ？　どこに出てるの？」

「ほらここ。〝踏鞴山《たたらやま》〟の被害状況の一番先頭に出てる」

「成田屋甚平《なりたやじんぺい》大尉……二四歳……〝露払い〟……播磨屋《はりまや》一家、所、ぞく……じゅう、たい……重体？」

ヘルメットの口のあたりを両手で覆って絶句したロイスの肩を、昇介が優しく叩く。

「大丈夫だよ。名前の脇のマーク見て。ハートが青いでしょ？　これは命に別状ないって印。隣の顔は眠ってるから意識はないみたいだけれど、包帯マークが一重だから怪我もそんなに酷《ひど》くないよ」

そう告げる昇介に、リストから顔を上げたロイスが涙声で訊ねる。

「そ、そうなの？　成田屋《じんぺい》さんは大丈夫なの？」

「うん。そのマークは初級軌道実技学校で最初に習うことだから間違いないよ。たぶん、家族や友人が事故に遭っても落ち着いて対処できるように――ってことだと思うけど」

「……落ち着いて……そう、そうよね。成田屋《じんぺい》さんは無事だったんだから、落ち着かなきゃ……でも……良かった……良かった……生きてる……成田屋《じんぺい》さん、生きてるのね……」

最初の口調こそ無理をして気張《きば》っていたが、やはり長続きはしなかったらしい。終わりのほうは涙声に戻って、ロイスはそのまま自分のシートに沈み込んだ。

その喜びと不安がないまぜになった嗚咽《おえつ》の声を耳元で聞きながら、残りの戦況速報に目を通していた昇介は、ふと防人リンクが送ってきた一つのデータに目を留めた。

――推進剤《アイス》タンカーの臨時便出発……行き先は〝団子山《みたらし》〟と〝踏鞴山《たたらやま》〟か……ん？　この時間に出たとすると到着は……うん。これなら何とかなる。

何かを思い付いたらしい昇介が、コンソールにデータを打ち込み始める。

そして昇介の耳元で聞こえていた嗚咽が、いつの間にか穏やかな寝息に変わった頃――。


《播磨屋壱號》のコクピットでは、播磨屋源治《はりまやげんじ》と大和屋小雪《やまとやこゆき》が深刻な表情でモニターを覗き込んでいた。

「甚公のやつ、やはり怪我してやがった。あの野郎、どんだけ無茶しやがったんだ」

「でも、怪我の程度はそんなに酷くないようですよ。包帯も一重だし」

「いや、それは心配してねぇ。問題はやつが当分動けねぇってことだ」

そう源治に言われて小雪ははっとした。一家を預かる大将としては、無事だったからと言って手放しで喜ぶわけにはいかないのだ。慌てて話を合わせる。

「ええ、〝露払い〟が欠けてしまいましたね」

「生駒屋《いこまや》に入ってもらいたいところだが……今どこにいるかは分からねぇよな」

「〝白熊山《しろくまやま》〟に向かった後のことはちょっと……。軌道に変わりがなければ、今はM区の上あたりだと思います」

「ボカチンも近くか？」

「音羽屋《おとわや》さんは離脱が早かったので、M区を越える頃ですね」

「そうか……。あとは旗坊《はたぼう》だが……」

「ええ、昇介くんとロイスさんは、まだどこにいるのか分かりません。無事だといいんですが……」

「あいつも無茶しやがったからな。艇《フネ》に相当ガタが来ているはずだ。どこかに避難してくれてるといいんだが……今〝葡萄山《ぶどうやま》〟に訊《き》くわけにゃいかねぇしな」

蒼橋リンクはまだ回復していないが、防人リンクはようやく回復して、戦況速報を送って来ている。

回線が開かれている間は艇《フネ》のID《認識番号》や位置情報、そして推進剤の残量などは自動送信されているから、CIC《ぶどうやま》では蒼橋義勇軍所属の艇《フネ》の位置は全部把握しているはずだ。

ただ、今はまだ蒼橋航路局の航法支援レーダーが復旧していないから、他艇の位置情報の通知は行なわれていないし、防人リンクでは艇《フネ》同士の直接通信はできないのだ。

記録を保存するために通信はすべてCICを経由する仕組みになっていて、自グループ内の他艇やグループ全艇、そして出動チーム全体を呼び出す時は専用スイッチがあり、自動的にＣＩＣを経由して通信する。

しかし、源治たちは迎撃の途中でグループを抜けてしまったから、現時点では播磨屋の面々と話すことはできないのだ。ＣＩＣに言って戻してもらえばいいようなものだが、今は本当の緊急事態でないかぎり艇《フネ》からの呼び出しは禁止されている。蒼橋リンクが復旧する前に呼び出しを許せば、本来ならそちらの通信網を使うべき雑多な通信がＣＩＣに集中し、乾葡萄《オペレータ》たちがパンクしてしまうからだ。

同様に、〈紅天〉のラミレス艦長と話すのに使った通常の無線機も使えない。蒼橋リンク復旧のための試験電波を妨害する恐れがあるからだ。

と、小雪が声を潜めた。

「いっそ裏技を使ってしまいますか？」

「裏技？」

源治が向き直った先で、小雪が家内無線《ないせん》のスピーカーを指差している。

何を言われているのか気が付いた源治が苦笑し、少し考えて口を開く。

「いや、やめておこう。甚公があれを使ったのは、本当にあれ以外に手立てがなかったからだぜ」

釘を刺されて小雪はちょろりと舌を出した。

そう、播磨屋一家にはもう一つ通信手段がある。家内無線《ないせん》だ。

本来は限られた空域だけで使うための低出力無線だが、源治は昇介の助けを借りて無線機の出力を通常と緊急用の大出力の二段階に切り替えられるよう改造してある。

小雪が言った裏技というのはこの改造無線機のことで、まだ甚平が昇介たちに退避を促した時の一回しか使われていない。無論違法改造なのでおおっぴらに使うわけにはいかない代物だ。

今は蒼橋リンクの復旧作業のためにあちこちのアンテナ感度が上がっているから、許可なしに電波を出せばたちまち位置を割り出される。蒼橋電波管理局からお目玉を食らうのは間違いなかった。

そうなったらやっぱりまずいわね……と、小雪が考えていた頃――。

たいした成果もないまま〝踏鞴山《たたらやま》〟との通話を終え、コンソールを離れようとしたロケ松の背後からおずおずとした声がかかった。

「あノ、大尉さン……」

お、と振り向いたロケ松の前に立っていたのは、小柄なツナギ姿だった。

「何だ、沙良《さら》じゃねぇか。どうした？　御隠居に呼んで来いって言われたのか？　〝踏鞴《たたら》山《やま》〟との話は終わったから、いま行こうと思ってたところだぜ」

だが、沙良は小さくかぶりを振った。

「違うョ。御隠居さんは何も言ってないョ。あたいはそノ……用があっテ……じゃないイ、そうダ……訊きたイ……訊きたイことがあっテ……そノ……」

どうも様子がおかしい。首をかしげたロケ松は妙にもじもじしている沙良をそれまで自分が座っていたシートに座らせ、空いているシートに腰掛けて訊ねた。

「何だ？　今日は妙に殊勝じゃねぇか？　どうした？　オネショでもしたか？」

とたんに沙良が弾《はじ》けた。シートから飛び降りてまくしたてる。

「何てこと言うんだョ！　あたいは子供じゃないョ！　そんなのとっくに卒業したョ！いい人だと思ってたのニ……いいョ。もう頼まないョ！」

そう言うだけ言うと、沙良は身を翻《ひるがえ》して入り口の襖《ふすま》に手をかけた。

その目に涙が浮いているのに気付いたロケ松が、あわててその腕を摑む。

「何だョ、あたいは帰るんだョ。その手を離しなョ！」

空いたほうの腕が振りまわされるたびに、顔から滴が飛ぶ。ロケ松は必死で頭を下げた。

「分かった分かった。今のはおれが悪かった。謝る。年頃の女の子に言うセリフじゃなかった。申しわけねぇ」

と、突然沙良の動きが止まった。ゆっくり向き直った顔が、花のようにほころぶ。

「大尉さン、やっぱりいい人だネ」

正面から見つめられて、ロケ松は少したじろいだ。考えてみればこいつの顔をこんなに近くで見るのは初めてだな――そんなことを考えながら、咳払いを一つして口を開く。

「まったく、人をいきなり下げたり持ち上げたり忙しい娘だぜ。訊きたいことってのは何だ？　いいから言ってみな」

言われた沙良は少し考えていたが、コクンと一つ頷くと、先ほど座ったシートに戻っておずおずと口を開いた。

「あノ……大尉さんはいマ、〝踏鞴山《たたらやま》〟と話してたんだよネ？」

「ああ。やっと回線が回復したからな。それがどうかしたか？」

沙良は再びためらい、言葉を継いだ。

「あノ……ほかのところとも通信できル？　たとえば作業艇とカ……」

ロケ松は難しい顔になった。

「だめだろうな。おれも全部承知してるわけじゃねぇが、今機能してるのは最重要の主要幹線だけで、接続には専用のＩＤが要るらしいぜ。おれも御隠居に緊急ＩＤを出してもらってなかったら、雷親爺と話はできなかったはずさ」

「そうなノ？」

「ああ。それに接続しても、繋がるのは〝踏鞴山《たたらやま》〟と評議会のある〝簪山《かんざしやま》〟。後は蒼橋の地表くれぇだろうな。艇《フネ》に繋がるのは当分先だ」

そう聞いて、沙良は見るからに落胆した。

「やっぱりそうカ……ＣＩＣで〝踏鞴山《たたらやま》〟と通信できるようになったって聞いテ、来てみたんだけド、蒼橋リンクが回復しないと無理なんだネ……」

「ああ。こればっかりは端末だけ動いてもどうしようもねぇ……待てよ？　おまえは今、作業艇って言ったな？」

「う、うン。でもたとえばの話だヨ。別に作業艇でなくてモ……」

何やらそわそわしている様子を見て、ロケ松にはピンと来た。やにわに立ち上がると、ずいと身を乗り出して沙良の目を覗き込む。

「おい、おめぇには他人には内緒で連絡を取りたい作業艇があるんだろう？　だから作業艇と連絡を取れるはずのＣＩＣを避けてここに来た。違うか？」

「ち……違うヨ。あたいは別に作業艇なんかト……」

言ううちに言葉が細くなる。うつむいてしまった沙良は、ちらりと見上げてロケ松が視線を外さないままで待っているのを見て、ついに降参した。

「ごめン。本当はそウ。旗坊のやつが行方不明なんダ……」

「旗坊？　誰だそりゃ？」

「御隠居の孫だヨ、〝旗士〟やってル」

「御隠居の孫？……待てよ、艇《フネ》を〝天邪鬼《アマンジャク》〟にぶつけて、軌道を逸らそうとした御隠居の孫ってのはそいつか？」

沙良はぽかんとした。頬が少し赤い。

「そうだけド。なんで知ってるノ？」

「いや、准将に報告するためにいろいろ聞いてまわった時に聞いた覚えがある。で、何だ？　そいつが行方不明なのか？」

「うン、ＥＭＰが起きるまでハ、防人リンクにちゃんと信号が来てたんだけド、収まったら消えてたんダ」

「呼んでも出ねぇのか？」

「うン。何の反応もないヨ」

「それで通常の――蒼橋リンクとかいったな――この通信網経由なら呼べるかも知れないと思って、ここに来たわけか」

「うン。でモ……だめなんだネ……」

「なるほど……」とロケ松は腕を組んで、しょんぼりしている沙良を改めて眺めた。

――まぁ、人の恋路を邪魔するやつは――ってえ諺《ことわざ》もある。ここは気が付かない振りでもしておくか……。

などとロケ松が柄にもないことを考えていた頃――。

〝簪山《かんざしやま》〟の執務室で、カマル主席は難しい顔をしていた。

ヘッドセットを使っているので相手の声は聞こえないが、話すうちに主席の眉間の皺が深くなる。

「いや、まだ分かりません。何しろEMPなどというモノに遭ったのは初めてなので」

「え？　EMPとは何だ？　〝簪山《かんざしやま》〟内部のリンクは復旧してるから、ニュースで……え？　ややこしくてよく分からない？」

「いや、それをわたしに聞かれても困ります。とにかく電波障害が起こって蒼橋リンクが停止したんです。今復旧に全力を挙げているので、もう少しお待ちください」

「え？　孫がそろそろ産まれるはず？　それはおめでと……え？」

「いいえ、いくら主席でも、今はプライベートの通信はできないんです」

「いえ、意地悪とかそういうことでは……。本当に回線にそんな余裕はないんです」

「ですから……」


主席は知らなかった。すでに蒼橋リンクが彼らの手を離れ始めていることを。

3　鳴　動

低い警報音と共に、巨大なスクリーンに映っていた網目の一点が赤く輝き、点滅を始めた。

スタッフの落胆の声が室内に満ちる。

〝簪山《かんざしやま》〟にほど近い位置を周回しているATT（蒼橋電信電話会社）の〈蒼橋リンク管制センター衛星〉の中だ。

だが、そんな長ったらしい正式名称は誰も使わない。その機能からあっさりと〝要山《かなめやま》〟としか呼ばれないのが〈蒼橋《あおのはし》〉という星系《ほし》だ。

「やっぱりだめだ。起動しない」

「これで三基目だぞ」

「あれを復旧させせないとH区のリンクが死んだままだ。手はないのか？」

「作業艇が向かっていますが……到着はかなり先です。一日以上かかりますね」

「……そうか。待つよりないいな……」

〝要山《かなめやま》〟の管制長である石動健二《いするぎけんじ》は深刻な表情で腕を組んだ。

ATTの制服であるライトブルーのツナギをきちんと着こなしていて、もう二日以上寝ていないはずだが口調に緩みはない。ただ、目の下の隈が隠せない疲労を物語っていた。

彼の前にある巨大スクリーンは左右二面に分かれていて、それぞれに三重になった網目が映っている。

中心の円形は蒼橋を覆うリンク、二番目のドーナツ型がL区のリンク、そして最外縁のドーナツがH区のリンクだ。

網目の交点にあるのが蒼橋リンク専用中継衛星で、スクリーンでは同一平面上にあるように見えるが、岩塊群を間に挟んでの通信は手間だから、〝ブリッジ〟の南北方向に少し離れた位置を周回している。二面あるのは、分かりやすくするために南北を別に表示しているからだ。

EMPで機能停止したあと自動起動しない衛星が多く、稼動中を示す緑の交点とそこから伸びる輝線はやっと蒼橋地表とL区を覆い始めたところだ。

その一方でH区の被害は深刻だった。

中継衛星の数自体はL区とそう変わらないのだが、カバーすべき空域が段違いに広いため、衛星が一基停止するだけで影響は広範囲に及ぶ。

隣接する他の中継衛星が無事ならある程度カバーできるL区とは事情が違うのだ。

特別仕様の衛星で構成されていること〝要山《かなめやま》〟と、〝踏鞴山《たたらやま》〟にあるサブセンター衛星間の直通回線はかろうじて復旧したものの、そこから先の中継衛星はほとんど自動起動せず、リモートの起動指令にも反応がない。

特に今はL区とH区の橋渡しをしているM区の衛星が機能せず、網目が切れた状態になっているのが問題だった。切れた先で中継衛星が自動復旧していても、それをここで把握することができないからだ。

「やはり、費用はかかっても、緊急回復用の別回線を用意しておくべきだったか……」

それを聞きつけたオペレータの一人が首を振る。

「いえ、相手がEMPでは役に立たなかったでしょう」

緊急回復用のリンク設置は計画されていたが、EMP耐性を付ける予定はなかった。実現していても被害が倍になっていただけだろう。

管制長が渋い表情で頷く。

「……だろうな。作業艇の位置はどの辺だ？」

「表示します」

二面のスクリーンに映った網目のあちこちで、五〇個近い紫の輝点が光る。網目の中と、ブランクになっている空域にある輝点は普通に点灯しているが、網目の切れたあたりの輝点は点滅している。作業中の印だ。

ATTの作業艇は蒼橋リンクとは別に、この管制室と直接通信できる通信機（ATTリンク）を積んでいるので連絡が取れる。実はこのATTリンクをそのまま流用し、付加機能を付けたのが義勇軍の防人《さきもり》リンクだった。おかげで何とか〈紅天《こうてん》〉の来寇《らいこう》に間に合う形で完成している。

「……作業中は一八隻か。衛星の損傷部分の集計は出ているか？」

「さまざまですが……一番多いのはアンテナ接点部の焼損ですね」

衛星全体の回路を守るためにアンテナとの接点にはヒューズに似た低温溶融金属が使われているが、EMPによってアンテナから流れ込むパルス状の大電流に対応できるほど反応速度は速くない。おそらくパルスに対応している緊急ブレーカーが作動し、行き場を失って逆流してきた大電流で焼き切れたのだろう。

「なるほど、配線切れでは、いくらリモートで指令を送っても起動するはずがないが……逆に言えば、復旧は配線の繋《つな》ぎ直しだけでいいということだな？」

「はい。接点の焼損は緊急ブレーカーの正常作動を意味しますから、衛星の機能自体は無事のはずです。ただ復旧は人力でやるしかありませんが」

「それは承知しているよ。そういうことなら手はある」

そう返すと管制長は少し考え、自身のコンソールのカフを上げた。

「〝葡萄山《ぶどうやま》〟を頼む」

そして彼が何か頼みごとをしてしばらくした頃――。

《播磨屋壱號《はりまや》》のコクピットで受信ランプが点《とも》り、スピーカーから舌足らずな声が響いた。

「大将、起きてるカ？」

「ん？　ああ沙良《さら》か。何かあったのか？」

大和屋小雪《やまとやこゆき》を先に休ませた後、ついうとうとしていた源治《げんじ》が寝ぼけ眼《まなこ》をこすりながら、応答のカフを上げた。向こうから呼ばれたのだから応答しても問題はない。

「んとネ、ATTが助《すけ》っ人《と》して欲しいって言って来たんだヨ。今からデータ送るカラ」

そうスピーカーが返すと同時にコンソールのデータ受信ランプが光り、圧縮転送されてきたデータが自動的に展開され始めた。

「中継衛星復旧の要請？　リンクが回復しないと思ったら、ATTも人手が足りねぇんだな」

「らしいヨ。〝天邪鬼《アマンジャク》〟警報でまだ一般の船は足止め中だからラ、ATTの作業艇だけじゃ作業が追いつかないらしいネ」

「たしかに今〝ブリッジ〟に出てるのは義勇軍の艇《フネ》ぐれぇだな」

「うン。でもおおかたは〝白熊山《しろくまやま》〟に向かってるからラ、動けるのは大将のほかは〝旗士《はたし》〟連中だけなんだヨ。蒼橋警察軍《けいさつ》ハ、負傷者運ぶので手一杯だシ」

「なるほど、そういうことなら仕方ねぇな。艦長さんには少し待ってもらうとするか」

「艦長？　誰のコト？」

「いや、こっちの話だ。……しかし、おらぁ中継衛星の修理なんてやったことねぇぞ」

「ア、それなら大丈夫みたいだヨ。データに載ってるけド、配線の繋ぎ直しだけでいいみたイ」

「何？……ああ、そう書いてあるな。ま、やってみるわ」

「頼むネ。ランデブー可能なやつだけでいいってATTも言ってるから、無理はしないでネ」

「おお、ありがとう……と、さっき〝旗士〟連中って言ったな？　旗坊にも連絡したのか？」

　一瞬スピーカーが沈黙する。

「……それガ……EMPの後、連絡が取れないんだヨ」

「何？　防人リンクでも分からねぇのか？」

「うン。反応が消えてそれっきりなんダ……」

「そりゃあ」――まずいな、という言葉を、源治は呑み込んだ。

　たぶん、一番心配しているのは御隠居と、この娘だろう。不安を煽《あお》るようなことは言わないほうがいい。わざと明るく口を開く。

「たぶん、防人リンクのアンテナが壊れたんだろうさ。あいつぁ後付けだから出っ張ってる。やつが〝天邪鬼《アマンジャク》〟にぶつけた時にこするかどうかしたんだろう。自業自得ってやつだ。そんなに気にするこたぁねぇよ」

「そ、そうなノ？」

防人リンクは、一斉同報以外の個別通信は相手のＩＤをＣＩＣが確認してからでないと通じない。受信アンテナが無事でも送信アンテナが破損していればＩＤは送れない。戦況速報は受信できても艇《フネ》の位置をＣＩＣが把握することはできない。

「ああ、たぶんそうだ、蒼橋リンクのほうは、アンテナが外鈑と一体化してるからめったなことじゃ壊れねぇ。リンクが復旧すりゃあ連絡は取れるよ」

「そ、そうだネ。じゃ大将も衛星の修理急いでネ」

「おいおい、おれが修理する衛星が、旗坊とリンクしてるとはかぎらねぇぞ」

「だからだヨ。リンクは繋がってるカラ、大将が修理すればバ、旗坊のリンクと繋がるのも早くなる道理だロ？」

「違いねぇ。じゃ移動するぜ。ありがとな」

「あイ、大将も気をつけテ」

ランプが消えたコンソールをちらりと見て、小雪の私室に通じるカフに手を伸ばそうとした源治だったが、時計の表示が目に入って手を止めた。

――まだ休んで二時間経ってねぇな。起こして軌道計算させれば、あいつのことだから作業が終わるまで起きていると言うだろう。そいつはちと酷だ。

源治はコンソールを航法モードから軌道計算モードに切り替えた。普段は小雪に任せているので最初は少し手間取ったが、すぐに手順を思い出す。

その途中で源治はふと、自分が小雪の計算の検算をしなくなってかなり経っていることに気が付いた。

――最初はおれの検算を食い入るような目で見てやがったっけ。計算が合っていると分かると、ぱぁっと表情が明るくなるんだが、あれはいいもんだったな……だからおれも……いや、そんなこと考えてる場合じゃねぇや。

と、源治が無理矢理軌道計算に心を向けた頃――。

一足先に〝白熊山《しろくまやま》〟に向かっていた《播磨屋参號》のコクピットで防人リンクのデータ受信ランプが光った。

コンソール上で自動展開されるデータを確認していた音羽屋忠信《おとわやただのぶ》が、思わず眉をひそめる。

――順番待ちが七三二隻と来ましたね。〝白熊山《しろくまやま》〟の補給用ピットは五〇箇所だったはずだから、各ピットが一四回転以上しないと順番がまわって来ない計算です。

一隻の補給に一時間として、わたしの番が来るまで半日以上。間に〝車曳《くるまひ》き〟が混じればもっとかかります。これは参りましたね。

《播磨屋参號》はすでに、〝白熊山《しろくまやま》〟と同期する遷移《せんい》軌道に乗っている。普段なら後二時間もあればランデブーできるはずだが、この分ではかなり足止めを食らいそうだ。補給を受ける艇《フネ》は推進剤《アイス》だけでなく、装備品や消耗品も補給するはずだから、たぶん待つのは一日では済まない。

忠信は艇の主推進機関をわずかに噴かすと、少し高い軌道に遷移した。それまでほとんど同軌道にあった〝白熊山《しろくまやま》〟が、下（低軌道）に見えるようになる。

同時に白熊山《しろくまやま》は前方に向けて少しずつ動き出して見えるはずだが、それがはっきり分かるにはもう少しかかるだろう。軌道が高いほど軌道上の速度は高く、周回周期は長くなる。つまり、低軌道の物体は高軌道のそれより周回周期が短いから、見た目には高軌道の物体を置き去りにしていく形になるのだ。

――思いがけず一日空いてしまいましたが、どうしましょうかね。蒼橋リンクはまだ回復してないから、美鈴《みすず》とお話はできないし……。

忠信はそう考えつつ、電源を入れっ放しにしてコンソールに乗せてあるホロムービーを、目を細めて見つめていたが、ムービーの切れ目で、ふとあることに気が付いた。

――そういえば、最初の〝天邪鬼《アマンジャク》〟の軌道解析が途中でしたね。航法支援レーダーの記録は……ああ、ちゃんと残ってます。ほかにやることもないし、少し調べてみましょうか……。

と、忠信が持ち前の几帳面さを発揮していた頃――。

ついに堪忍袋の緒を切った〝流鏑馬《やぶさめ》の辰美《たつみ》〟こと生駒屋辰美《いこまやたつみ》が防人リンクのチームスイッチを切り、うんざりした様子でシートをリクライニングさせた。

――越後屋《えちごや》の野郎、あれでよく鉱務店の大将が務まっているもんだ。もっと早く音羽屋を見習うべきだったぜ……。

ようやく防人リンクが直ったと思ったら、いきなり流れて来たのがグループ内通話で越後屋景清《えちごやかげきよ》が垂れ流す愚痴と悪口だったのだ。

最初は昇介《しょうすけ》の管制の仕方に文句を付けていたが、ほどなくこきおろしの対象はほかの播磨屋一家の面々に及んだ。曰《いわ》く、源治は甲斐性なしのくせにカッコつけ、小雪はいるかいないか分からない、甚平《じんぺい》はただの目立ちたがり……等々。

話を聞いているはずの音羽屋こそ名指しはしなかったが、ちくちく繰り返す嫌味の下劣さはかなりのものだった。言われる本人が辟易《へきえき》して早々にスイッチを切ったのは正解だったろう。

ただ、辰美が頭に来たのは播磨屋一家への悪口が酷《ひど》かったからではない（もちろん、いい加減に切れかけてはいたが）。

越後屋が、それまで播磨屋一家の悪口雑言《あっこうぞうごん》を並べ立てていたその口で、「それに比べて生駒屋は違う、女だてらにあの腕はたいしたもんだ」——などと、歯の浮くようなセリフで自分を持ち上げ始めたせいだ。

——虫唾《むしず》が走るってのはこのことだ。どういうつもりか知らないが、あいつと一緒のグループは二度と御免だぜ……。

反射的にスイッチを切った後、ツナギの胸元から覗いていた小さなペンダントを引っ張り出しながらそんなことを考えていた辰美は、その少し野暮ったい若駒の意匠を指で確かめながら、ぽつりと呟《つぶや》いた。

「成田屋の野郎。どうしちまったんだ……」

辰美はまだ、防人リンクが送ってきた戦況速報を見ていない。

そして当の越後屋が回線が切られたのに気付かないまま辰美を口説いている（つもり）でしゃべり続けていた頃——。

昇介は色を成したロイスに詰め寄られていた。

「どうして？　どうして〝踏鞴山《たたらやま》〟にすぐ行けないんです？　ちょっとバックすれば……」

困った様子で昇介が答える。

「作業艇にバックギアはないんだよ。〝天邪鬼《アマンジャク》〟に同期した時と同じで、もし戻ろうと思ったら逆噴射で今の速度を殺して、それから戻って来なくちゃいけないんだ」

「だったらそうしてください！　前にやったんだからできるんでしょう！」

「無理だよ、あの時とは残ってる推進剤《アイス》の量が全然違う。逆噴射したって速度は殺せないよ」

「推進剤《アイス》？　じゃ、それを補給すればいいんですね？　どこにあるんです？」

「〝白熊山《しろくまやま》〟だよ」

「しろくま？　ほかのみんなが行ったところですね。どこです、それ？」

「L区の〝簪山《かんざしやま》〟の近くだよ。さっきまで向かってたところ」

「簪《かんざし》……あんな遠いところまで行かないと推進剤《アイス》はないんですか？　どのくらいかかるんです？」

「そうだね。今の推進剤《アイス》の量なら三日くらいかかな」

「三日……だめです。そんなには待てません！」

そう叫ぶとロイスはやにわに便乗席から浮き上がり、昇介の肩をつかんだ。

「時間が、時間がないんです！」

甚平の様子が気になって仕方ないのだろう。泣き寝入りする前が嘘のようだ。

と、苦笑いしながら揺すられていた昇介が、片手を伸ばしてコンソールのデータをロイスの席に転送した。

「ちょっとモニター見てみて」

え？　と、ロイスがシートに戻るのを待って、昇介は説明を始めた。

「これが、最初ぼくらが〝白熊山《しろくまやま》〟に向かっていた時の軌道」

青い四角で示されたH区の〝踏鞴山《たたらやま》〟を通り過ぎた黄色い線が、蒼橋の南極方向に抜けた後、蒼橋を何度か周回しながら交差角度を徐々に変えつつ高度を落とし、L区にある白い三角形に接近していく。

「あの白い三角形が〝白熊山《しろくまやま》〟ね。推進剤《アイス》が残り少なくてちょっとしか減速できないから、L区の周回速度に合うまで蒼橋を何度も周回しないといけないんだ。どうしても三日はかかるよ」

モニターをじっと見つめていたロイスが、ぽかんとした表情で顔を上げた。

「こんな蛇みたいな軌道を取らないといけないんですか？　先に〝白熊山《しろくまやま》〟に向かった人もみんなこんな風に？」

昇介は微笑むとコンソールを操作した。

さっきの黄色い線よりかなり上（北極方向）から始まった青い線が急角度でカーブし、蒼橋のかなり手前で向きを変えて蒼橋の向こう側にまわり込んだ後、白い三角と周回速度を合わせてランデブーする。

「みんなは離脱が早かったから、速度や角度を変更する時間が充分にあったんだ。だからこんなに複雑な軌道は取らない——というか、取らないですむように早めに離脱したんだ」

そう言われてロイスは考え込んだ。昇介が言うことは何となく分かるが、どうも納得できない。ほかにもっといい方法があるような気がしてならない……。

その様子をじっと見ていた昇介はにっこり笑うと、改めてコンソールを操作した。

「最初、って言ったでしょ。今は違うんだよ」

コンソールに新しく緑色の線が加わる。

最初は黄色の線に重なるように延びていくが、南極側に抜けた後、蒼橋を大きくひとまわりしながら角度を変え、〝ブリッジ〟のＨ区に沿うように接近していく。

「こうやって最初に少し加速した後、アポジ《遠地点》で角度を変えて戻って来るんだ。相手は衛星じゃないし、いるのはＨ区だから減速もそんなには必要ない。ロイス姉ちゃんが寝てる間にアポジ《遠地点》は過ぎたから、あと少しでランデブーできるよ」

「相手は衛星じゃない？」

「うん、Ｈ区に推進剤《アイス》を運ぶ臨時便が出てるんだ。こんな軌道でね」

Ｈ区の〝踏鞴山《たたらやま》〟に向かってＬ区の白い三角から白線が延びていき、途中でさっきの緑色の線と交差する。

「ぼくたちはそのタンカーに追いついて推進剤《アイス》を分けてもらい、一足先に〝踏鞴山《たたらやま》〟に行くんだよ」

ぽかんとしていたロイスの顔に突然理解の色が浮かび、ものも言わずに昇介に飛び付いてしばらくした頃――。


待機時間の暇つぶしも兼ねて播磨屋一家の悪口を延々と垂れ流していた越後屋景清は、膝の上に置いていた小型端末が無音で振動したのを感じて防人リンクのカフを戻した。

端末に表示されるメッセージを確認してにやりと笑う。

「やっと出番だぜ」

改めて最初の手順と、今受けた指令との違いを確認し、一つ頷く。

――まずはこいつを故障させねぇといけねぇな。

景清はコンソールの蓋を開き、後から増設したスイッチのいくつかをoffにしていく。

低い警告音と共に表側の警報ランプがいくつか点る。

それを不安そうに見ているナビゲーターを無視して、景清は防人リンクの送信カフを上げた。

「炉心の温度が下がった。ちょっと様子を見てくる」

「了解。使いすぎかい？」

心配そうな乾葡萄《オペレータ》の声がスピーカーから返る。

「たぶんそうだ、けっこう無理させたからな」

と、返した景清が、ナビゲーターに後ろに行くよう顎をしゃくり、くつろぐためにシートをリクライニングさせて仮眠に入った頃――。


〝要山《かなめやま》〟の中では、スタッフの歓声と共にスクリーンのH区に網の目が広がり始めていた。

M区の衛星の一つが復旧し、L区とH区がリンクしたために、自動起動を管制センターで把握できていなかったリンクが見え始めたのだ。

しかし石動管制長は再び眉を曇らせた。広がる網目が妙に荒い。

やがて網目《めめ》は、H区の三分の一程度を覆って拡張を停止した。中心となるべきサブセンター《かなめ》とリンクしている衛星はなく、その周辺には広いブランクが広がっている。

「よし、復旧した衛星を待機状態《スタンバイ》にしろ」

管制長の号令と共に、いま復活したリンクの表示全体が点線に変わる。まだL区とH区の一般回線は一本しか繋がっていないから、下手に稼動させるとパンクしてしまうのだ。

それを確認して管制長はコンソールのカフを上げた。

「サブセンターを呼んでくれ」

少し間があって、サブセンターを預かる副管制長である、観音寺玲子《かんのんじれいこ》の落ち着いた声が返って来た。

「サブセンター、観音寺です」

「石動だ。H区と一般回線が繋がった」

「はい、モニターしていました。ありがとうございます」

「いや、礼は修理した義勇軍に言ってやってくれ。そっちの状況は？」

「芳《かんば》しくありません。今のモニターで分かりましたが、やはり〝踏鞴山《たたらやま》〟周辺の衛星は全滅です」

「ああ、この分だとほかのM区の衛星が復旧しても、〝踏鞴山《たたらやま》〟周辺は取り残される可能性が高いな。修理の状況は？」

「はい。〝踏鞴山《たたらやま》〟内部のリンクは作業用の艀《はしけ》を使ってほぼ復旧したんですが、それより外側は手付かずです」

「推進剤《アイス》待ちか……」

管制長は少し考えて決断した。

「よし、推進剤《アイス》が届きしだい、H区で復旧しているリンクとの接続に全力を挙げてくれ。こちらはM区の衛星の復旧を続け、両方がある程度完了した時点で蒼橋リンクを稼動させる」

「了解しました。こちらに推進剤《アイス》が届いて作業できるようになるのは一二時間後です」

管制長はにやりとした。推進剤《アイス》自体は一〇時間後には届くはずだが、作業艇に補給したのち、修理対象の中継衛星に着くまでの時間もしっかり見込んである。さすがだ。

「よし、M区の衛星修理を急がせる。そっちも頼む」

と、管制長が通信を切ろうとした時、副管制長が口を挟んだ。

「これは……そちらでも探知していると思うんですが、お耳に入れておきます。L区から違法な電波が頻繁に発信されています」

「違法？」

ＥＭＰの直後は不安になった衛星や退避中の作業艇が予備の無線機を使っていっせいに交信を始めたが、それは基本的に事前に許可を受けていたものだけだったし、緊急以外は復旧の妨げになるという警告が出されたから今では下火になっている。

「周波数と発信地は分かるか？」

「公用周波数帯と汎用周波数帯の境目あたりです。頻繁に変調をかけているので追跡が困難ですが、発信地は蒼橋の方向です。今はここしか観測点がないので、実際の位置は分かりません」

電波は直進するから、観測点が二箇所以上あれば電波の発信地は特定できるが、一箇所だけだと方向しか分からない。

「蒼橋？　間違いないか？」

「はい。最後に観測してから四時間以上経ちますが、発信源の方向は蒼橋付近から動きませんでした」

管制長は少し考えるとオペレータの一人を手招きし、同時に副管制長に確認した。

「分かった。こっちで詳細を調べる。ほかには何かあるか？」

「いえ、今のところはそれだけです」

「分かった。復旧に専念してくれ」

「了解《ラジャー》しました」

――という応答を背中で聞き、管制長は招いたオペレータに走り書きのメモを手渡し、口の前に人差し指を立てた。

一読して目を見張ったオペレータが、急いで自席に戻り、作業を始める。

少しして管制長のコンソールの秘話ランプが点《とも》った。

遮音スクリーンをonにし、ヘッドセットを付けた管制長の耳に、オペレータの声が響く。

「観測されています。今、サブセンターの傍受記録と照合していますが……発信源は〝簪山《かんざしやま》〟が一箇所、後はL区内を移動した痕跡があるのが四ないし五箇所です」

データを開いてチェックを始めた管制長は、なぜ気が付かなかったのかは聞かなかった。全員がリンク復旧にかかりきりになってる時に、自動で記録されている受信データをのんびり見ている暇があるはずがない。

――よくこれに気付いたな、さすが玲子だ。公用周波数で交信が始まるとそれに紛れるように交信が始まる。周波数も頻繁に変えている……。

いくら官制長でも、スクランブルがかけられた通信の内容までは分からない。ただ、会話をそのままスクランブル化したものなら、通信者の息つぎなどによって不自然な中断が生じるが、この通信にはそれが見られない。

――データ通信ということか。となると解析は難しいな……。

そこに解析を試みていたオペレータが口を挟む。

「一般用とも公用とも異なったスクランブルパターンですが、データベースを検索したら、過去に傍受例がありました。紅蒼通商協定の交渉時に記録されています」

「紅蒼通商協定？　その時の発信地はどこだ？」

「……特定にまでは到っていませんが、おそらく簪山《かんざしやま》の〈紅天〉弁務官事務所だと思われます」

石動管制長はそれを聞いて自分のうかつさを呪った。

――そうだ。あの時は蒼橋リンクが稼動中だったから、これよりよほど目立っていたのに、なぜ忘れていた……。

管制長は遮音スクリーンを叩きつけるようにｏｆｆにし、簪山《かんざしやま》と葡萄山《ぶどうやま》に通じるカフを上げた。

しかし、彼らが気付くのは少し遅かった。

4 陥落

最初に気付いたのは〝簪山《かんざしやま》〟で通信機器の緊急点検をしていたATTのエンジニアだった。

耳元で響いた警報音で振り向くと、外部とリンクしている機器の操作パネルで赤い警報ランプがいくつも点灯している。

この機器収納エリアは宇宙空間《そと》とエアロックなしで繋《つな》がっている。メンテナンスのために耐Gスーツを着るのは少し面倒だが、配線が大気で結露したり錆びたりしないから、メンテナンスの回数自体が減るし、厳重な管理が必要な気密システムを定期的に確認する必要もない。

耐Gスーツ姿のエンジニアは慌てて喉を押し、喉頭マイクをonにして〝簪山《かんざしやま》〟の蒼橋《あおのはし》リンク管制室を呼び出した。

「管制。こちら一班エア。センター衛星とのリンクが切れた模様。確認お願い」

「了解。今こちらでも切れたのを確認した。機器の異常か？」

「いま調べてます。応援よろしく」

直径六キロ、長径一二キロの岩塊《ヤマ》を刳《えぐ》り貫《ぬ》いて建設された〝簪山《かんざしやま》〟は、逆の言い方をすれば厚い岩盤に覆われている。EMPの影響はわずかだったが、ATTとしては機器に異常がないかを確認しなくてはならない。エアの所属する一班の班員はその緊急点検であちこちに散っているから、集合をかけている時間はないのだ。

「了解《ラジャー》、三班を送る」

三班は緊急点検で異常が発見されたときに出動する応援部隊の一つだ。

「仙崎《せんざき》ね？　あの班なら大丈夫だわ。早くお願い」

「了解。急がせる」

喉から手を離した女性エンジニアは、スーツの袖口に埋め込まれているチップで機器のメンテナンスドアを開錠し、キャビネットの中に潜り込んだ。

くびれた腹部の周りに収めているメンテナンス用機器のなかから回路診断用端末を取り出し、周囲にびっしり詰まった配線の中から手早く警報システムを見つけ出すと検査を始める。

だが、作業を進めるうちに彼女の表情が少しずつ険しくなる。

「うぉっ、真っ赤じゃねぇか。エア、どこだ？」

耳元から野太い声が響く。三班のチーフを務める仙崎信雄《せんざきのぶお》だ。

「一番パネルのなか。二番以降をお願い」

カチカチという音だけが返って来る。マイクのスイッチを二回入れるのは了解の合図だ。

だが、作業に戻ったエアの表情はますます険しくなる。

——警報システム……異常なし。電源……異常なし。電源回路……異常なし、予備電源回路異常なし、受信回路異常なし……異常なし……異常なし……。妙ね。どこにも異常はないわ。外からの信号が入って来ないだけってこと？

「こちら一班エア。一番パネル異常なし」

「こちら三班仙崎。二番、三番、四番、予備異常なし。こいつぁ外のアンテナがいかれたかな？」

「いえ、アンテナ回路にも異常はないわ。問題はここ《簪山》じゃないわね」

「ふむ。となると問題は〝要山《かなめやま》〟か中継衛星だな」

「そうなるわね。管制、こちら一班エア。機器に異常はないわ。〝要山《かなめやま》〟と連絡は付いた？」

「今緊急無線で連絡が付いた。向こうも異常はないらしい」

「異常ない？　じゃあ中継衛星ね？」

「それしかない。メンテナンス回線にも反応していないようだ」

「一週間全部？」

運用中の中継衛星の数は全部で六基＋予備一基なので、それぞれに曜日の名前が付いている。

「いま見えている分は全部だ」

通常、〝要山《かなめやま》〟から見えない（通信できない）位置にある中継衛星のメンテナンス回線はほかの衛星を経由するのだが、それが機能していないのだ。

「それは……確認しないと」

「ああ、いま作業班を編成している。エアは三班と一緒に蒼橋宇宙港《みなと》に行ってくれ。三二号が準備中だ。作業班の指揮はエア、おまえに頼む」

「三二号？　桶川《おけがわ》の艇《フネ》ね。分かった。一班チーフ、エア・宮城《みやぎ》、作業班の指揮を取ります。三班！　蒼橋宇宙港《みなと》に行くわよ。外まわり」

四つのカチカチという音を確認したエアがキャビネット内の狭い隙間を抜けパネルを閉めて振り返ると、エリアのハッチの前で待っていた女性らしいライトブルーのスーツが大きく腕を振り、指を三本立ててハッチを指差した。

――わたしが最後ね。了解。

同じように大きく腕を振って了解のサインを返したエアが、でこぼこの多いそのスーツに続いてハッチに潜り込む。いちおうでこぼこ具合ではエアも負けていない。

〝簪山《かんざしやま》〟の端にある蒼橋宇宙港《みなと》に行くには、入り組んだ内部を通るより外をまわったほうが早い。

そしてエアたちが〝簪山《かんざしやま》〟の外殻を掘り抜いた通路を抜け、出口に用意されている近距離移動装置《バイク》に取り付いた頃――。

「〝簪山《かんざしやま》〟のリンクが切れたぁ？」

CIC《シーアイシー》で蒼橋《ぶどうやま》義勇軍司令長官滝乃屋仁左衛門《たきのやにざえもん》が頓狂な声を上げていた。

ようやく蒼橋航路局の航法支援システムが復旧し、接近中の連邦宇宙軍の艦隊《きへいたい》との間で〝天邪鬼《アマンジャク》〟後陣迎撃の最終手順が決まったところだったが、一難去ってまた一難というやつだ。

シュナイダー参謀長が、自分のコンソールを忙しく操作しながら答える。

「はい。突然でした。いま緊急無線で連絡中ですが、向こうでも事情はよく分からないようです」

「〝簪山《かんざしやま》〟内のリンクは生きているんだな？」

「ええ。無線で確認しました」

「中継衛星がいかれたか？」

「おそらく。ただ、中継衛星は常に複数がリンクしていますから、一度に全部故障するというのは考え難《にく》いんですが……」

〝簪山《かんざしやま》〟には五〇万人以上の人間がいるが、蒼橋リンクとは〝要山《かなめやま》〟を介してしか接続していない。

蒼橋リンクはもともと、〝簪山《かんざしやま》〟内部でだけ使われていたシステムを、〝要山《かなめやま》〟を介することで〝ブリッジ〟全体に拡張したものだから、これは当然だろう。つまり、〝簪山《かんざしやま》〟は蒼橋リンク全体の中では盲腸的な位置にあるのだ。

ただ、蒼橋宇宙港《みなと》に発着する多数の宇宙船の障害にならないよう、〝簪山《かんざしやま》〟の周囲は丹念な掃海によって広い空隙になっているから、近くに〝要山《かなめやま》〟（当時はまだこう呼ばれてはいなかったが）を置くわけにはいかなかった。

同軌道で発着に邪魔にならない位置だと間に蒼橋が挟まるし、高軌道か低軌道に置いても、高度が違えば周回周期が異なり、あいだに蒼橋が来る期間が生じるのは避けられないからだ。

そこでATTは、両者の間を中継する衛星を蒼橋の極軌道（惑星の南北両極の上空を通過する軌道）に乗せた。

この軌道上に等間隔で複数の衛星を配置すれば、赤道に沿った通常の軌道上にある〝簪山《かんざしやま》〟と〝要山《かなめやま》〟のそれぞれがどの位置にあっても常に交信できるからだ。

もちろん司令長官もそのくらいは承知している。

「たしかに妙な話だ。兆候はなかったんだな？」

「ATTが違法な発信電波を傍受していたようですが、確認できたのはついさっきです。

航法支援レーダーシステムも回復したばかりなので、衛星の周辺で何かあったとしても記録には残っていないでしょう」

「そうか……。ATTは何と？」

「〝簪山《かんざしやま》〟と〝要山《かなめやま》〟から作業艇が出るそうです。到着は四時間後ですね」

「いや、そういうことを聞いてるんじゃねぇんだが……まぁいい。まだ出発してないウチ《義勇軍》の艇《フネ》は何隻ある？」

いきなり話題が変わって参謀長は少し驚いたが、指はしっかりとコンソール上を走っている。

「〝白熊山《しろくまやま》〟で補給を受ける予定の艇《フネ》が一二一四隻で、今八四二隻目が補給を終えて迎撃地点に向かって出発しましたから、残りは三七二隻ですね」

「一二一四隻？　少し増えたな」

「防人《さきもり》リンクの故障で連絡できなかった艇《フネ》が、〝白熊山《しろくまやま》〟近くまで戻って来てほかの艇《フネ》に発光信号で連絡して来たんです。たぶん、まだ増えますよ」

「発光信号？　そりゃあ……」

司令長官はにやりとした。

採鉱師《やまし》連中は独立自尊の気風が強く、蒼橋義勇軍に編成されてからも幹部連を散々悩ませてきたのだが、こと安全に関してはやることが徹底している。

各艇には予備の無線機が積まれているはずだが、蒼橋リンク復旧の妨げになるという警報が出たとたん、全部の交信がぴたりとやんでいるのもその現われだ。〝天邪鬼《アマンジャク》〟警報で一般の宇宙船や作業艇が足止めされていなかったら、こんな風に見事に足並みは揃わなかっただろう。

と、御隠居は「じゃあ、あいつも……」と言いかけ、咳払いして誤魔化した。そこに親爺参謀長が、今の司令長官の立場では聞きにくいことをさらりと交えて報告する。

「まだ連絡が取れないのは滝乃屋中尉ほか、一二隻です。沙良《さら》がずっと安否確認を続けています」

「沙良か……」と微笑んだ御隠居は、「すまん」と小さく返して話を戻した。

「じゃあ、残りの艇《フネ》の中から、〝旗士〟と〝露払い〟のペアを一〇組選んで待機させといてくれや。自分の判断で動けそうなベテランがいいが、贅沢は言わねぇ。それと――例の大将はどうしてる？」

「大将？　ハイネマン中佐ですか？　ATTから支援要請を受けて中継衛星とランデブーしましたから、向こうに着くのはかなり遅れますね」

「どれどれ？」と、参謀長のコンソールを覗き込んだ司令長官は腕を組んだ。

「M区のこんな内側まで来ちまったのかい……。これじゃあ例の軽巡航艦のところまで戻るのは骨だな」

降伏した〈紅天《こうてん》〉の二隻の軽巡航艦は、H区とM区の間にある空隙にいる。たしかに、一度M区まで軌道を落としてしまったら、もう一度加速してやらないかぎり空隙までは戻れない。

少し考えていた司令長官が顔を上げる。

「よし、大将にはそのまま〝白熊山《しろくまやま》〟に行くように言ってくれ。あっち《軽巡航艦》には推進剤《アイス》を満タンにした〝車曳き〟を二隻送るよう手配を頼む。回航要員も忘れるなよ」

「了解《ラジャー》。念のために〝露払い〟も二隻付けますか？」

「ふむ、そうだな……じゃあ管制用に〝旗士〟も一隻頼む。そのくれぇの余裕はあるだろう？」

「ええ。今度は連邦宇宙軍《きへいたい》の助力があるから、多少は楽です」

「よっしゃ。今できることはこれくれぇだな」

「え？　〝簪山《かんざしやま》〟はどうするんです？」

「中継衛星に悪さをした連中はもう消えちまってる。調査と復旧はATTの仕事だ。何か分かるまでこっちにできることはねぇだろう？」

「いや、少なくとも、違法な電波を出したやつらがいるのは確かですよ。調査しないと……」

「どうやって？　もう電波は出てねぇんだろう？」

「ええ。最後に観測されたのは四時間前ですが……」

「レーダーの記録もねぇんじゃ調べようがねぇ。蒼橋リンクが回復すりゃあ、〝天邪鬼《アマンジャク》〟警報中にふらふら出ていたやつの情報も入って来るだろうが、そのために緊急無線を使ったらリンク回復の妨げになる。本末転倒ってやつだぜ」

「し、しかし。電波は〝簪山《かんざしやま》〟からも出てます。これはたぶん、〈紅天〉の弁務官事務所です。閉鎖しないとこっちの動きが筒抜けですよ」

「そいつは評議会の判断だぜ。ただこれまで手を出さなかったってことは、主席にそのつもりはねぇってことだろうさ」

「つもりはない？ どういうことです？」

「公式のチャンネルを閉じたって、〈紅天〉が情報集めをやめるはずがねぇってことさ。変にいろいろ勘ぐられるくれぇなら、きちんと話せるようにしといたほうがあとあと面倒がねぇ」

「あ、あとあとですか？」

「ああ、あとあとだ」

そう繰り返して、司令長官はにやりと笑った。

どうやら司令長官には何か目算があるらしい。参謀長は一つ頭《かぶり》を振ると矛《ほこ》を収めた。

「分かりました。司令長官がおっしゃったとおり、後《ご》の先《せん》ですね」

「ああ、ここで中途半端に土竜《もぐら》の子を叩いても親は逃げちまう。親玉が姿を見せるまで待つしかねぇ」

「出てきたのが土竜の親じゃなくて熊だったらどうするんです？」

「そうなったら寝る暇がなくなるってことさ。というわけで、おれは寝るぞ」

「はい、先に休んでください」

参謀長は即答した。司令長官は〝天邪鬼《アマンジャク》〟迎撃開始以来、碌《ろく》に寝ていない。それは参謀長も同じだが、どちらが先に休むかといえば、それは司令長官に決まっている。ことが起きたときに司令長官が寝不足でふらふらだったら、まわるものもまわらない。

「すまねぇが、これが役得ってやつだ。ほかのスタッフも適当に休ませておいてくれや」

「了解《ラジャー》」

と、少し目をしょぼつかせた親爺参謀長が御隠居司令長官を見送った頃——。

蒼雪《あおのゆき》の衛星軌道を離脱した〈紅天〉の蒼橋派遣艦隊旗艦《テルファン》の私室で、アンゼルナイヒ司令長官が目を覚ましていた。

古風な慣例を多く残している紅天軍だが、さすがに〝艦長及ビ艦隊指揮官ハ作戦行動中ニ艦橋ヲ離レルベカラズ〟などという無茶な風習は継承していない。

ひとつ伸びをした司令長官は起き出して髭を剃りながら、仮眠中に届いた報告に目を通す。

——実行部隊は三班編成。衛星班とCIC班は作戦開始。最後の一班は一、二班の結果待ち……か。そろそろ結果が出るころだな。

これからの手順を反芻しながら司令長官が制服の袖に手を通し、従兵に軽食の用意を命じてから少したった頃——。


エアたち作業班を載せたATT作業艇三二号の中で、艇長の桶川翔治《おけがわしようじ》が首をひねっていた。

「変だな……エコーが妙に弱い」

しきりにコンソールをいじっている様子を見とがめたエアが声をかける。

「どうしたの？」

「いや、水曜日《ウェンズディ》なんだが、位置は変わってないのにレーダーの反射が弱いんだ」

「反射が弱い？　どういうこと？」

「分からん。こんなことは初めてだ。あの大きさだから、この距離ならもっと明るく映るはずなんだが……」

中継衛星は無人だが、直径が一〇〇メートル以上ある。しかも表面は中指向性平面アンテナと太陽電池で覆われているから、レーダーの反射能《アルベド》は非常に高いのだ。

「まさか……中身が抜けた、なんてことはないわよね？」

エアの疑問に桶川艇長が苦笑する。

「そりゃあ確かに中身はガスだけだが、そう簡単に抜けたりはしねぇだろう」

中継衛星を設計するときに一番考慮されたのが、信頼性とメンテナンス性だ。人間が常駐するわけにはいかないから、不具合の原因になる部分を極力少なくすることが求められたのだ。

だが、アンテナの首振り機構は故障の原因になるし、本体ごと首を振らせれば定期的な推進剤《アイス》の補給が欠かせない。

考えあぐねたATTの技術陣は結局、首振りが必要ないアンテナを使うことにした。衛星を球形にし、その表面に平面化した中指向性アンテナを多数貼り付けるのだ。これなら、通信相手に向いているアンテナだけを稼動させ、順次切り替えていけばいい。

ただ問題は、必要な表面積が相当広く、普通の方法で組み立てればかなり巨大な衛星になることだったが、これは簡単に解決した。衛星と同じサイズの風船を作り、表面に平面アンテナと動力源の太陽電池を隙間なく貼り詰めて軌道に乗せるのだ。

軌道上で少量の不活性ガスを注入された衛星の皮はまん丸に膨らみ、ゆっくり自転させてやれば、内部のわずかな圧力と遠心力で形を保つ仕組みだ。

さらに隕石や宇宙ゴミ《デブリ》で穴が空いても、一メートル以下ならある程度の時間球形を維持できるだけの予備ガスも用意されている。衛星の機能が完全に停止する可能性は低いはずだった……。

――だが、作業艇三二号が三番中継衛星・水曜日《ウェンズディ》を視認できる距離まで接近したとき、エアの予感が当たっていたことが明らかになった。

「しぼんでるぜ……」

最大ズームで表示されている正面スクリーンの真ん中。

星空と赤黒く荒れた蒼橋の地表をバックにして、バナナの皮のようなものが浮かんでいる。

作業艇のクルーと作業班が呆然と見つめる中、最初に我に返ったのはエアだった。

ATTリンクの通話カフを叩くようにonにする。

「水曜日《ウェンズディ》を視認。しぼんでます」

防人リンクと同様、通話開始と同時に作業艇のIDが送られているからいちいち名乗る必要はない。

スピーカーから戸惑ったような声が返る。「何だって？」

エアはそれに答えず、スクリーンをキャプチャして送信する。

「映像を送ります」

「……これは……ちょっと待て」

絶句した〝要山《かなめやま》〟のオペレータの背後で何か切迫したやりとりの気配があり、スピーカーから改めて声が響く。

「今、金曜日《フライディ》に向かった作業艇から連絡があった。あちらもしぼんでいるらしい」

今度絶句するのはエアの番だった。

「……そんな馬鹿な……」

それに構わずスピーカーが続ける。

「水曜日《ウェンズディ》の被害状況はどうだ？　復旧できそうか？」

スクリーンのズームを最大にしたまま、観測する波長を変えて表面温度の分布を見ていた桶川艇長が黙って首を振る。それを見て取ったエアがカフを上げた。

「だめです。回路は完全に死んでいます。もっと接近しないと確認できませんが、裂け目らしきものが多数あります。あれを修理しないかぎり、ガスは入れられません」

「……分かった」と少し考える気配があって再びスピーカーが作動する。

「水曜日《ウェンズディ》を通過《フライパス》して、木曜日《チューズディ》に向かってくれ。今はほかの衛星の状況を確認するのが先だ」

「了解《ラジャー》」

そしてエアたちが大急ぎでほかの中継衛星に向かった頃——。

仮眠室で眠り込んでいた蒼橋義勇軍司令長官・滝乃屋仁左衛門の上に、本来の〝葡萄《ぶどう》山《やま》〟で働く医療スタッフの制服を着た人影が屈み込んでいた。

人影が司令長官の呼吸に合わせて鼻の下で小さなアンプルを折る。とたんに御隠居は大きく深呼吸し、身体全体がゆっくりと弛緩《しかん》した。

アンプルを持っていない手で鼻と口を覆っていた人影はしばらく様子を見ていたが、変化がないことを確認して手を離し、入り口に合図する。

そして数人の医療スタッフ姿の人影が、何か大きな棺桶のようなものを運び込んで来た頃――。


何かいい香りがして、成田屋甚平《なりたやじんぺい》はうっすらと目を開けた。

朧《おぼろ》な白い影が自分の上にある。その白い影の真ん中あたりにピンク色の何かが現われ、ふっと形を変えた。

「よかった、気が付いたのね」

柔らかな声が耳に滑り込んでくる。徐々に目の焦点が合って来た。声が聞きやすいようにマスクを外した誰かが覗き込んでいるのだ。

なぜか首が動かない。まだ霞《かす》んでいる目だけ動かして周りをうかがう。

白塗りの天井、壁、カバーのかかった照明。消毒薬とかすかに生臭い鉄錆のような匂い。

その中に一筋、清清《すがすが》しい花のような香りがある。

「いい香りだな……」

何も考えられず、最初に頭に浮かんだことが口から出る。

白い影は一瞬戸惑った様子だったが、ふと気が付いたらしく、言葉を継いだ。

「この香り？　あ、しばらくお風呂に入れなかったから、香水付けてたんだ。気になります？」

「いや……そんなことはねぇが……この香りはどこかで……」

と、甚平は記憶を探り、一つの記憶に行き着いた。

「ああ、辰美《たつみ》だったのか……。どうした？」

とたんに白い影が飛び退《すさ》り、視界から消えた。

一瞬、低い嗚咽《おえつ》とばたばたという足音が聞こえ、ドアが閉まる音がした。

「何だ？」

右肘をついて上体を起こそうとした甚平の右腕から首筋にかけて激痛が走る。慌てて身体を戻し荒い息をつく耳に、あきれたような声が届く。

「右腕と鎖骨が折れてるんだよ。首の骨も損傷してるらしいから、動いちゃだめだよ」

声に聞き覚えがある。鈍い痛みをこらえて反対側を向くと、見慣れた顔があった。

「なんだ、昇介《しょうすけ》じゃねぇか。おめぇはたしかロイスと……」

そのとたん、記憶が怒濤《どとう》のように戻って来た。

——そうだ、おれは！

5　救出

住職に案内された葡萄山細石寺《ぶどうさんさいせきじ》の一室でぐっすり寝込んでいたロケ松は、誰かに揺さぶられて目を覚ました。

一瞬見ていた夢と一緒になって混乱したが、すぐに覗き込んでいるのが沙良《さら》だと分かったので、思わず憎まれ口が出る。

「なんだ、沙良じゃねぇか？　言っとくが夜這いはだめだぞ。おれにゃあ女房が……」

とたんに頬が鳴る。驚いて飛び起きた連邦宇宙軍機関大尉の上に押し殺した声が降る。

「ナニ馬鹿なこと言ってるんだヨ、こっちだってそんなノ、願い下げだヨ」

見直せば、沙良の表情はいつになく真剣だし、何か普段と違う服を着ている。ロケ松は少し考えて思い出した。

「そりゃあ、ここの葡萄山《ぶどうさん》の医療スタッフの制服じゃねぇか。なんでそんなものを……」

と訊《たず》ねるロケ松に押し被せるように、沙良がまくし立てる。

「いいからラ、少し黙っテ。御隠居さんが捕まったんだヨ」

「何！」

今度こそ本当に目が覚めたロケ松に、沙良が制服のポケットから取り出したワイヤレスヘッドセットを手渡した。

「聞いテ」

本体を耳に引っ掛けると体温でぴたりと張り付き、そこから伸びた細いワイヤが口の前に来る。これがマイクなのだろう。

沙良が何やら手元で操作すると、耳元で誰かが話し始めた。シュナイダー参謀長らしい。

「……そうか、滝乃屋《たきのや》中尉はタンカーに向かっていたのか。ありがとう。ほかの艇《フネ》の消息も分かりしだい知らせてくれ。……ん？　何かあったのか？」

ここでしばらく間が空いて。

「これは？　冬眠？　どういうことだ？　何だと！」

何やらコンソールを操作する気配があって、再び参謀長の声が続く。調子が低い。

「……分かった。命に別状はないんだな？　で、おれは何をすればいいんだ？」

そこで初めて相手の声が入る。少し甲高くて神経質そうな声だ。

「話が早いな。きさまは何もするな」

「何だと？」

「あの爺《じい》さんが決めたとおりにやればいい」

「どういう意味だ」

「いま言ったとおり、全部予定どおり進めればいい。ほら、呼び出しだ。気取《けど》られるなよ」

低いコールブザーの音がする。カフを上げる音があって。

「シュナイダーだ。ああ、それは構わない。向こうはリンク用端末を積んでないからな。ただ、帯域指定は守ってくれ。何？　ああ分かった。伝えておく」

カフを下ろす音があって。参謀長が口を開く。

「これでいいか？」

男が答える。

「完璧だ。さすがだな。役者でもやっていける」

「わざわざ再就職の斡旋に来たのか？」

「かもしれんな。だが素人芝居では誤魔化せないこともある」

「おい、何をしている」

「コンソールをロックした。表示は受けられるが、こちらから操作はできん。見たい物があったら先方から送らせろ。念のためこちらでもモニターする」

「考えやがったな」

そこでぷつんと会話が切れた。

ヘッドセットを外したロケ松は呆然として沙良に向き直った。

「こいつぁいったい何だ……」

沙良が少しきまり悪そうに口を開く。

「御隠居さんのコンソールに貼っタ、発信機《トランスミッター》に入ってた会話だヨ」

「発信機《トランスミッター》？　なんでそんなものを……」

「あノ、今のうちに休めって言われテ……でも心配デ……それを仕掛けたんダ。旗坊に関係ある言葉が出たラ、自動的に送信して来るようにしてあるんダ」

ロケ松は感心した。――恋の成せる技ってやつか？　それにしたって並の小娘のやることじゃねぇぞ……。

「そりゃあまた見事な手際だが、それに入ってたのが今の会話だな」

「うン。びっくりしてCICに行ったラ、親爺《おやじ》の隣にATTのツナギを着た男がいたんダ。そっと様子を見てたら親爺と目が合っテ、親爺ははっとした様子でこっちを見るト、自分の口を抑えてその男を指差しテ、次に自分の額をなでテ、両手を頰の脇で揃えて寝る仕草をしたんダ。そして最後に素早く両手を合わせテ、出口のほうに顎をしゃくったんだヨ」

「両手を？」

「うン、こんな感ジ」

沙良が胸の前で両手を合わせる。

「それでピンと来たから、急いで和尚さんのところに行ってこれを聞かせテ、大尉さんを呼んで来イ、って言われたんデ、ここに来たんだヨ」

――つまり、参謀長が、こいつがいるから話せない、御隠居が眠らされた、住職のところに行け――と仕草で示したのを、こいつはしっかり読み取ったってことか……。

ロケ松は思わず沙良の頭をつかんだ。

「でかした！　じゃあご住職も知ってるんだな？」

「そ、そウ。和尚さんも知ってるヨ。い、痛イ、痛いヨ」

なでているつもりだったが、つい力が入っていたらしい。慌てて手を離したロケ松は立ち上がって身支度を始めた。

「住職はどこだ？　庵か？」

と、パジャマ代わりの部屋着のボタンに手をかけたとたん、沙良が真っ赤な顔をして何かを投げつけてきた。

「馬鹿！　レディの前だヨ。さっさとそれ着て支度しなヨ」

何だ？――と広げてみれば、沙良が着ているのと同じ医療スタッフの制服（もちろん男物）だった。

「こりゃ何だ？　何でこんなものを？」

「質問が多いヨ。あたいは外で待ってるカラ、早ク」

——なるほど、どうやら御隠居は医務室かどこかだな。これで変装しろってことか……。

と、納得したロケ松が手早く身支度を整えて部屋を出たとたん、沙良の雷が落ちた。

「支度しろって言ったのニ、何だよその髭面ハ」

「髭？」と、顎をなでた掌にざらりとした感触がある。

——そういやぁ、しばらく剃ってなかったな……。たしかに無精髭さらした医療スタッフなんて、いるはずがねぇや。

「すまん、ちょっと待ってろ」

言い置いて部屋に付属の洗面所に戻る。塗りつけた脱毛クリームのかすかにぴりぴりする刺激が治まって、じんわりとした温かみに変わるのを待って水で洗い流すと、伸び放題に伸びていた無精髭は綺麗に消えていた。手早くほかの身支度も整える。

だが、「これでどうだ？」と、洗面所を出たとたん、鼻をひくつかせた沙良が再び雷を落とした。

「何付けたんだヨ！」

「何って、ちょっと整髪料を……」

「馬鹿！　患者さんハ、どんなアレルギー持ってるか分からないんだヨ、化粧品の匂いがするスタッフなんかいるはずがないヨ」

「う……あ……そうか」

と、どぎまぎするロヶ松を無視して沙良は洗面所に飛び込み。両手に何かを持って出てくると、いきなり霧を吹きかけた。

「うわっ、こりゃ何だ？」

「消臭剤だョ、こっちは消毒薬。これで誤魔化すョ。ほラ、頭下げテ」

そして言われたとおり下げた頭に消臭剤と消毒薬をたっぷり吹きかけられたロヶ松が、滴を垂らしながら沙良の後を追って部屋を出た頃――。

甚平《じんぺい》はひたすら茫然としていた。

「……みたいだね。磁気遮蔽殻が限界を超えて爆《は》ぜたとき、継ぎ目から花が開くみたいに壊れたんだ。その花びらの一枚が、《播磨屋《はりまや》弐號改》の操縦席に覆い被さる形になったんで、甚平兄ちゃんはそのくらいの怪我で済んだんだよ。

ＥＭＰってのは電磁波の塊だから、もし磁場発生器《ジェネレーター》が操縦席の真下にあったら、出力一○万メガワットの電子加熱器《レンジ》に入ったのと同じで、兄ちゃんは今頃形もないよ」

昇介《しょうすけ》が何か恐ろしげなことを言っているようだが、その声は甚平の耳を素通りするだけだ。

――あれは……ロイスだったよな……。昇介がここにいるんだからそうだよな……なのにおれは辰美《たつみ》と間違えて……くそっ、普段は化粧のカケラもねぇくせに、何で今日にかぎって同じ香水を付けてたんだよ……。

と、昇介が甚平をまじまじと見た。

「聞いてるの？」

「……ん……ああ聞いて……いや聞いてなかった……レンジが何だって？」

昇介はしょうがないなぁ、という表情で肩をすくめた。

「分かった。それはまた後で説明するよ。ぼくの話よりロイス姉ちゃんが気になってるんでしょ？」

「……ん……ああ、あれはやっぱりロイスだったのか……。あれっきり帰って来ねぇから、少し心配になってたところだ」

「心配ねぇ……」

と、探るように言った昇介は、ぽんと膝を叩いて立ち上がった。

「じゃ、呼んで来るよ。お医者さんには意識が戻ったって連絡したけど、今みんな手が離せないらしくて遅れてるから、しばらく一人になるけど……大丈夫だよね？」

「お医者さん？　じゃ、ここは病院か？」

昇介は一瞬ぽかんとし、首を振った。

「ほんとに何も聞いてなかったんだね。ここは〝踏鞴山《たたらやま》〟にある蒼橋《あおのはし》労組連合の〈高軌道鉱区工業衛星コロニー総合病院〉だよ。甚平兄ちゃんはビーム砲の事故に巻き込まれて怪我をして、ここに担ぎ込まれたんだ」

「〝踏鞴山《たたらやま》〟の総合病院？——なんだ〝上の藪〟か、重力があるからどこだろうと思ってたぜ」

蒼橋労組連合が経営している総合病院は、〝踏鞴山《たたらやま》〟と〝簪山《かんざしやま》〟の二箇所にあるが、普通、いま昇介が言った〈高軌道鉱区工業衛星コロニー総合病院〉とか〈蒼橋第一共同ステーション総合病院〉という長ったらしい正式名称では呼ばれない。

採鉱師《やまし》連中は皆、半分の敬意と半分の揶揄《やゆ》を込めて、〝上の藪〟、〝下の藪〟と呼ぶ。

それが〈蒼橋〉という星系《ほし》だ。

「点滴打ったりするから、重力がないと困るんだよ。じゃ、ちょっと見てくるね」

と、歩き出した昇介の背中に、何かに気が付いたようすで甚平が声をかけた。

「肝心なことを聞いてなかったぜ。〝天邪鬼《アマンジャク》〟はどうなった？　二個落としたことは覚えてるが、その後の記憶がねぇんだ」

「あ」と立ちすくんだ昇介が、ちょっと引きつった顔で振り返った。

「あの……三発目を打つときに磁場発生器《ジェネレーター》がリークしてEMPが起きたんだ。で、収まったあと見たら残りの二個も消えてた。だから〝踏鞴山《たたらやま》〟は無事だよ」

「そうか……そりゃあよかった…………ん？　じゃあ最後の二個を落としたのはどこの誰

だ？」

　昇介は一瞬困った表情を見せたが、少し不自然な感じで笑うと告げた。

「ごめん、それはまだ言えないんだ」

　そう言いおいた昇介が病室のドアに向かった頃――。

〝葡萄山《ぶどうやま》〟の房の先端から突き出した葡萄山細石寺の庵の中で、住職は文机《ふづくえ》に仕込まれたモニターを見て、難しい顔をしていた。

「やはりその、冬眠ルームとやらですか？」

　あまり似合っていない医療スタッフ姿のロケ松の問いに、住職が頷いた。

「はい。稼動中のカプセルの数が一つ増えていますな。遭難者があったという話は入ってないし、移送が必要な入居者の報告もありません。滝乃屋さんは間違いなくここです」

　冬眠ルームはその名前のとおり、人間をカプセルに入れて人工冬眠させておくための部屋だ。

　もともとは消去機関《バニシグエンジン》が実用化される前に星間航行用として開発されたものだが、現在では事故時の救難カプセルで使われるほかは、重態になった病人を設備が整った病院に移送する時に使われるくらいだ。

〝ブリッジ〟での事故は珍しくないから、少し大きな衛星には必ず救難カプセル用の設備があるし、保養ステーションの医療設備はかぎられたものだから、重病人が出れば〝下の藪〟あたりに搬送しなくてはならない。

だからこの〝葡萄山《ぶどうやま》〟に冬眠ルームがあること自体は不思議ではない。問題は、なぜその情報を住職が持っているか、だ。

そのことをロケ松が訊ねると、住職は少し顔を曇らせた。

「ここは寺ですからな……」

ロケ松は「あっ」となった。

――そうか、ここは満期保養ステーションだ。ここで臨終を迎える入居者もいる……、寺としては常に病人の容態を把握しておかねぇと、いざというときに大変なんだ……。

「ご住職もいろいろ苦労ですな」

そう言われた住職が、黙って頭を下げる。

無論、この老僧とて、入居者の死を願っているわけではない。だが人には寿命があり、医療スタッフの手が及ばないことは必ず起きる。だから寺の出番がいつか来るのは避けられないのだ。

そして避けられないものなら、残される者のために手を尽くす準備をしておく――ということなのだろう。

「で、でモ。冬眠なんかしテ、御隠居さんは大丈夫なノ?」

じっと二人の話を聞いていた沙良がおずおずと口を挟む。

「ああ。覚醒の手順さえちゃんとやれば問題ねぇ」

人工冬眠が可能になったのは、熊や山鼠《ヤマネ》が冬眠するときに分泌するホルモンを合成することに成功したからだ。元が元だから、人間に使用しても影響はない。

「ただ、その手順を向こうに握られているのが問題ですな。参謀長さんが黙って従っているのもそれが理由でしょう」

住職にそう言われて、ロケ松は腕を組んだ。

──たしかに下手に拘束したり薬で眠らせるより、人工冬眠のほうがよほど簡単で確実だ。勝手に抜け出される気遣いはねぇし、リモートで電源を切るだけで機能停止だから、近くで監視する必要もねぇ。あの親爺が騒ぎ立てないのも無理はねぇな……。

ロケ松は住職に訊ねた。

「これに気付いてるやつはほかにいますかね？」

住職は静かに頭《かぶり》を振った。

「ここにいる三人だけでしょうな。滝乃屋さんは仮眠中ということになってるし、専用コンソールがあるあたりには遮音スクリーンがあります。今は〝簪山《かんざしやま》〟が大変ですから、男がATTのツナギ姿なら不審には思われないでしょう」

「〝簪山《かんざしやま》〟？　何のことです？」

ロケ松は叩き起こされたばかりで事情を知らない。

「〝簪山《かんざしやま》〟と〝要山《かなめやま》〟のリンクが切れちゃったんだヨ」

そう沙良に言われて、ロケ松は表情を変えた。

「何だって？　そりゃあ一大事じゃねぇか。何で誰も御隠居を起こしに行かねぇんだ？」

沙良は少し困った様子で続ける。

「それガ……。御隠居さんはリンクが切れた後デ、今はできることはねぇが、できることが分かったら寝る暇がなくなる——って言っテ、寝ちゃったんだヨ。あたいも寝るように言われたんだけド……」

沙良に言われてロケ松はようやく事態を把握した。

「……肝《きも》が据わっているというか何と言うか……とんでもねぇ爺さんだな。てことは、CICの人間も仮眠を取ってるやつは多いのか？」

「うン。連邦宇宙軍との打ち合わせが終わったからネ。実際に迎撃が始まるまでみんな一休みしてるヨ」

そう聞かされてロケ松は腕を組んだ。

——つまりここ何時間かは御隠居が席にいなくても誰も不審には思わねぇってことか……。

ロケ松は腕をほどいて住職に訊ねた。

「狙いは何だと見ます？」

「まだ分かりませんが……当面、〝天邪鬼《アマンジャク》〟迎撃を妨害する意図はないようなのが気になりますな」

「そういえば、〝爺さんが決めたとおりに〟とか言ってやがったな。御隠居が決めたとおりにするだけなら、別に無理矢理冬眠させる必要はねぇ道理だ——てことは、何かやらかす前に御隠居を助け出さねぇといけねぇってことか……」

ロケ松がそう呟《つぶや》いて腕をほどいた頃——。

ロイスはようやく泣きやんでいた。

「ご、ごめんなさい。みっともないところ見せちゃったわね」

しゃくりあげるようにそう言って口元を押さえるが、手のハンカチから垂れる滴は止まらない。

——どれだけ泣いてたんだろう？　昇介はそんなことを考えながら白い耐Gスーツの腕を取った。

「落ち着いた？　じゃあ病室に戻ろうよ。甚平兄ちゃんも心配してたよ」

と、ロイスの表情が変わった。

「心配？　嘘です。あの人が考えてるのは生駒屋《いこまや》さんのことです」

――あらら。成田屋《じんぺい》さんが、〝あの人〟になっちゃったよ……。

昇介は少し考え、仕方ないなという表情で切り札を出した。

「あのね。辰美姐《ねえ》ちゃんは、甚平兄ちゃんの義妹《いもうと》なんだよ」

「へ？」と、上げたロイスの顔の中で目と口がまん丸になる。

「だ、誰が……誰の妹《いもうと》ですって？」

「だから辰美姐さんが、甚平兄ちゃんの義妹《いもうと》なんだよ」

「妹《いもうと》？　いま妹《いもうと》って言いました？」

「うん、辰美姐さんは、甚平兄ちゃんの義妹《いもうと》。これで言うのは三回目だよ」

だが、ロイスはもう聞いていなかった。

「……妹《いもうと》……そうか、生駒屋さんは成田屋《じんぺい》さんの妹《いもうと》だったんだ。なぁんだ……そうか……そうだったんだ……なら、最初に呼んでも不思議はないわよね。そうよ、妹《いもうと》なんだから……」

何やら一人で舞い上がっている。放っておけばその場で踊り出しそうな気配だ。

しばらくぽかんと見ていた昇介だが、突然あることに気が付いた。

――ロイス姉ちゃん、勘違いしてる。義妹《いもうと》と妹《いもうと》。聞いただけじゃ区別が付かない……。

一瞬、言おうかどうか迷った昇介だったが、ここで誤解させたままだと後でもっと大変なことになる……仕方ないな……。

意を決した昇介は、ロイスの背中に向けてゆっくりと口を開いた。

「血は繋《つな》がってないけどね」

とたんにロイスの背中が強張《こわば》った。

一呼吸……二呼吸……三呼吸目あたりでようやく振り向く。

〝ぎぎぎ〟と音がしそうな動きで見せた顔は真っ青だ。

「今……今、何て言ったの？」

――まずかったかな……。

後悔がちらりと脳裏をかすめるが、もう引き返すわけにはいかない。昇介は声に力を入れると説明を始めた。

「最初の奥さんを亡くした甚平兄ちゃんのお父さんが、同じように旦那さんを亡くした辰美姐さんのお母さんと結婚したんだ。二人は連れ子同士で義理の兄妹《きょうだい》だけど、血は繋がってないんだよ」

昇介が〝血は繋がってない〟というところを、ゆっくりと口にする。

「で、でも屋号が違います。成田屋《なりたや》さんは成田屋で、辰美さんは生駒屋です。変じゃないですか！」

「だから、お母さんの屋号が生駒屋で、辰美姐さんはそれを継いだんだよ。屋号は戸籍じゃないからね」

「そ……それって、結婚できるってこと？」

――結婚？　ずいぶん飛ぶなぁ……と昇介はあきれたが、ロイスの考え方のパターンはもうだいたい分かっているから、軽く手を振っていなした。

「できることはできるけど、本人たちにその気があるかどうかは分かんないよ。幼馴染《おさななじみ》なのは間違いないけどさ」

「お……幼馴染《おさななじみ》？」

「うん。甚平兄ちゃんのお父さんと、辰美姐さんのお母さんは〝露払い〟仲間でね。連れ合いが元気だった頃から家族ぐるみで付き合っていたんだよ。だからまだ二人が蒼橋《した》にいた頃からの付き合いさ。

で、この前の〝蒼雲驟雨《シャワー》〟でおたがいに連れ合いを亡くした後、片親同士話し合って再婚を決めたんだ」

「そんな……幼馴染で、血が繋がってなくて、義妹《いもうと》で……」

ロイスはまだ混乱しているらしい。

――舞い上がったり落ち込んだり、ロイス姉ちゃんも大変だ……。

と、昇介が、一人で何やらぶつぶつ言い始めたロイスを見ながら嘆息していた頃――。

〝葡萄山《ぶどうやま》〟の一室で、天井の隅にあったハッチが音もなく開かれ、ロケ松と沙良が顔をのぞかせた。

部屋には壁一面に棚がしつらえてあり、何に使うのかよく分からない器具が一杯に詰め込まれている。医療エリアの備品倉庫らしい。

ロケ松が、身体に巻きつけていた花柄の布の口元をずらして、沙良に話しかける。

「おい、ここは倉庫じゃねぇか。御隠居がいるのは冬眠ルームなんだろう?」

同じように埃《ほこり》避けのために巻いていたシーツをずらし、沙良は部屋を見下ろした。

二人が通ってきたのは非常用のメンテナンス通路だ。

〝葡萄山《ぶどうやま》〟にかぎらず、〈蒼橋〉の衛星には岩塊《ヤマ》を刳《えぐ》り貫《ぬ》いて作られたものが多いが、素材が天然物だから内部に亀裂が隠れていることがある。そのため、二重三重の気密対策が施されていて、部屋の気密が漏れた時は通路につながるドアは自動的にロックされる。

だがその後、通路に仮設エアロックを設けて復旧させるのは大変なので、各部屋にはドアとは別に中に入れる通路が用意されている。ＣＩＣにつながる通路もそれを利用したものだ。

相互に連結された通路は複雑に入り組んでいるが、経路を選べば一度も正規の通路に出ることなく部屋から部屋へと移動できるのだ。

「ウウン、ここでいいんだヨ。用意するものがあるんダ」

誰もいないのを確認した沙良がふわりと飛び降り、ロケ松も慌てて後を追う。〇・六Ｇ

なのがありがたい。

「用意するもの？」

「ええト、〈機器動作確認用義体《ダミー》〉ってやつだネ。測定機器と一緒に置いてある——っテ、和尚さんが書いてくれたけド……」

胸元から住職に渡されたメモを引っ張り出して確認した沙良が、あたりを見まわす。

そう言われて何に使うのか察したロケ松が、目ざとく一角を示す。

「測定機器？　どうやらあの辺らしいな」

二人で手分けして探すうちに、沙良が「あっタ」と声を上げた。

見れば一抱えくらいありそうな長い箱が収められた棚の一角に〈機器動作確認用義体〉の表示がある。

「ええと、こりゃあ幼児型で、こっちは成年女性型……お、高年男性型。これか？」

「あ、それそレ。そいつを持って行くんダ」

と、二人が力を合わせて入ってきた天井の穴に義体の箱を押し込んだ頃——。

やっと落ち着いたロイスは、改めて甚平と対面していた。

すでに医療スタッフが容態を確認済みだから、面会に問題はない。

ロイスの目元は少し腫れていて、態度が妙にぎこちない。しばらく黙っていたが、意を決した風で口を開いた。

「ご無事で何よりです。お話はできますか？」

いきなり他人行儀に切り出されて、甚平は戸惑った。

「あ、ああ。話ぐれぇはできるが……その……」

「それは結構です。じゃあ少しお話を伺います。成田屋さんが操作したというビーム砲ですが、あれは蒼橋義勇軍が開発したものですか？」

「いや。〈紅天《こうてん》〉の軽巡航艦から取り外したやつを、ここの雷親爺《かみなりおやじ》連中が組み立てたもんだが……」

「雷親爺？　それはどこのかたです」

「どこのって、雷神屋《いかづちや》の親爺だよ。〝踏鞴山《たたらやま》〟の重電関係を一手に引き受けてる」

「重電？　電気が重いんですか？」

「電気に重さはねぇよ。工場の設備なんかで使う、高電圧、高電流の電気のことだが……おい、ロイス。どうしちまったんだよ？　他人行儀もいい加減にしろや」

「他人行儀？　わたしは星湖《ほしのうみ》トリビューン蒼橋特派員のロイス・クレインです。そしてあなたは蒼橋義勇軍の成田屋甚平さん。それ以上でも以下でもありません。今はインタビューをお願いしているだけです」

「インタビュー？　何だよ、見舞いに来てくれたんじゃなかったのかよ」

そう言われてロイスはうつむいた。ちょっと顔が赤くなっていたが、甚平は気付かない。

「そのつもりだったんだけど……ご迷惑だったみたいだから……。

昇介くんに事情は聞きました。もう成田屋さんのプライベートには踏み込みません。安心してください」

「プ、プライベート? お、おい、昇介。おめぇロイスに何吹き込みやがった!」

と、甚平《じんぺい》が、部屋の隅で明後日《あさって》のほうを向いて口笛を吹いていた昇介に叫んだ頃——。


「よっしゃ、これでいいはずだ」

もう一度メンテナンス通路を伝って冬眠ルームに忍び込んだロケ松は、空いていたカプセルに運んで来た〈機器動作確認用義体《ダミー》〉を入れ、御隠居の眠っているカプセルの表示と一致するようにセッティングを終えていた。

この義体はもともと、人体から出るさまざまな信号を発生させ、医療機器の機能を確認するためのものだ。健康体から瀕死の病人までさまざまなパターンが用意されているから、冬眠状態を再現するのは難しくない。

ロケ松は御隠居のカプセルを収納棚から引っ張り出し、制御センターにつながるコネクタの増設ソケットに義体を入れたカプセルのコネクタを接続した。

手早く御隠居のカプセルのほうのコードを抜き、カプセル自体を義体のカプセルと入れ替える。棚を閉めてしまえば、表から見えるのはモニターしている機器の表示だけだ。

——ここまでは良し、と。データが安定していればわざわざ覗きにゃ来ねぇだろう。後は沙良の手並み次第だな。

この冬眠ルームの前には張り番がいる。メンテナンス通路で忍び込むことはできたが、冬眠カプセルを通すには狭すぎる。どうしてもいったんドアを出て通路に出なくてはいけないのだが……。

と、ドアがコココン、コンとノックされた。

ロケ松がゆっくりドアを開けると、そっと覗き込んだ沙良の顔がぱっと明るくなる。

「終わっタ？」

「ああ、いつでも運び出せるぜ。ここの見張りはどうした？」

「さっきの倉庫の棚をひっくり返しテ、手助けに呼んだんだョ。おれに任せろって言ったから、任せて来タ」

沙良がちょろりと悪戯っぽく舌を出す。

「でかした。じゃ、今のうちに……と、どこに運ぶ？　俺か？」

「ううン。こんな大荷物転がしてたら目立つョ。そこの先の霊安室に運んデ」

「霊安室？　どういうこった？　御隠居はまだ死んでねぇぞ」

「いいからラ、早ク」

鍵を開けた沙良に続いて霊安室に踏み入れたロケ松が、不思議そうに訊ねた。

「何でおめぇが霊安室の鍵を持ってるんだ？」

「和尚さんに預かったんだヨ」

――なるほど。住職なら霊安室への出入りは自由だ。

ロケ松が納得しているうちに沙良は片隅のドアを開き、中から台車に載せた棺桶を一つ押して来た。

「これニ、カプセル入れテ。そこのシューター《空気圧送装置》で送るんだヨ」

「シューター？」

と、振り返れば、確かに後ろに人が一人潜り込めるくらいのハッチがある。直径は小さいが、開閉用の大きなハンドルが物々しい感じだ。

「ここの住人ガ、通路で棺桶が運ばれるの見たラ、気分がよくないだろうからネ」

――なるほど。さすが満期保養ステーション付属の寺だ。いろいろ絡繰《カラクリ》が仕込まれてるぜ。

改めて納得したロケ松が、沙良と力を合わせて新品の棺桶にカプセルを入れ、シューターのハッチに押し込むと、分厚い蓋を閉める。

一方、無骨な密閉用ハンドルの操作をロケ松に任せた沙良は、備え付けのインターホンの呼び出しボタンを押した。

「用意できたヨ」

少し間があって、インターホンが応答する。

「よくやりました。大尉さんも一緒だね？」

「うン、側にいるヨ」

「では、御隠居を送ったら、気を付けて帰って来なさい」

「分かっタ」

沙良はそう言うと、シューターの発送ボタンを押した。

壁の奥からポンプが動く鈍い響きが伝わって来て、それがだんだん低くなったと思った後、押し殺したような送気の音がして静かになる。

先にパイプの先の空気を抜いて抵抗を減らした上でゆっくりと送り出したのだ。中身が中身だから、通常のシューターのように高速で送るわけにはいかない。

「じゃ、あたいはもう一度倉庫に戻るネ」

そろそろひっくり返した棚の片付けも終わるころだ。お礼の一つも言っておかなければ怪しまれる。

通路を飛び跳ねるように去っていく沙良を見送ったロケ松が、

――問題はおれのほうだな……。

と、帰還ルートの図面を広げて経路の検討を始めた頃――。

〝要山《かなめやま》〟は憂色に包まれていた。

エアたちの報告で、七基の中継衛星が予備を含めて全部ガスが抜け、機能停止していることが明らかになったからだ。

「……これはテロだな」

憔悴しきった様子でそう呟く石動《いするぎ》管制長の言葉に、傍らのオペレータも蒼白な顔のまま頷く。

「はい。全部の衛星から一度にガスが抜けるなどということはあり得ません。これは人為的なものです」

「〈紅天〉の仕業か……」

「間違いないでしょう。ついに仕掛けて来ました」

「義勇軍に連絡は？」

「してありますが、今は〝天邪鬼《アマンジャク》〟の後陣迎撃で艇《フネ》が出払っています。そちらの指揮で手一杯のようです」

「無理もないか……衛星の修理にはどれくらいかかる？」

「裂け目をふさいでガスを入れなおすのに、一基につき一日はかかります。しかも作業艇の大部分は、蒼橋リンクのほうの中継衛星の修理に出払っていますから、いま動けるのは

〝簪山《かんざしやま》〟から出た三二号と、ここ《要山》から出た二八号だけです。それに修理がうまくいっても、リンクの確認と次の衛星への移動時間がかかります。全部終わらせるのには、最短で一週間ですね」

「一週間か……」

逆に言えば、被害は甚大だが、応急修理は一週間でできるということだ。衛星の機能を失わせている間に何か仕掛けて来る気だろう……。

そこまで考えて管制長は頭《かぶり》を振った。

――そこからおれたち《ATT》の考えることじゃない。今は復旧作業に専念すべきだ……。

「サブセンターを呼んでくれ」

と、管制長が無理矢理頭を切り替えた頃――。

〝葡萄山《ぶどうやま》〟の司令長官用コンソールで小さく警報音が響いた。

参謀長を監視していたATTのツナギ姿の男が素早くかがみこむ。

「こいつは……寝返り反応なしだと……」

人工冬眠は両生類や爬虫類のような変温動物の完全な冬眠とは違い、擬似冬眠と呼ばれる通常の睡眠がより深くなったものだ。恒温動物である熊や山鼠《ヤマネ》のそれが元になっているからこれはやむを得ない。

だから冬眠中は何度か半覚醒状態になって食事を取ったり排泄したりする必要があるが、御隠居の場合は予定されている期間が短いから、そのためのチューブは接続されていない。

ただ、ゼロGの宇宙空間では必要ないが、重力下（加速状態）では床ずれを防ぐために、定期的に半覚醒状態にして寝返りをうたせる機能は作動していた。その反応がないのだ。

髭を綺麗に剃り上げたその男は、ポケットから小さな端末を取り出し、繰り出したコードをコンソールのコネクタにつないだ。

ここ葡萄山《ぶどうやま》に限らず、〈蒼橋〉である程度の大きさのある衛星はみな、蒼橋リンクに接続することを前程とした内部リンクが完備している。

もちろん蒼橋リンクが復旧していない今、通信可能なのはそれぞれの衛星内に限られるが、受信先のＩＤさえセットしておけば沙良が受信器《トランスミッター》でやったように、どこにいても受信できるのだ。

「おれだ。カプセルのアラームが点《つ》いた。すぐ確認しろ」

しばらく待つうちに、端末から何やら慌てているらしい気配がした。

「消えた？　確かか？　何？　ダミーだと？」

男は無言で参謀長を睨み付けたが、相手はしらんぷりをして鼻毛を抜いている。

と、その参謀長が顔を上げた。

「何かあったのかね」

男が怒りを押し殺した表情で告げる。

「油断も隙もないやつだ。これを忘れたのか？」

そう言いながらツナギのポケットに入れた左手をこれ見よがしに動かす男に、参謀長はそっけなく応じた。

「いや、ここの人間を全滅させるような度胸《ぶどうやま》はおれにはないよ」

「それを忘れるな。こちらには爺さんがいなくても手はあるんだからな」

「分かっているさ」

そう返した参謀長は、ちょうどかかってきた通信に出るためにカフに手を伸ばした。

背後で男がなにやら声を潜めて話している。それを背中で聞きながら、参謀長は小さく眉を潜めた。

――うまくやってくれたようだが、早々に見つかったか……まずいな。

ロケ松たちは、まだ自分たちのやったことが露見したことを知らない……。

6　脱出

予想どおり迷路のように入り組んだメンテナンス通路の中で何度か迷い、ロケ松がやっとのことで細石寺の庵に戻ったときにはすでに、御隠居のカプセルは外に出され、住職がそれにかがみこんでいた。

「どんな具合ですかね？」

カプセルに付けられた表示パネルから目を離さずに住職が告げる。

「覚醒プログラムが動き始めましたな。人工冬眠に入ってからまだ間がないので、一〇分もあれば起き上がれるでしょう」

それを聞いたロケ松の肩から、文字どおりどっという感じで力が抜ける。

そこに沙良《さら》が声をかけた。

「大尉サン。ちょっと手伝ってヨ」

沙良が空になった棺桶を押しているのに気がついたロケ松は、慌てて駆け寄ると訊《たず》ねた。

「どこに運ぶんだ」

沙良は、ニッコリ笑うと告げた。

「ありがト。本堂だヨ。シューターの出口はそこにあるから、棺桶を霊安室に戻しておくんダ」

よっしゃ。と、棺桶を押して本堂に向かったロケ松だったが、着いたとたんに途方に暮れた。

「おい。投入口が二つあるぞ。どっちだ？」

「右のほうだヨ。左は霊柩艇に積むときに使うんサ」

――霊柩艇？　さすが〈蒼橋《あおのはし》〉……いや、もうやめておこう。いちいち感心してたらキリがねぇ。

右の投入口に空の棺桶を押し込み、やれやれと腰を延ばしたところで、その様子をまじまじと見ていた沙良が、少し心配そうな様子で声をかける。

「今のうちに着替えたほうがいいヨ。誰か来たラ、その汚れた制服じゃまずいョ」

え？　と、ロケ松が自分の姿を見下ろせば、自分の制服はあちこち汚れがこびりつき、膝のあたりも綻《ほころ》びている。その一方で、沙良の制服には多少皺ができている程度だ。たぶん身体の大きさも関係しているのだろうが、要は迷ったロケ松と最短距離を来た沙良の差だ。

――全然気付かなかったぜ。沙良のおかげで助かることばかりだ……。

などと改めて考えながら住職に提供されている自室に戻ったロケ松は、手早く普段のツナギに着替え、廊下に出た。

同じように自室で着替え終わった沙良が、汚れた制服をひょいと受け取り、とことこと寺の台所にあたる庫裏《くり》に向かう。

この寺は労組連合を檀家にする形で運営されていて、ここの居住者に対する各種ケア（カウンセリング、葬儀等）の他にも様々な役割を担っている。

その一つが、事情のある孤児や苦学生の自立支援だった。労組連合と縁の深い商店へのアルバイト斡旋《あっせん》だけでなく、後継者がいない商店の経営も委託されている。ロケ松が沙良と出会った更紗屋もその一つだ。

最初は単なるアルバイト苦学生だった彼女だが、その熱心な仕事ぶりが住職に気に入られ、今では身のまわりの世話を任されてこの寺に住み込んでいる。

庫裏の隅にあるハッチを開けて制服を放り込んだ沙良が振り向いてにっこり笑う。

「ここのスタッフの制服ハ、一日こっきりの使い捨てなんだョ」

「え？　ずいぶん贅沢だな」

「〈蒼橋〉の人間ハ、みんな限られた空間で暮らしてるからネ。感染症なんか出たラ、大変なことになるんだョ」

——そういやぁ、作業艇も衛星も完全な閉鎖環境だな。蒼橋地表《ぶどうやま》も半地下都市とか聞いたし……。たしかに感染症が出たらエラいことだ。

「なるほど。燃やしちまうのか？」

「そんなもったいない真似はしないョ。あのハッチは再生システムに繋《つな》がっててネ。いったん洗濯して消毒したあト、繊維段階まで分解されテ、新しい制服に再生されるんだョ」

――そう来たか。と、ロヶ松が改めて今日何度目かの納得と感心をしていると、庵のほうから和尚の呼ぶ声がした。

「大尉さん、沙良。滝乃屋《たきのや》さんが目を覚ましましたぞ」

おっといけねぇ、と、二人が急いで庵に戻ると、もうカプセルの蓋が開いていて、ちょうど寝ぼけ眼《まなこ》の御隠居が起き上がるところだった。

「おや、大尉さんと沙良もいたのかね。……にしてもここはどこだい？　細石寺の庵のようだが……おれはたしか仮眠を……」

いぶかしげな御隠居をちょっと黙らせて、ロヶ松がことの次第を説明する。

聞くうちに徐々に深刻な表情になった司令長官は、話を聞き終わって沙良に渡されたワイヤレスヘッドホンを外すと、しばし瞑目《めいもく》した。

そしてすっと立ち上がるとカプセルから出、庵の畳の上で三人に向かって正座する。

「蒼橋義勇軍司令長官・滝乃屋仁左衛門《たきのやにざえもん》、このたびのご尽力に心から感謝します。沙良の機転、大尉さんの行動力、そしてご住職の冷静な指揮ぶり、聞くだに見事です。御三人の助力がなければ、我が身はもちろん、〈蒼橋〉も大変なことになっていたでしょう。まことに、まことにありがとうございました」

言うなりぴたりとその場に平伏した。

驚いたのはロケ松だ。

「ご、御隠居、いったい何を？　お手を上げてください」

だが、そう声をかけると同時に顔を上げた御隠居は、文字どおり満面の笑みを浮かべた。

「何、礼だけはきちんとしとかねぇとな。委細《いさい》は分かった。で、どうするね？」

「どうするとは、何をですかい？」

「おいおい、ボケるならおれかご住職のほうが先だぜ。この後どうするかって聞いてるんだ」

「そりゃあ……」おれが考えることじゃねぇ――と言いかけて、ロケ松は言葉を飲み込んだ。

――御隠居は話は聞いたものの、自分の目で見たわけじゃねぇ。実際のところがどうなっているか分からねぇんだ。だから、まずおれたちがどういうつもりで助け出したのかが知りてぇんだな。

そう考えたロケ松が改めて口を開く。

「具体的にはまだ何も。まず助け出すのが先だろうってことで動いただけですぜ。ですね？」

最後は住職への呼びかけだ。

軽く頷いた住職が補足する。

「大尉さんのおっしゃるとおりですな。助け出すので手一杯で、後のことはこれからですな」

傍らで沙良もこくこくと頷く。

「なるほど……時に、ここはどのくらい安全かね？」

「たぶん大丈……」と言いかけたロケ松を制して、住職が難しい顔で口を挟んだ。

「そう長いことはもちませんな。沙良は顔を見られているし、大尉さんはメンテナンス通路で迷ったようですから痕跡が残っておりましょう。そして拙僧にしても、送り返した棺桶の始末まではできませんからな。滝乃屋さんが消えたことに気付かれれば、いずれここは踏み込まれます」

——そうか……とロケ松は臍《ほぞ》を嚙んだ。御隠居が消えたことは遅かれ早かれ向こうに知られる。そうなる前に何とかしようにも、向こうの人数が分からねぇ。応援を頼んだ相手が向こうの手の者だったりしたら目も当てられねぇぞ……。

ロケ松がそれを指摘すると、御隠居の表情が曇る。

「〝簪山《かんざしやま》〟へのリンクが切れたと聞いて、少々の手配りはしてあったんだが……、こういう手で来られるとは正直思わなかったぜ。誰が敵か分からないんじゃあ、動きようがねぇな」

そこで沙良が手を上げた。

「あノ、あたいが棚を崩した時に手伝わせた見張りだけド。あのひト、〝葡萄山《ぶどうやま》〟のスタッフだヨ。前に見たことあるもノ」

「やはりな……」と住職が嘆息する。

「だとすれば、大尉さんが危惧されたとおり、ほかにも多数入り込んでいると見なくてはなりませんな。かといって炙《あぶ》り出す時間はありませんし……」

考えていた御隠居が、やにわにぽんと両手で膝を叩くと立ち上がった。

「仕方ねぇ。ここにはいられねぇ。応援も頼めねぇとなれば、やることは一つだ。逃げるぜ」

え？　とロケ松が顔を上げたとき、柔らかなチャイムの音がした。

――サケキレタモッテナイカ？

「何だぁ？」

《播磨屋《はりまや》壱號》のコクピットに響いた告知音に続いて突然小雪《こゆき》が口に出した言葉に、源治《げんじ》は面食らった。

「発光信号です。八時方向下」

言われて源治はようやく納得した。防人《さきもり》リンクで、リンクが使えない作業艇が発光信号で通信してくる可能性があるから、発光信号解読装置をｏｎにしておくよう指示されていたのだ。

全周をモニターする解読装置は、意味のある光の点滅を感知し、自動で文章化してくれるから、背後で光っても見逃す心配はない。

モニターを切り替えた源治が点滅を確認する。

「あれか――おい」

「はい、未開封の豊葦原《とよあしはら》真澄が二本、軌道英宗が五パックあります。二五分で同期可能」

「先まわりするんじゃねぇや」

「寄らないんですか？」

「いや、寄るが――〝天邪鬼《アマンジャク》〟警報の最中にあんな信号を出すようなクソ親爺《おやじ》にゃあ、軌道英宗で充分だ。真澄のことを嗅ぎ付けられねぇようにしろよ」

豊葦原真澄はその名のとおり〈豊葦原〉からの輸入品で、天然の純米吟醸酒だが、軌道英宗は〈蒼橋〉の軌道上で大量生産されている合成酒だ。味が悪いわけではないが、天然物に比べればどうしても劣るのは否定できない。

「はいはい」

小雪はどこかあきらめたような口調で返す。発光信号を送ってきた磨羯柚右衛門《まかつゆずえもん》と源治は、十年来の付き合いだと聞いている。

一人きりで窯元衛星《かまもと》に籠り、日々磨羯焼《まかつやき》の改良に励んでいる偏屈親爺と、べらんめぇ口調の採鉱師《やまし》の波長がどうして合ったのか小雪にもよく分からないが、源治は軌道が合うときは必ず柚右衛門の衛星に寄る。

とはいっても、顔を合わせた後はたがいに憎まれ口を叩くだけなのだが、それでどちらも満足しているようなのがさらに分からない。

——男の友情ってやつなのかしら？

考えても分からないことを考えながら、小雪は窯元衛星に同期する遷移《せんい》軌道に艇《フネ》を向けた。

チャイムの音に一瞬凝固したロケ松たちだったが、まず住職が動いた。

自分の文机《ふづくえ》に戻り何やら操作すると、突然床の間の掛け軸に寺の入り口が映る。

見下ろす形の映像に映っているのは、緑色の制服を着た四人の男だ。

「蒼橋警察《けいさつ》軍？」

ロケ松が思わず口を開く。

「らしいですな。本物かどうかは分かりませんが」

「本物ならともかく、偽者に踏み込まれるわけにゃあいかねぇな、どうする？」

　と、突然沙良が叫んだ。

「あたいが何とかすル。和尚さんと御隠居さんハ、ここを片付けてあたいの部屋に行っテ、大尉さんはその空のカプセルを本堂のシューターに押し込んデ、済んだら自分の荷物持ってあたいの部屋ニ。奥ニ、庫裏《くり》に行く引き戸があるかラ、心張り棒しといテ、早ク」

「お、おい。無茶だぜ。ここはご住職かおれが……」

「だめだヨ。何かつかまれてたラ、和尚さんは連れてかれるシ、大尉さんハ、ここにいるはずのない人だロ」

「そ、そうだったな。じゃあみんなでメンテナンス通路に……」

「馬鹿！　和尚さんと御隠居さんの歳を考えなヨ。入り口に這い上がるだけデ、ぽっくり行くヨ」

「そ、そうか。出口を塞がれたら袋の鼠だしな、なら……」

「つべこべ言ってないデ、さっさと動ク！」

　声を押し殺してそう言い放つと、沙良は自分の部屋に飛び込んだ。

　こうなってはほかにどうしようもない。住職と御隠居は物音を立てないようにして庵を片付け、ロケ松は空のカプセルを横抱きにして本堂に走った。

　――ここが〇・六Gなのがこれだけありがたいとは思わなかったぜ。

だが、ようやくカプセルを始末して戻って来たロケ松は、自分の部屋から出てきた沙良を見て絶句した。

寝乱れた風に髪を解いた上にきつい化粧をした顔は、やけに毒々しい口紅の色と相まって一〇歳以上年上に見える。そして極め付けは、身体に無造作に巻きつけたシーツだった。両肩が剝き出しで、その上脚も半分以上見えている。

「お、おめぇ……」

沙良は婀娜《あだ》っぽく笑って見せると、口の前に人差し指を立てた。

鳴り続けているチャイムの間隔がだんだん短くなっている。

突然玄関の戸が開き、チャイムを押し続けていた緑服《けいかん》は思わず一歩下がった。

少し開いた戸の隙間から、寝起きらしい若い女が顔を出している。

「なニ？　あたい寝てたんだけド」

鬼瓦《おにがわら》のような顔をした緑服は気を取り直し、胸のＩＤカードを指差すと高飛車に告げた。

「蒼橋警察《けいさつ》軍だ。ここの住職はいるか？」

「蒼橋警察《けいさつ》軍？　蒼橋警察《けいさつ》軍ガ、あの爺《じじ》ィに何のよウ？」

「内通者隠避の容疑がかかっている。住職を出せ」

「内通者隠避？　何のコト？」

「〈蒼橋〉の機密を他星系《よそ》に流した犯人を匿《かくま》っている容疑だ」

「へェ。こんなちんけな星系《ほし》ニ、機密なんてあるんダ」

と、女はヘラっと笑った。

その拍子に引っかけていたシーツがずり下がり、胸が半分あらわになる。

緑服は、そこで初めて相手がシーツ一枚なのに気付いた。

「んなっ!?」

「ン？　なに見てんのサ、スケベ」

「う、うるさい！　そんなことはどうでも良い。住職はいるのかいないのか」

「さっきまでいたけド、今は留守だよォ」

「本当か？　隠すとためにならんぞ」

「誰が隠すもんかィ。あんなスケベ爺ィ、いたらさっさと引《ひ》っ括《くく》って欲しいョ」

そう言って半分紅の剝げた唇をとがらせた女を見て、緑服は一瞬絶句した。

「スケベ……まさかおまえ……」

「何だョ。じろじろ見るんじゃないョ。あたいだって好きでやってんじゃないョ」

「し……しかし、ここの住職は人格者と聞いていたが、まさか……」

「ふン、男なんてみんな同じサ」

「お、おれは違うぞ」

顔はいかついが、鬼瓦は意外と純情らしい。

「どうだかネ。で、用はそれだヶ？　だったら爺ィはいないんだからラ、さっさと帰った帰ッタ」

「い、いや。おまえの言葉だけでは信用できん。調べさせてもらう」

「ふン。そこまで言うんならラ、好きにするがいいやネ。あたいは奥にいるからラ、帰るときは一声かけて帰りナ。それが礼儀ってもんだロ？」

「わ、分かった。きちんと声をかける。おい、入るぞ」

背後で聞き耳を立てていた三人の部下を引き連れて、鬼瓦は細石寺に踏み込んだ。

四人が二人ずつ組になって、まず天井の隅にあるメンテナンス通路の下げ蓋を開き、何かの探知機らしい機械を使い始めるのを確認して、小さく舌を出した沙良は自室の襖《ふすま》を開けた。

と、何やら棒切れらしきものを構えていたロヶ松が、すんでのところで踏み留まった。

背後で身構えていた住職と御隠居も大きく息をつく。

「沙良かよ。脅かすな」

沙良はそれにかまわず、部屋の押入れから布団を引っ張り出すと、部屋に敷き始めた。

掛け布団を適当に乱し、寝ていたようにしつらえると、今度は隅の箪笥の引き出しに手をかける。

「おい、今度は何をするつもりだよ？」

「いいから黙っテ。あいつらハ、メンテナンス通路を音響探知機《アクティブソナー》で探ってル。反響が戻って来なかったら寺の中の捜索を始めるヨ。この部屋を出ちゃだめだヨ」

「この部屋を調べに来たらどうするんだよ」

「その前に奥の引き戸デ、庫裏に行くんだヨ」

「そんなこと言ったって、誰か庫裏に残ってたらどうするんだよ」

「だかラ、残らないように準備してるんだヨ」

言うなり沙良は引き出しを引いた。仕切りの中に色とりどりの小さな布切れが詰まっている。沙良はその中から一番派手な色合いの上下を取り出し、いったんくしゃくしゃに丸めた後、形が分かるように布団の上に置いた。

「そ、それは……」

そうロケ松が口を開こうとしたとき、奥の引き戸がきしんだ。二度、三度。四度目に音がしたとき、沙良が叫んだ。

「いま着替えてるんだヨ。用があるなら表にまわりナ」

突然ばたばたという足音が起きる。

「今だヨ。庫裏に行っテ」

待機していた住職が心張り棒を外し、そっと向こうをうかがうと、こっちを向いて頷いた。

沙良が心張り棒を戻すと同時に、表の襖が叩かれる。

「おい、終わったぞ。残りはその部屋だけだ。開けろ」

「はいはイ、分かったョ」

そう言いながら沙良は広げてあった下のほうに片足を引っ掛け、そのまま襖を開けた。

「どウ？　いなかっただロ」

憤然として部屋に踏み込もうとした鬼瓦が、布団の上に残されたものを見て硬直する。

「お、おまえ、本当に……」

「何だョ。着替えてるって言っただロ」

「そ、そうか、そうだったな」

顔を真っ赤にした鬼瓦が部屋に踏み込み、部下たちも続く。

だが、結局、彼らの視線は布団の上や沙良の足元を離れることは稀で、通り一遍の捜索が終わると、四人はニヤニヤ笑いを浮かべたまま退去した。

「行っちゃったョ。もう大丈夫」

息を殺して待っていた大人三人の身体から力が抜ける。

からりと引き戸を開けて出てきた沙良がいつもと同じ格好なのを見て、ロケ松は嘆息した。

「おまえ……どこであんなセリフ覚えたんだよ」

「ホロムービーの古代劇でやってたんだョ。いつかやってみたいと思ってたんダ」

「そ、そうか……。それにしても……」

と、そこで住職が口を挟んだ。

「沙良、ちょっと話があります」

言われた沙良がちょろりと舌を出す。

「……が、今はその暇はありません。あれはたしかにうまい手でしたが、滝乃屋さんがほかのどこにもいないと分かれば、連中はいずれ戻って来ます。出発の準備をなさい」

「あイ、分かったョ」

「大尉さんも私物を持って庵のほうに来てください」

「庵？」と、ロケ松は首をひねった。

そして一〇分後。

葡萄山細石寺《ぶどうさんさいせきじ》の庵の畳から伸び出した三基のコンソールに大人三人が付き、折り畳みのシートに座った沙良がハーネスを締めるのを待って、住職は自分のコンソールにある〈B〉と書かれたボタンを押し込んだ。

そのとたん、四人の身体がシートに押し付けられる。

開けられた水腰障子の向こうに見える〝ブリッジ〟が、それまでとはまったく違う方向に流れ出すのを眺めながら、ロケ松はしみじみと呟《つぶや》いた。

――この寺にゃあ、何が仕込まれているか分からねぇと思っちゃいたが、まさか庵ごと飛び出すとは思わなかったぜ……。

7　一　家

司令長官用のコンソールで低い告知音が響く。

だが、遮音スクリーンに囲まれた中の音は外には漏れず、当直中の乾葡萄《オペレータ》たちが気付いた気配はない。

それを確認したシュナイダー参謀長の口元に微笑が浮かぶ。

――和尚、やったな。

と、それを覗き込んだ監視役の男の表情が変わる。

「俺イジェクト完了？　どういう意味だ？」

「さてね。ここは司令長官専用のコンソールだ。おれに聞かれても困る」

「む」と一瞬参謀長を睨み付けた男だったが、コンソールを操作できないようにロックしたのは自分なのだ。

しばらく考えていたが、機能を回復させるのはリスクが大きいと判断したのだろう。繋《つな》いだままになっている自分の小型端末を手に取ると話し出した。

「警察班、細石寺に異常はなかったのか？　何？　派手な化粧をした若い女？　寝てたらしいだと？　馬鹿野郎！　女が化粧したまま寝るか！　ちゃんと身分を確認しろとあれほど……分かった。言いわけはいい。とにかくあの寺の庵に何かあったらしい。再度確認して報告しろ！」

ちらと参謀長を横目で見るが反応する気配はない。それどころか居眠りを始めたらしく、首がこっくりこっくりと動き始めた。

舌打ちしたところに通信が入る。

「おれだ。何？　庵の入り口が開かない？　内部真空表示だと？　どういうことだ？　分かった。メンテナンス通路を使え。急げ」

じりじりしながら待つうちに、再度通信が入った。

「庵がない？　どういうことだ？　何だと」

返答を聞くなり、男は参謀長を叩き起こした。

「あの爺《じじ》いと坊主はグルか。よくも抜け抜けと……」

「ん？　何の話だ？」

「ぐずぐずするな。ここ《葡萄山》周辺の飛行物体を表示させるように言え」

「ほいほい。おおせのとおりに」

コンソールに〝葡萄山《ぶどうやま》〟周辺の空域が表示される。

〝天邪鬼《アマンジャク》〟警報中だから宇宙《そと》に出ている艇《フネ》の数は少ないが、それでも蒼橋《あおのはし》リンク修復中のATTの作業艇や、〝白熊山《しろくまやま》〟に向かう蒼橋義勇軍の艇《フネ》がちらほら見える。

その中に一つ、〝葡萄山《ぶどうやま》〟から離れていくかすかな光点を見つけ、男は歯噛みした。

「こいつか……こいつに爺いが乗ってるんだな？」

「何の話だね？」

「ふん、そうやってシラを切っているがいいさ。きさま、これがどういうことか分かってるのか？」

「意味とは？」

「蒼橋義勇軍の最高責任者は逃亡した。残ったなかで最高位の士官はおまえだ」

「おれが？」

「そうだ。シュナイダー大佐。蒼橋義勇軍司令長官就任おめでとう」

「さて、これからどうするんですかい？」

〝葡萄山《ぶどうやま》〟を飛び出した庵が加速を終え、L区の岩塊《ヤマ》に紛れる軌道に乗ったのを確かめて、ロケ松が訊《たず》ねる。

「いくつか考えてたことはあるんだが……誰が味方か分からねぇんじゃぁ、迂闊《うかつ》に動けねぇな」

御隠居の言葉にロケ松も無言で頷く。極秘だったはずのCIC《ぶどうやま》に潜入していた相手だ。どこまで浸透されているか予想はできない。

「なら准将に連絡を……おっと、こいつはだめだな。位置を割り出されちまう」

岩塊《ヤマ》にまぎれて軌道に乗ってしまえば、レーダーでの探知は難しくなる。特に今はEMPによる機能停止でブランクがある上、〝天邪鬼《アマンジャク》〟迎撃の余波で〝ブリッジ〟に紛れ込んだ岩片も多い。それまでのデータと照合して軌道データを補正するのはそれなりの時間がかかるだろう。だが、自ら電波を出せば一発で位置を特定されてしまう。

そのロケ松の言葉を聞いて、御隠居はぽんと手を打った。

「そう言やぁ大尉さんは連邦宇宙軍の人だったな。すっかり忘れてたぜ」

ロケ松も一瞬ぽかんとした後、相好を崩した。

「お、そうだった。おれは〈蒼橋〉の内情を探りに来たんだった。その挙句に司令長官と一緒に逃亡してちゃあ、内情どころの騒ぎじゃねぇな」

「大尉さんハ、ほんとに諜報員に向いてないネ」

そう沙良《さら》にまぜっかえされて、ロケ松は返事に詰まった。

「……いや……その……こいつは成り行きってやつだ。話を聞いて放っとけるかよ」

「ほラ、やっぱり向いてないヨ」

「うるせぇ」とロケ松が吼《ほ》えるのを制して、御隠居は住職に話しかけた。

「〝ブリッジ〟内の艇《フネ》の位置は出るかね？」

この庵は防人《さきもり》リンクの端末を積んでいる。住職が頷くと、正面に降りていた大型スクリーンに〝ブリッジ〟の模式図が浮かび上がった。

「ふぅむ。おおかたは〝天邪鬼《アマンジャク》〟迎撃で出動しちまってるな。〝白熊山《しろくまやま》〟以外で〝ブリッジ〟の中にいるのは一〇隻もねぇか」

と、突然沙良が叫んだ。

「あ、あれ旗坊ダ。〝踏鞴山《たたらやま》〟にいル」

H区の一角に〝旗士〟の表示が見える。

──そういやぁ発信機《トランスミッター》の会話で、推進剤《アイス》タンカーに拾われたって言っていたな。しかし、あんな小さな表示をよく見つけたもんだ……。

そう思ったロケ松が振り返ると、沙良は涙ぐんだまま何度も何度も頷いている。

ちらりとそれを見た御隠居の口元に笑みが浮かぶが、口調は変わらない。

「あいつは漂流中の〈紅天《こうてん》〉の巡航艦のところに行く〝車曳き〟たちで、こっちは……おお、そうか。大将だ。〝白熊山《しろくまやま》〟に戻る途中だな……む？」

「どうしましたかな？」

「少し拡大してくれや」

スクリーンにL区の最外縁部が拡大表示される。

「大将は停泊中だな。この衛星は……ああ、柚右衛門《ゆずえもん》さんのとこか。待てよ……」

何かを思い付いたらしい御隠居が、一同に向き直る。

「大将を呼び出したいんだが……ご住職のIDを使えばここの位置がCICにばれちまうな。おれのIDは問題外だ。大尉さんは……ID持ってるわけはねぇな」

連邦宇宙軍の人間が防人リンクのIDを持っているはずがない。

そこに背後から声がかかった。

「あたイ、持ってるョ」

「沙良、おめぇどうして？」

御隠居の問いに、涙をふいた沙良は得意そうに答える。

「CICの応援した時にもらったんだョ」

「おお、そういや、あの時の臨時IDはまだ抹消してなかったな。よっしゃ、沙良頼んだ」

「あいョ」

と、沙良が袖口の端子から手元の端末にIDを流し込み、CICに源治《げんじ》との通話を要請する。

沙良はまだCICにいることになっているから、乾葡萄《オペレータ》も疑問を持たなかったらしい。

ほどなくして回線が通じる。

「大将、聞いてるカ？」

応答したのは小雪《こゆき》だった。

「沙良ちゃんね？　艇長は今、窯元《かまもと》さんと話してるけど、何かあったの？」

「ちょっとネ、今御隠居さんと代わるからラ」

「司令長官と？」

「すまねぇが、大将を呼んでくれねぇかね。ちと頼みたいことがある」

「は、はい。ただいま」

少し間があって、落ち着いた声が返る。

「はい、代わりました。源治・ハイネマン中佐です」

「おお、大将。いろいろ世話かけるな」

「いえ、大きな星を二つももらっちまったら嫌とは言えませんや。今度は何です？」

「大将は、蒼橋リンクや防人リンクを使わないで仲間と連絡できたな？」

御隠居は昇介《しょうすけ》の祖父だから、播磨屋《はりまや》一家の家内無線《ないせん》のことは先刻ご承知だ。源治もそれは知っているから下手な隠し立てはしない。

「……それはできますが……どういうこってす？」

「いや、事情はまだ言えねぇんだ。できるならそこに集合かけといてもらえるかね？」

「ここに？　迎撃に行く連中もですか？」

「ああ。ちょっと野暮用を頼みてぇ」

「一人入院してますが、代えに心当たりはあります。昇介のやつは艇《フネ》の修理中なんで少し遅れるかもしれませんが」

「そういや〝踏鞴山《たたらやま》〟にいたな……待てよ。昇介は例の姉ちゃんと一緒か？」

「姉ちゃん？　ああ、そのはずです」

「よし。一緒に連れて来るよう昇介に言ってくれ」

「分かりました。ほかには？」

「今のところそれだけ頼む。ええと……」

と、御隠居がスクリーンに目をやると、すでに柚右衛門の窯元衛星への遷移《せんい》軌道が表示されている。御隠居は住職に軽く目礼すると言葉を継いだ。

「……あと一〇時間でそっちに着くからよろしく頼むわ」

「こっちに？　御隠居がご自分で？」

「ちょっと事情があってな。これは内緒にしといてくれや」

源治は一瞬沈黙したが、すぐに返答した。

「了解《ラジャー》。播磨屋一家に集合をかけます」

「頼んだ」

御隠居との通話を終え、防人リンクのカフを落とした源治は少し考え、家内無線《ないせん》のつまみを高出力側にまわして、通話カフを上げた。

「一同謹聴。白と馬を連れて祖父《じい》さんの盃に集合。以上」

〝白熊山《しろくまやま》〟で補給を終えた後待機中だった、生駒屋辰美《いこまやたつみ》の作業艇で、防人リンクの個別通信ランプが光った。

一瞬身構えた辰美だったが、スピーカーから流れ出た声を聞いて肩の力を抜く。

「生駒屋さん、補給は終わりましたか？」

「音羽屋《おとわや》か。補給は終わって待機中だぜ。どうかしたのか？」

「防人リンクが通じたところを見ると、まだグループは指定されてないようですね」

「ああ、おっつけ決まるとは思うが……」

「手早く言います。一緒に来てください。ウチの大将が集合をかけました」

「大将が？……分かった。そっちの補給は終わってるのか？」

辰美は一瞬言葉を切ったが、考える間もなく即答した。彼女と播磨屋一家との付き合いは長い。こんな時に生半可な理由で呼ばれるはずがないことは承知している。

「はい、すませました。発光信号に注意して離脱軌道に近いところで待機していてください」

それを聞いた辰美は少し考え、通話カフを二度上げた。スピーカーの通話ランプが二度光るのを確認して、防人リンクの送信ボタンをオフにする。

――発光信号を使うってことは、防人リンクを使えない事情があるってことだが……何が起こってるんだ……。


低い警告音を夢の中で聞いて。越後屋景清《えちごやかげきよ》はうっすらと目を開けた。

防人リンク用コンソールのランプが一つ、ゆっくりと明滅している。

「？」と身を起こした景清はディスプレイの表示を見て、忌々《いまいま》しげに一つ舌打ちした。

――辰美と音羽屋の野郎がグループから抜けやがったか……いや、違う。グループからじゃねぇ、防人リンクから消えちまったんだ、総動員の最中に二人揃ってどこに行く気だ？

慌てて時計を見るが、予定の時間まではかなりある。

――いま出ていったら、出撃中の迎撃陣に組み込まれちまうな。待つしかねぇが……気になるな。総動員の最中に防人リンクを勝手に切るのはご法度《はっと》のはずだぜ。

――まさか逢い引きのはずはねぇし……どっかから特別な指示でも受けたか？　辰美は

もちろんだが、音羽屋の糞野郎も腕だけはいいから、考えられねぇことじゃねぇが……。

とりあえずCIC《かくし》班に連絡しておくか……。

景清はポケットから小型端末を取り出し、外部のアンテナに繋ぐと通信を始めた。

だが、その背後でキャビンのドアが音もなく閉まったのには気付かなかった……。


「あの、すみません」

〝踏鞴山《たたらやま》〟の一角にある整備衛星の作業ハンガーで、《播磨屋四號》の気密チェックをしていた滝乃屋昇介《たきのやしょうすけ》の耳元でロイスの声がささやいた。

少しめんどくさそうに真空耐Gスーツの喉元に手を伸ばし、返事する。

「何？　こっちはもうすぐ終わるけど？」

「あの……家内無線《ないせん》っていうんですか？　そのスピーカーから源治さんの声が聞こえたんです。お祖父《じい》さんの盃とやらに集合しろと……」

とたんに昇介の口調が変わる。

「大将が？　間違いない？」

「え、ええ。〝天邪鬼《アマンジャク》〟の時に成田屋《じんぺい》さんが警告してきたスピーカーと同じです」

「分かった。すぐ行く」

「何だって！」

「うそ……」

「御隠居は無事なのか？　生きてるんだよな？」

CICのオペレータがいっせいに立ち上がって口々に叫んでいる。

それをゆっくりと見まわしたシュナイダー参謀長は、自然に声が収まるのを待って、改めて口を開いた。

「残念ながら事実だ。滝乃屋司令長官は仮眠中に脳関係の発作を起こして医務室に運ばれた。病状に関して担当医から話がある」

参謀長が一歩下がるのに合わせて、白衣を着た壮年の医師が進み出る。三人いる〝葡萄《ぶどう》山《やま》〟医務室の責任者で最年長の、ヘンリー・楠木《くすのき》医長だ。

「ヘンリーだ。司令長官の病状について報告する。司令長官が発作を起こしたのは仮眠中で、発見されたときはすでに意識がない状態だった。頭部スキャンの結果、脳の左半球に出血が認められたが、幸い出血量は少なく、命に別状はない。今は意識の回復を待っている状態だ」

と、オペレータの一人が声を上げた。

「手術はできないのか？」

ヘンリー医長は渋面を作った。

「場所がよくない。脳幹に近いから傷付ける可能性があるし、発作から時間が経っているから出血を除去しても脳への影響は避けられない。このまま意識が回復するのを待って症状を確認したほうがいいという判断だ」

「後遺症は残るのか？」

「正直言って分からない。ただ、出血は少ないから、後遺症が出てもリハビリで回復する程度のものですむと予想している」

「〝下の藪〟あたりに搬送する必要はないのか？」

そう問われて医長は苦笑した。

「その呼び方はあまり好きではないが、現時点では必要ないと判断している。搬送で負担をかけるほうが心配だ」

さらに何人かが手を上げたが、医長はそれを制して告げた。

「気持ちは分かるが、これ以上のことはまだ分からない。では治療に戻るから、皆も司令長官の回復を祈ってくれ」

改めて参謀長が進み出る。

「病状報告は以上だ。滝乃屋司令長官の命に別状はないということだが、当面指揮を取ることは不可能なのは明らかだ。やむを得ず、蒼橋義勇軍の指揮権継承規則に従って、現時点で最高位のわたしが指揮権を譲り受け、司令長官代行を務める。期限は総司令官の意識が回復するまでだ。至らない代行だが、よろしく頼む」

そう言って参謀長、いや司令長官代行は一礼した。

オペレータたちは戸惑うようにたがいに顔を見合わせていたが、一人が拍手を始めると皆がつられるように手を叩き始めた。

頭を下げてそれを聞いていた参謀長は、誰が最初に拍手を始めたかをしっかり確認した上で顔を上げる。

「では、司令長官代行として最初の命令を下す。

滝乃屋司令長官の病状に関しては口外厳禁とする。今は大事な時だ。こんな時に司令長官が倒れたという噂が流れれば皆が動揺するからな。

このオペレータルームの外に漏れないようにしてくれ、艇《フネ》の連中はもちろん、評議会にも言うな。言う必要がある相手にはわたしから伝える。外部から呼び出しがあったら、今は手が離せないと言っておれにまわせ。以上」

オペレータたちがざわざわと私語を交わしながら席に着くのを見ながら、親爺《おやじ》参謀長は傍らのATTのツナギに自嘲するようにささやいた。

「これでいいんだろう？　しかし医長までグルとは思わなかったよ」

だが、それを聞いてもツナギは表情を変えなかった。

「上出来だ。それより二つ目の命令を出してもらおうか」

「何だと？」

「この二隻の動向を探れ。防人リンクから抜けたらしい」

「リンクから？」

渡されたメモを一瞥した参謀長の顔が一瞬歪む。

だが、それを微笑《ほほえ》みを押し殺した結果だと気付いた者はいなかった。

——さすが御隠居だ。たしかに命に別状はないな……。

慌てて艇内に戻って来た昇介と一緒に家内無線《ないせん》の録音を聞き直したロイスが、小首を傾げる。

「白と馬というのは分かります。わたしと生駒屋さんのことですよね？　でも祖父《じい》さんの盃というのは何のことです？」

聞き終わったとたんにてきぱきと《播磨屋四號》出航準備を始めた昇介が、手を休めないまま答える。

「最初に祖父《じい》ちゃんに会った時のこと覚えてる？　お酒飲まされたでしょ？」

「え、ええ。起きた後頭痛が酷《ひど》くて。あれ以来お酒を飲むのはやめました」

そう言われて昇介の背中が少し震える。笑ったらしい。

「あの時に祖父《じい》ちゃんが選ばせた盃のことだよ」

「盃？　あの綺麗な盃のことですか？」

「そうそれ。あれは磨羯焼《まかつやき》っていって、Ｌ区にある窯元衛星で焼いてるんだよ」

「Ｌ区で？　衛星軌道で焼き物なんかできるんですか？」

「柚右衛門ていう偏屈親爺がいてね。古くなって放棄された焼成衛星を居抜きで買い取って焼いてるんだ。さすがに薪は使ってないみたいだけどね」

「でも……材料はどうしてるんです？」

「〝ブリッジ〟の岩塊《ヤマ》は大部分が蒼橋の地表由来だから土は珍しくないんだ。金属鉱脈がなければ誰も相手にしないから、採り放題だって言ってたよ」

「なるほど……じゃあ集合場所はその窯元衛星なんですね」

「そういうこと。たぶんぼくが一番遠いから急がないと。ロイス姉ちゃんも準備があったら早く済ませてね」

「それはいいんですが……いきなり集合っていうのはどういうことです？　〝天邪鬼《アマンジャク》〟はいいんですか？」

　そう聞かれて、昇介の手が一瞬止まる。

「……よくはないけれど、大将が集合を掛けたら何があっても集まるってのが、播磨屋一家の決まりなんだよ。反対に言えば、集まるだけの理由がなければ大将は集合をかけたりしない。理由は集まってから聞けばいいんだ」

「そういうものなの？」

「少なくとも、播磨屋一家はそう。そうやって代々続いて来たんだ」

昇介の口調に迷いはない。ロイスにもそれは痛いほど分かったから、もう質問はしなかった。その代わりに頭に浮かんだのは、集合できそうもない播磨屋一家の一人のことだった。

——成田屋《じんぺい》さん。これを知ったら悔しがるだろうな……。

8 暗転

「そんなに酷《ひど》いのか？」

「はい。被害は予想を超えています。何とかしないと……」

報告する蒼橋《あおのはし》企業局長の声が震えている。

転送された報告書を急いで展開した蒼橋評議会主席、ムスタファ・カマルの表情が強張《こわば》る。

「……緊急無線でＳＯＳを送って来た衛星が七基……援助要請が一二基……いまだに応答のない衛星が八七基……全体の三分の一以上ではないか！　なぜ報告に――」

――こんなにかかった！　という怒鳴り声を、主席はかろうじて呑み込んだ。

一口に紅天《こうてん》系施設といっても、実際に管理している企業は多岐に渡る。

蒼橋リンクが使えない今、それらの企業は自力で自社の施設の安否確認をしているはずだが、もともと紅天系企業は直接利益に結び付かない投資には極端に腰が重い。本来義務付けられている緊急用無線機のメンテナンスすら碌《ろく》にやっていないところが多いのだ。

そういう連中が臍《へそ》を曲げないようにしながら、うまく尻を叩いて、施設の状況を確認するのが企業局の役目の一つだから、ある程度時間がかかるのはやむを得ないと考え直したのだ。

主席は一つ咳払いをすると言葉を継いだ。

「いや、大声を出してすまない。蒼橋警察軍《けいさつ》には連絡したんだな？」

「はい。とりあえず生命維持システムに支障が出ているところ優先で向かってもらっていますが、とても手が足りないようです」

「かといって義勇軍は〝天邪鬼《アマンジャク》〟迎撃で出払っている……」

「はい、承知しています。ですから航行制限を解除していただきたいのです」

主席は一瞬躊躇したが、答は決まっている。

「分かった、それしかないな。義勇軍に要請する。そのまま待っていてくれ」

主席はそう告げると、通信オペレータに繋《つな》がるカフを上げた。

〝葡萄山《ぶどうやま》〟のCICで、司令長官用コンソールから告知音が響く。

ついうとうとしていたシュナイダー参謀長が、半ば反射的にカフを上げた。

「何だ？」

「主席から通信が入っています」

「分かった。繋いでくれ」

と、コンソールに影が差した。ATTのツナギを着た監視役の男だ。

「爺《じい》さんがいないことを気取《けど》られるなよ」

そうささやく男の左手はツナギのポケットに入れられたままだ。何を持っているか知らされている参謀長は素直に頷いた。

「ああ、分かっている」

と、ヘッドセットからカマル主席の声が流れ出した。

「カマルだ。滝乃屋《たきのや》司令長官かね？」

「いえ、シュナイダーです。司令長官は今席を外してまして」

「そうか。ではきみに頼もう。航行制限を解除して欲しい」

「え？　まだ〝天邪鬼《アマンジャク》〟は……」

しかし、参謀長の返答は強い調子で遮られた。

「それは承知している。実は紅天系衛星の被害がかなり酷い。生命維持システムの異常を含む救援要請と、音信不通を合わせた数は一〇〇基近いと報告を受けた」

「一〇〇基？　それは……」

参謀長は絶句した。義勇軍では把握していなかった数だ。

「そちらに余力はないのは承知している。航行制限が解除されれば、今こちらで準備している対策本部で航行を許可する形でいきたい。可能かね？」

参謀長は急いで考えをめぐらせた。

——ブリッジ内に出されている航行制限は本来、〝天邪鬼《アマンジャク》〟の撃ち漏らしがあった時のための用心だ。居住区の多くが天然の岩塊を刳《えぐ》り貫《ぬ》いた中にある衛星と違って、作業艇には細かな岩片でも致命傷になりかねない。

だが、今のところ迎撃はうまくいっている。この分なら撃ち漏らしがあってもわずかだろう。それより何より、衛星の生命維持システムに異常があるとなれば放っておくわけにはいかない。紅天系衛星とはいえ、働いているのは大部分が蒼橋籍市民なのだ。

ちらりと隣を見た参謀長は、男が愕然とした表情のまま慌てて頷くのを見て、口を開いた。

「分かりました。航行制限を解除します。こちらは〝踏鞴山《たたらやま》〟にいる建設組合の連中をL区に向かわせます」

「建設組合？　宇宙鳶連《そらとびれん》だな」

「はい。そちらの対策本部の指揮下に入るよう指示を出します」

主席は聞いただけでも分かるほど安堵した様子で言葉を継いだ。

「ありがとう。状況はリンクでそちらに……おっと、蒼橋リンクの復旧はまだだったな。仕方ない。この帯《チャンネル》をデータ専用として確保するから、以後はそちらを見てくれ。以上」

「了解《ラジヤー》」

慌しく通信を切った主席の声にそう返して、参謀長は傍らの男に向き直った。

「これでいいかね？」

だが男は深刻な表情のまま返事をしない。

参謀長は肩をすくめると、航行制限解除の命令を起草し始めた。

――御隠居がいても結論は同じだっただろうが……この男がこれを予期していなかったらしいのが気になるな……紅天艦隊は被害確認に来るんじゃなかったのか？


〝天邪鬼《アマンジヤク》〟警報が一部解除されるって言ってるョ」

慣性航行を続ける庵の中で船を漕いでいた大人三人は、沙良《さら》の叫びに飛び起きた。

「何だと！　親爺《おやじ》の野郎、血迷ったか！」

コンソールにとび付いた御隠居が、画面のニュースを食い入るように見つめる。

「……なるほど、そういうことなら仕方ねぇが……まったく〈紅天〉の連中は碌《ろく》なことをしやがらねぇぜ」

詳細を読み終わった御隠居が嘆息する。

「何かまずいんですかい？」

ロケ松の疑問に、住職が代わりに答える。

「L区の作業艇は紅天系企業の所属なので義勇軍には所属していませんからな。当然防人《さきもり》リンクも積んでおらず、CIC《ぶどうやま》では動向を把握できないのですよ」

「そりゃあ大変だ。土竜《モグラ》連中が何をやらかすか知れたもんじゃねぇ」

だが、そこで黙考していた御隠居が顔を上げた。

「妙だぜ。〈紅天〉の連中が、ここまで予想していたはずがねぇ」

「どういうこってす？」

「EMPで蒼橋リンクがブラックアウトして、おまけに紅天系衛星に被害が出ることまで読んでいたとは思えねぇ。あれは完全なアクシデントってやつだ」

「たしかに……」とロケ松は腕を組んだ。

――連中が自分たちの軽巡航艦が鹵獲《ろかく》されて、しかもその主砲を〈蒼橋〉に使われた結果、EMPが起きる――なんてことを予測できたはずがねぇな。

だいたい極軌道衛星への工作やCIC《ぶどうやま》への潜入には、それなりの準備期間が必要なはずだ。つまりEMPが起こったから利用しただけで、計画自体は事前に準備してたってことになる……。

腕をほどいたロケ松が改めて御隠居に訊《たず》ねる。

「そもそも、〈蒼橋〉の戦略は、あの風呂場で聞いたとおりのものだったんですかい？　適当なところで連邦宇宙軍に割って入ってもらうという……」

御隠居は軽く頷いた。

「大筋じゃあそのとおりだ。狙われるのはどうせ一番価値のある〝団子山《みたらし》〟だろうし、こっちを舐《な》めてる節が目に見えていたから、大艦隊では来ねぇだろうという予想も付いた。まぁ、まさか軽巡航艦六隻しか出して来ねぇとは思わなかったが、こっちには願ってもない状況さね。

向こうの制圧部隊を予定どおり岩塊《ヤマ》落として〝団子山《みたらし》〟の後ろに追い込んで、砂を吹き付けてやるところまではうまくいったんだが……」

「そう、そこですぜ。〈紅天〉の連中が〝天邪鬼《アマンジャク》〟を作っちまったから、蒼橋義勇軍はてんてこ舞する羽目になったわけでしょう？　もし〝天邪鬼《アマンジャク》〟が発生しなかったらどうするつもりだったんです？」

「それか……」御隠居はそこで一瞬言葉を切り、住職のほうをちらりと見た。

――やっぱり風呂場の時と同じだぜ。あの住職には何かある――いや、自分の寺の庵を宇宙艇にしてる時点で何かあることは分かりきってるが……。

わざと住職のほうを見ないようにして、そんなことを考えているロケ松の心中を知ってか知らずか、御隠居は何事もなかったように言葉を続けた。

「鹵獲した軽巡航艦二隻の返還を条件に、合金輸出の部分自由化を要求するつもりだったのさ。全面自由化は継続協議ということにすれば、向こうもそう無理は言わねぇだろうという読みさ」

「部分自由化ですかい？　ずいぶんささやかな要求みてぇですが」

ロケ松にそう言われて、御隠居は苦笑いした。

「棒ほど願って針ほどかなう――ってやつさ。最初に吹っかけるにしても、落としどころはその辺さね。それでも認めさせれば成果はでかいぜ。〝踏鞴山《たたらやま》〟じゃあ、新しい合金をいろいろ試作してるからな。そいつを自由化する分に当ててやれば、〈紅天〉の取り分は今までどおりで変わらねぇ。向こうも呑みやすいってわけだ」

「それはその試作合金とやらが、今ある合金を駆逐しなければ――ってことですかい？」

そうロケ松に指摘されて、御隠居はつるりと額をなでた。

「まぁ、それは言わねぇってことにしといてくれや。向こうの要求は第一に輸出の再開だ。それが可能になって当面は取り分も変わらねぇってことなら、調停役の連邦宇宙軍の手前もあって要求のゴリ押しもできねぇだろうさ」

「なるほど。そこでおれたち連邦宇宙軍《れんぽううちゅうぐん》が出てくるわけか……考えましたね」

「ああ。もともと、力じゃあ太刀打ちできねぇんだ。最初にガンとやって同じ土俵に引きずり降ろすまでがおれたち蒼橋義勇軍《そうきょうぎゆうぐん》の仕事さね。後は評議会に任せるつもりだったんだが……」

その続きをロケ松が納得した様子で受ける。

「〝天邪鬼《アマンジャク》〟が発生しちまった、と。じゃあ今度は〈紅天〉の腹だ。連中の思惑はどんなもんだったと思います？」

問われた御隠居は〝おれは紅天艦隊の司令長官じゃねぇから分からねぇが……〟などという無駄な前置きはしなかった。

「先遣隊が〝団子山《みたらし》〟を制圧し、睨み合いになったところで、〝天邪鬼《アマンジャク》〟が降って来る手はずだったんだろうよ。タイミング的には連邦宇宙軍が到着するかしないかって頃合だな。向こうは蒼橋義勇軍が〝蒼雲驟雨《シャワー》〟や〝天邪鬼《アマンジャク》〟に対抗するためにできたってことは知らねぇから、そ知らぬ顔で支援を申し出て、〝天邪鬼《アマンジャク》〟を迎撃して見せるつもりだったんだろうさ。

こちとらは助けてくれるというものを拒否はできねぇし、自国民保護の名目でもありゃあ到着したばかりの連邦宇宙軍にも手は出せねぇ。後は〈紅天〉の言いなりってわけだ」

ロケ松は難しい顔で腕組みした。

「なるほど……ってことは、それに失敗したから慌てて次の手を打ったってわけじゃあねえってことになりますぜ。この搦手《からめて》からの攻めは、泥縄で立てた作戦じゃねぇ。最初の作戦が失敗した時のことを考えて、最初から準備していたとしか思えねぇ。違いますかね？」

そう問われて、御隠居は渋い顔になった。

「大尉さんの見立ても同じかね。たしかに衛星への細工といい、おれを冬眠させた手際といい、一日二日で準備できる作戦じゃねぇ。抑えの布石ってやつだろうさ」

「てことは、ここまでは向こうの読みどおりってことになりますか？」

「ああ、EMPを外して考えれば、〝簪山《かんざしやま》〟を蒼橋リンクから切り離し、おれを義勇軍の指揮から外すのが最初の目的のはずだぜ」

「……なるほど。この航行禁止解除に意味はねぇってことですかい？」

「ああ。要請したのは評議会らしいからな。まさか主席が工作員のはずはねぇから、狙いはこれとは別だろうさ」

「それは何です？」

　そう改めて問われて、御隠居の渋面がさらに酷くなる。

「正直言って分からねぇ。〝天邪鬼《アマンジャク》〟がらみなのは間違いねぇが、候補が多くて絞り切れねぇんだ。おれの出した指示に変更がねぇってあたりが妙に気に掛かるんだが……こいつぁひょっとして本当に熊が出るかも知れねぇな……」

「熊？　何のことです？」

「いや、こっちの話だ」

　そう言われればもうロケ松には突っ込めない。

「何だか分からねぇが……そういうことなら一つ軌道の確認をしてみますかい？」

　そう言われた御隠居の顔が複雑に歪む。

「そうしたいのはやまやまだが、どうやってやるんでぇ？」

「え？」

「〝天邪鬼《アマンジャク》〟の軌道データがあるのはCIC《ぶどうやま》だぜ。迎撃に出てるわけでも管制してるわけでもねぇ沙良のIDで、それを読み出せると思うのかい？」

「あ、そうか」そう言われてロケ松は愕然とした。

――沙良のIDはもともとオペレータ用の臨時IDだ。直接関与するものでないかぎりアクセスは無理だろう……。

さて、どうしたものか――とロケ松は改めて腕を組んだ。

「シメイテハイサレタヨウデスヨ《指名手配されたようですよ》」

ぼんやりと宇宙《そら》を眺めていた生駒屋辰美《いこまやたつみ》のコンソールに、発光信号解読装置の表示が流れる。すぐ隣を並行している《播磨屋《はりまや》参號》が信号を送って来たらしい。

辰美の指が入力ボードの上で走る。

「ダレニダ《誰にだ》？」

「サキモリリンクデサガシテマス《防人リンクで探してます》」

「ワカッタ《分かった》」

コンソールを通信モードに切り替えた辰美の眉が曇る。

──たしかにおれたちのことだが……無断でリンクから抜けたから探してるのか？　アンテナの調子が悪くて、入ったり抜けたりしてる艇《フネ》はほかにもあるのに、おれたちだけをご指名ってのは妙だな……大将にかぎって間違いはねぇと思うが……気になるな。

「I　O《Irregular Object》ナンバーA三六。撃破完了」
「A三六撃破確認。射程内に目標なし」
「これで受け持ち分は終わりですね？」
「ああ、ご苦労だった。今の内に兵員を休ませておいてくれ」
「了解《イエス・サー》しました」

第一〇八任務部隊旗艦《プロテウス》のCICで、アフメド参謀長の応答を受けたムックホッファ准将が、大きく息をついた。

〝天邪鬼《アマンジャク》〟後陣の迎撃が始まってから六時間。作業は順調に進んでいた。

もちろんわずか四〇隻あまりの連邦宇宙軍で全部を落とすことはできないが、蒼橋義勇軍が後に控えているからしらみつぶしにする必要はない。

ただ、その中で加減速性能に優れる二隻の軽巡航艦の受け持ち空域は広かった。制限時間内に蒼橋航路局の航法支援レーダーが届かない距離まで進出し、遠距離から〝天邪鬼《アマンジャク》〟を撃破できるのは彼ら二隻しかないからだ。

「ほかの艦の状況はどうだ？」

准将の問いに、参謀長がコンソールを操作する。

「受け持ち空域の迎撃を終えて蒼橋義勇軍に後を任せた艦が三二隻。迎撃中が九隻ですね。今のところ撃ち漏らしはありません」

「蒼橋義勇軍との引継ぎは？」

「はい。さすがに向こうは専門家です。こちらが迎撃の必要がないと判断したものも迎撃していますが、これは今は問題なくても、この後蒼橋を何周かしたあと脅威になりそうなもののようです。改めて軌道解析をしてみて判明しました」

准将はそれを聞いて少し微笑《ほほえ》んだ。

「なるほど。さすがに長年軌道データを蓄積してきただけのことはあるな」

「ええ。玉突き衝突で発生するＩＯまで計算に入っているようです。個々の岩塊の密度と大きさまで把握していないととても無理ですね」

准将は軽く頷いた。

二〇〇年に渡る〈蒼橋〉の歴史の中で営々と続けられてきた採鉱作業の結果、〝ブリッジ〟の岩塊の多くには密度と大きさを発信するマーカーが付けられている。それは有望な岩塊と無価値な岩塊を区別するためのものだが、それを利用すればＩＯと衝突した後の挙動もある程度予測できるのだろう。

「ただ……前に比べると動きがぎこちないような感じもしますね」

「ぎこちない？ どういうことだね」

「事前に打ち合わせていたパターンどおりにしか動いていない印象があります。きちんと結果は出てるんですが、前回はもう少し臨機応変に動いていた気がします」

准将は少し考えて答えた。

「……それは、仕方ないかも知れんな。今回はわれわれと連携しなければならない以上、事前に決めたパターンから逸脱するのは混乱の元だ。われわれの艦は義勇軍専用の通信リンクを積んでいないからな」

「それはそのとおりですが……」

参謀長は腑《ふ》に落ちない様子だったが、准将は話題を変えた。

「で、仕掛けのある岩塊は見つかったかね？」

准将の問いに、参謀長はにやりと笑って見せた。

「手の空いた艦からマーカー電波の解析を始めています。予想したとおり、H区の中央部に鉱脈のない岩塊が帯状に連なっていますね。この様子だと万単位の残りがありそうです」

「なるほど。L区にはないんだな？」

「ええ。そちらは自営採鉱師組合の縄張りではありませんし、広いH区に比べて衛星の密度も段違いです。もともと岩塊落としは考慮されていなかったと思われます」

「ふむ」と、准将は顎をなでた。

――熊倉《ロケ松》大尉の報告どおり、〈蒼橋〉は〝〈紅天〉に金の卵を産む鵞鳥《がちょう》を殺す意図はないと判断〟していたということだな。

「〈蒼橋〉の新しい情報は入っているかね？」

「航行制限が解除されたとたんに、汎用周波数帯が一杯になりましたが、今はかなり落ち着いています。どうやら航行の許可はかなり厳密に審査されているようですね」

「なるほど。モニターはしているな？」

「はい、今は哨戒艦四隻で分担して傍受し、そのまま第五七任務部隊の通信管制艦に転送しています。紅天系衛星の被害はかなり酷いようですね」

「これは……かなり酷い状況です」

〝ブリッジ〟に向かっている紅天軍蒼橋派遣艦隊旗艦《テルファン》のＣＩＣに、参謀長のフリードマン少将の言葉が重く響く。

「弁務官事務所からの連絡では、救援要請があった衛星が二二基、応答のない衛星が八四基となっています。航行制限が解除されたので、応答のない衛星の状況も近い内に判明すると思われますが、たぶん異常のない衛星はわずかでしょう」

司令長官のアンゼルナイヒ中将が訊ねる。

「蒼橋系の衛星も、同じように被害を受けているのかね?」

「いえ、H区の衛星は耐宇宙線防御が施されているので、大きな被害はないようです」

「紅天系の衛星だけが狙い撃ちされたようなものか……。こうなっては名目だの何だのと言っている場合ではないな。

航法、〝ブリッジ〟の通信網とリンクできるまでどのくらいかかる?」

「一G減速で四日半。最後の二四時間を二Gで減速すれば、一〇時間程度は短縮できます」

航法参謀が自分のコンソールを見ずに報告する。

今、紅天軍蒼橋派遣艦隊は第四惑星蒼雪《あおのゆき》の衛星軌道を離脱し、第三惑星蒼橋に向かう遷《せん》移《い》軌道に乗っている。なるべく高い速度のまま進んで、最後に急ブレーキをかけるほうが時間の短縮になるが、乗組員にかかる負担が大きいのは言うまでもない。

司令長官は少し考え、航法参謀に告げた。

「全行程一Gでいく。蒼橋に近付くに連れ、入る情報は増えるはずだ。行程の最後が二Gでは対応準備ができん。

次、補給。各艦に連絡して、電装関係を中心に予備部品のストックを集計しろ。たぶん、いくらあっても足りないはずだ。あと、携行口糧類と医薬品はすぐ運び出せるようにしておけ。

次、機関。各艦に〝ブリッジ〟到着前に艦載艇と真空耐Gスーツの整備をさせておけ。

ラスト、通信。弁務官事務所に連絡、実行班は別命あるまで待機」

最後の命令を聞いて、居並ぶ参謀たちは一斉に驚愕の表情を浮かべた。

参謀長が慌てて確認する。

「作戦中止ということですか？」

司令長官が無言で頷くのを見て、一同のざわめきが一瞬で爆発した。

「司令長官、それはいけません！」

「もう作戦は動き出しています。いまさら中止など……」

「ここで引いたらわれわれは何のために……」

だが、口々に主張する幕僚たちの声を聞くうちに、司令長官はよけい暗澹《あんたん》たる気持ちになった。

――おまえたちは、問題があると予想されている紅天系衛星の数が一〇〇基を超えているという意味を本当に分かっているのか？

この艦隊だけではとても対応しきれないのに、蒼橋評議会を蒼橋リンクから孤立させ、蒼橋義勇軍司令長官を拉致監禁したままで〈蒼橋〉の協力が得られるはずがない。もし紅天系衛星が見殺しにされるような事態を招いたら、それこそ取り返しのつかないことになる……。

幸い、最後の一つは時間が来ていないから発動していない。今ならまだ間に合う。作戦を中止して、紅天系衛星の救助に全力で当たる以外に打つ手はない……。

しかし、司令長官はその考えを口にはしなかった。

ここでの作戦の中止は〈蒼橋〉制圧作戦の失敗を意味するが、幕僚たちにその覚悟がないことは明らかだったからだ。ここは強権で抑え付けるしかない。

アンゼルナイヒ中将は険しい目で幕僚たちの顔を順に見つめた。ざわめきが徐々に治《おさ》まるのを待って口を開く。

「作戦中止だ。極軌道衛星は手遅れだが、蒼橋義勇軍司令長官の解放は可能だ。最終班が動かなければまだ間に合う。中止命令を徹底させろ！　そして……」

そこで司令長官はいったん言葉を切り、再度幕僚たちを見まわした。

「この結果についての責任はすべてわたしが負う。各員は自身の職務に全力で当たってくれ」

一瞬、何人かの参謀が手を上げかけたが、司令長官の厳しい一瞥《いちべつ》がその口を塞ぐ。

無言で立ち上がった司令長官を見て、参謀長は慌てて号令をかけた。

「一同起立、敬礼！」

険しい顔のままアンゼルナイヒ中将は答礼し、退出したが、その後を追う幕僚はいない。

一方、それを見送った参謀長の周りには何人かの幕僚が集まり始めた。

「どうします？」

最初にそう訊ねたのは砲術参謀だった。

「どうするもこうするもない。中止命令が出た以上、それ以外の選択肢はない」

参謀長がにべもなくそう答えた時、通信参謀が口を挟んだ。

「いや、実際問題として、中止命令は間に合わないかもしれません」

「どういう意味だ？」

訝しげな砲術参謀に通信参謀が続ける。

「〝ブリッジ〟の航行制限が解除されて、今〈蒼橋〉の無線通信は錯綜し始めています。この状態で実行班に連絡を取るのは難しい。それにもし連絡できても、一度細工したものを予定期限までに元に戻すのには大変な手間がかかります」

それを聞いた参謀長の口元が少し歪む。

「なるほど。そういうことならなおさら中止命令を出す以外ないな」

それを聞いた二人の参謀は一瞬あっけに取られた様子だったが、徐々に理解の色が浮かぶ。

「かしこまりました。司令長官の指示どおりに致します」

「こちらも準備を進めます」

二人の参謀の返答に参謀長は無言で頷いた。

「御隠居さんの具合、どうだって？」

「それが……あんまりよくないみたいなのよ。医療スタッフが張り番してて、医務室に入れてくれないの。意識はまだ戻ってないから面会はできないって言うんだけど……」

「それって、よくあることかね？」

「ないわよ。意識がなくても普通なら寝顔くらいは見せてくれるわ。わたしもそうして来たし……」

「そういえばウチの爺さんが倒れた時も寝顔は見せてもらったね。あの人は結局目を覚まさなかったけど……」

「……それは……残念だったわね。おいくつだったの？」

「八七でしたよ。大酒飲みだったからばちが当たったのかもしれないねぇ」

「たしかに御隠居さんも酒飲みだけど……」

「頭は怖いからねぇ……」

——そろそろ誤魔化しきれなくなって来たな……。

配下が仕掛けた盗聴器から流れる会話を聞きながら、ＡＴＴのツナギ姿の男がひとりごちた。

傍らのシュナイダー参謀長がいぶかしげな顔を向けるが、ツナギのポケットに入れた左手を動かしてその口を塞ぐ。

その時、男の右手の中で小型端末が振動した。

表示を一瞥した男の表情が驚愕に歪む。

——作戦中止だと！　今になってなぜ……。

念のため、交換した防人リンクのアンテナや、一枚だけ新しくなった艦首の装甲鈑の取り付けを確認した後、昇介《しょうすけ》は《播磨屋四號》のキャビンの外鈑を見直した。一番大きな亀裂から蛍光ピンクの派手な色が少し覗いているが、それ以上膨らむ気配はない。

——本当はもう一時間くらいしてから見直さないといけないんだろうけど……シーリング剤は余分にもらったから、出発しても大丈夫そうだな。よし——。

キャビンのエアロックは整備屋の埠頭と直結しているから使えない。昇介は出てきた時と同じ機関室脇の予備エアロックのハンドルをまわし、内部に潜《もぐ》り込んだ。

ぎっしりと機械が詰まった艇内を、微妙にうねる形で狭い通路が走っている。整備用なのにあまり広くないのは、大部分の整備は外鈑を貼っていない外側から行なうからだ。

だが、狭い隙間を器用に潜《くぐ》り抜け、キャビンを通り過ぎてコクピットに頭を入れた時、昇介の顎が落ちた。

二つ目の補助席にオレンジ色のツナギを着た兄《あん》ちゃんが座っている。

「じ、甚平兄《じんぺいにい》ちゃん！　何でこんなところにいるの！」

9　集　合

「お、指名手配中のアベックが着いたか」

そう言って、音羽屋忠信《おとわやただのぶ》と生駒屋辰美《いこまやたつみ》を迎え入れた人物を見て、二人は仰天した。

「ご、御隠居じゃないですか。なんでこんなところに……」

「祖父《じい》さん、あんた〝葡萄山《ぶどうやま》〟にいるはずだろう……」

二人揃って目を白黒させている様子を見て、御隠居は破顔した。

「ま、ちょっと事情があってな。紹介したいやつがいるから、とりあえず入ってくれ」

「紹介？」と、磨羯焼《まかつやき》の窯元《かまもと》衛星の応接間（という名のガラクタ置き場）に足を踏み入れた二人を、年齢と性別、そして体格がバラバラの五人が迎える。

「ええと、柚右衛門《ゆずえもん》さんと、大将と、小雪《こゆき》さんがいるのは分かります。でもなんでご住職がいるんです？　そしてこちらのかたは？」

ロケ松を見てそう首をひねる忠信の肩を、辰美がとん、と押す。

「これから紹介するって祖父《じい》さんが言ってるんだから、今は誰でもいいじゃねぇか。とりあえず座ってくれ、おれが入れねぇ」

「お、これは申しわけない」

頭をかいた忠信が席に着き、辰美がその隣に腰を下ろすと、それを見計らっていたかのように奥から盆を持った女の子が入ってきた。

「沙良《さら》じゃねぇか。なんでおまえまでいるんだ？」

湯気を立てる磨羯焼の茶碗を置きながら、沙良は辰美に向かって口を尖らせた。

「なんではないだロ。御隠居さんを助けたのはあたいだョ」

「助けた？　どういう意味だ？」

と、そこに住職が口を挟む。

「これ、沙良。おまえが口出しするとややこしくなります。お茶を配ったら静かにしてなさい」

「あイ、分かったョ」

と、小さく舌を出した沙良が空いている場所に腰を下ろすのを待って、まず源治《げんじ》が口を開いた。

「昇介《しょうすけ》のやつが遅れているが、時間がねぇから始めるぜ。おれが集合をかけたのは御隠居に頼まれたからだ。というわけで、御隠居、お願ぇします」

「おいおい、前置きはそれだけかよ？　まぁ長くすりゃあいいってもんでもねぇが、要はこういうこった……」

と、御隠居が話し始めたことの顚末を聞くうちに、忠信と辰美の顔色が青ざめ始めた。

「……というわけで、播磨屋《はりまや》一家に集合をかけてもらったってわけだ」

啞然としていた忠信と辰美が、ようやくという感じで口を開く。

「……大きなドラム缶みたいなのが係留してあると思ったら……あれは細石寺の庵だったんですか……しかしよくもまぁ、あんなものを……」

「ああ。おれも何かと思ったぜ。それはともかく、そこの旦那が何者なのか、まだ教えてもらえないのかい？」

「ほいそうだった。大尉さん、どうする？　自分で話すかね？」

御隠居にそう言われて、ロケ松は一つ頷き、姿勢を正すとはっきりした口調で告げた。

「おれは熊倉松五郎《くまくらまつごろう》ってもんだ。身分は連邦宇宙軍機関大尉。いま〝天邪鬼《アマンジャク》〟の迎撃をしてるムックホッファ准将に命じられて〈蒼橋《あおのはし》〉の実情を探りに来ている」

忠信と辰美の表情はその日一番の見物だった。

「連邦宇宙軍の大尉？」

「〈蒼橋〉を探りに？　御隠居、あなた連邦に魂を売ったんですか！」

色を成した忠信の剣幕に御隠居は苦笑した。

「そう思われても仕方ねぇが、まあ落ち着け。この大尉さんはたしかにスパイみてぇなもんだが、悪いやつじゃねぇ。何しろ〈蒼橋〉に着いたとたんに沙良に正体を見破られちまったんだぜ」

「沙良に？」と、少し落ち着いた忠信が目をやると、ご当人は文字どおり「えっへん」という感じで胸を張っている。

「御隠居、それはそのとおりだが、言い方ってもんがあるでしょうに。これじゃあおれの面目丸つぶれだ」

ロケ松が何かぶつぶつ言っているが、御隠居が頓着する様子はない。

「そのとおりならそのとおりじゃねぇか。とにかく、大尉さんのおかげでビーム砲が撃てたし、連邦宇宙軍に〝天邪鬼《アマンジヤク》〟迎撃の依頼もできた。おまけに冬眠しないですんだんだから、恩は感じちゃいるが、魂を売ったわけじゃねぇぞ」

途中から声が低くなる。その迫力に一瞬気圧《けお》されて、忠信はたじたじとなった。

「わ、分かりました。魂云々《うんぬん》は取り消します。……しかし、どうやってビーム砲を撃ったのか不思議だったんですが、大尉さんの助言があったんですね……」

と、そこで辰美が口を挟んだ。

「待てよ、てぇことは。あんたが助言しなかったらEMPもなかったってことにならねぇか？」

「う……それは」と、詰まったロケ松を制して、御隠居が辰美を正面から見つめた。声が低い。

「あのビーム砲を撃つと決めて、大尉さんに磁場発生器《ジェネレーター》の起動方法を訊《たず》ねたのはおれだ。助言はいろいろもらったが、それを受け入れたのもおれだ。ビーム砲を整備したのも実際に撃ったのもおれじゃあねぇが、そうしろと命令したのはおれだ。つまり全部の責任はおれにあって、ほかの誰にもねぇ。それだけは忘れるな」

辰美はもう言葉がない。無言でこくこくと頷くのを見て御隠居は表情を緩め、一同に向き直った。

「ま、責任者としては、腹を切るより先にすることがあるってことだ。というところで本題だ。いま説明したとおり、CIC から切り離されちまったおれには、ここにいる人間と昇介以外に力になってもらえる仲間はいねぇ。手伝って欲しいんだが頼めるかね？」

それまで黙って聞いていた播磨屋源治《はりまやげんじ》は、軽く笑うと鷹揚《おうよう》に告げた。

「人に集合かけさせといて今さらそれはねぇでしょう。で、何をすりゃあいいんです？」

「甚平《じんぺい》兄ちゃん、本当に大丈夫？」

「何が？　大丈夫じゃなかったらこんなところで座ってねぇよ」

「そ、それはそうだろうけどさ……」

思いのほか元気そうな甚平の様子を見て、昇介は仕方ないなという感じで自分の席に着き、《播磨屋四號》の最終チェックに入った。

視線をコンソールに向けたまま、背中に向けて訊ねる。

「ちゃんとお医者さんに許可もらったの？」

と、一瞬甚平が詰まった。

「も、もちろんだぜ。首と右肩はギプスで固めたし、痛み止めとか炎症予防剤とか組織成長促進剤とかいろいろインプラントしてもらったから、後は黙って寝てるだけだ。どこにいたって同じだぜ。

それより水臭いじゃねぇか。ロイスが知らせてくれなかったら、源治の兄貴が集合をかけたのを知らないままだったぜ」

昇介は手を止めずに嘆息した。

やっぱりロイス姉ちゃんか……。

甚平の傍らで何やらわたわたしている気配がある。

「あ、あの……やっぱり何も言わないで行くのはよくないと思って……その」

昇介は苦笑した。

「言えば一緒に来るって言うに決まってるから、出航してから言うつもりだったんだけどね」

「え？　そうなの？」

そこに甚平が口を挟む。

「それを水臭ぇって言うんだ。集合が掛かったら何があっても集まるってのが、播磨屋一家の決まりだろうが」

「それはそうだけどさ……」

「そうならそうなんだよ。さ、こっちの準備は済んでる。さっさと出せや」

「本当に大丈夫なんだね？　後で降ろせって言ったって知らないよ」

「同じことを何度も言わせるんじゃねぇや」

「はいはい」と、チェックを終えた昇介は整備衛星の管理室に通路を外すことを告げ、〝踏鞴山《たたらやま》〟の航路管制センターに出航許可を求めた。

「こちら《播磨屋四號》。出航許可願う」

「こちら管制。《播磨屋四號》、少し待機せよ」

「え？　何かあったの？」

「〝宇宙鳶《そらとび》〟連に、対策本部の指揮下に入るよう指示が出た。おかげで推進剤《アイス》ステーション周辺が混み合ってるんだ」

え？　と航法レーダーのレンジを広げれば、たしかに〝踏鞴山《たたらやま》〟の一角に向かって集まっていく多数の光点が見える。

「L区はそんなに大変なの？」

「らしい。詳しくは防人《さきもり》リンクを見てくれ」

「分かった。どのくらい待つの？」

「五分はかからない」

「了解《ラジャー》」と、昇介が返したところに甚平が口を挟んだ。

「何だよ。みんな推進剤《アイス》隠してやがったのかよ」

　その言い方に昇介は苦笑した。

「避難船に全部供出しちゃったら推進剤《アイス》ステーションに行けないから、その分残してただけじゃない？　隠してたわけじゃないと思うよ」

「でもなぁ……あれだけの艇《フネ》のタンクを総ざらいできてりゃあ、おらぁ〝天邪鬼《アマンジヤク》〟迎撃に出てて、艇《フネ》は無事だったんだぜ」

　甚平の艇《フネ》は、EMPを発生させた磁気バーストの余波で完全に破壊されてしまった。甚平が助かったのは、本当に紙一重の偶然でしかない。

　ただ、甚平にとっては自分が助かったことよりも、お金が入るたびに新しい部品を注文してチューンナップしていた《播磨屋弐號》がなくなったことのほうが重要なのだろう。

　それに気が付いている昇介は、少しおだてるように話を続けた。

「でも、推進剤《アイス》がなかったから、甚平兄ちゃんがビーム砲を撃てたんでしょ？」

「そりゃあまぁな」と、甚平はまんざらでもない様子だったが、昇介の続けた言葉を聞いて憮然となった。

「まぁ撃たなけりゃEMPもなかったんだけどね」

とたんに甚平がへこんだ。

「そんなこと言ったっておめぇ、あんなことになるなんて誰が予想したよ。おれを責めるのは筋違いってもんだぜ」

と、そこにロイスが割って入る。

「そうです。成田屋《じんぺい》さんは悪くありません。こんな怪我までして頑張ったのに」

「ち、違うよ。責めてるわけじゃないよ。原因と結果の話だよ」

たじたじとなった昇介が慌てて弁解するが、ロイスは聞かない。

「撃たなければEMPがなかったなんて、責めてるのと同じです。あのビーム砲を動かすのに〝踏鞴山《たたらやま》〟の皆さんがどれだけ苦労したか……」

「いや、だから責めてる……」

と、そこでコンソールの個別通話ランプが光った。

「あ、誰か呼んでる」と、急いでカフを上げた昇介の耳に、若い女性の声が届く。

「あの、滝乃屋昇介《たきのやしょうすけ》さんですか？」

——誰だろう？

「はい、そうですが」

「あ、通じた。まだ〝踏鞴山《たたらやま》〟にいるんですね。こちらは看護士の飯塚渚《いいづかなぎさ》です」

「飯塚？　あ、甚平兄ちゃんの受け持ちの看護士さんだね。何かあったの？」

「それが……その成田屋甚平さんの姿が見えないんです」

「え？」と、後ろを振り向けば、当の甚平が必死で手を振っている。

——やっぱり……。

「やっと歩けるようになったばかりで、まだ安静にしていないといけないのに、どこに行ったのか……。もしそちらに姿を見せたらすぐ連絡してください。お願いします」

「う、うん。分かった。でもぼくはもう出航なんだ」

「あ、そうなんですか？　じゃあどこに……」

「分からないけれど、自分の艇《フネ》の心配してたから……」

「艇《フネ》の？　分かりました、聞いてみます」

「あ、ちょっと待って」

「はい？」

「正直なところ、甚平兄ちゃんの容態はどうなの？　歩いて大丈夫なの？」

「埋め込んだ鎮痛剤が効いてますから、痛みはないはずです。これから精密検査して、異常がなければリハビリセンターに移ってもらう予定だったんですが……」

「リハビリ？　じゃあ無理しなければ大丈夫なんだね？」

「精密検査の結果次第ですが……後は安静にして、ギプスが取れるのを待つだけです」

「分かった。あ、出航許可が出た。もう行くね。何か分かったら教えて」

「はい。滝乃屋さんもお気を付けて」

「ありがとう」

そう返してカフを降ろし振り向いた昇介が、小さくなっている甚平に一言告げた。

「嘘つき」

きまり悪げにもじもじしている甚平の肩を、傍らのロイスが優しく叩く。

――ま、いいか。ロイス姉ちゃんもいるし、加速を弱目にすれば大丈夫かな。飯塚さんには〝踏鞴山《たたらやま》〟内のリンクから外れる直前にでも謝っておこう……。

そう決めた昇介は、通路が外れていることを確認し、管制センターが指示する軌道に乗るべくバーニアを吹かした。

一枚だけ新しくなった装甲鈑をきらめかせて、《播磨屋四號》はゆっくりと満天の星空の中に進み出る。

「紅鉱一四、出航を許可する」

「紅鉱一四了解。この帯《チャンネル》はおれ専用だな？」

「紅鉱一四、ああ。本当の緊急時以外はこれを使ってくれ」

「紅鉱一四了解」

指示を出し終えたオペレータが、休む間もなく次の艇《フネ》に指示を出す。

「曙《あけぼの》七八……」

昨日まで機能していなかったはずの蒼橋宇宙港《みなと》星間航路管制センターがざわめきに満ちている。それを見て、入室してきた蒼橋評議会のカマル主席の表情がほころんだ。

「もう動き出しているのか。仕事が早いな」

「ええ、航行制限が解除されてから準備では、とても間に合いませんから」

そうさらりと返したのは管制センター長の鳥居霞《とりいかすみ》だ。口調はおっとりしているが、動作にメリハリがあって歳を感じさせない。

〝天邪鬼《アマンジャク》〟警報に伴う非常事態宣言によって、蒼橋宇宙港《みなと》の航路管制センターは開店休業状態になっていたが、警報が解除されればいっきに仕事が増える。それを予想して事前に管制システムを組み直していたということだ。

おかげで当面使う当てのない星間航路管制センターを、緊急調査に出発する艇《フネ》の管制に使用できる。

正面の大スクリーンに表示された作業艇の運航状況を眺めながら主席が訊ねる。

「目標の衛星と作業艇の所属は同じというわけではないんだな？」

センター長がすこし困った様子で返す。

「自前の作業艇を持っていない衛星も多いですし、あってもいろいろ問題が……」

言い淀むセンター長の様子から、主席は状況を察した。

――なるほど。EMPに整備不良が加われば、使えない艇《フネ》が出ても不思議はないか……。

「全部で何隻出すんだね？」

「出航可能と回答をもらったのは三〇〇隻あまりですが、許可を出すのは二〇〇隻の予定です。最初の一〇〇隻は調査優先で採鉱艇を出しますが、残り一〇〇隻は状況に合わせて選抜します。被害状況が分からないうちに出すわけにはいきませんから」

EMPは電気や電子の回路を損傷させるが、その影響がどこまで及ぶかはその衛星の耐性次第だ。たとえば同じ生命維持システムの故障でも、制御回路と駆動回路では対策が変わる。ましてや強制停止で機械的な破損部分が生じていれば、電気関係のエンジニアではどうしようもない。

「メンテナンス要員の確保は？」

「わたしの独断で各種の組合に動員を要請しました。動きが鈍いところもありますが、おおむね好意的な反応をもらっています」

センター長の話に、主席は満足そうに頷いた。

「分かった。よくやってくれた。あとはここに置くEMP対策本部が引き継ごう。場所はあるな?」

センター長は微笑《ほほえ》むとセンターの一角を示した。二〇席ほどが空いていて、ツナギ姿の作業員がその正面に仮設スクリーンを立てている。

その動きに無駄がないのを見て、主席は口元をほころばせた。

「いいスタッフが揃っているな」

センター長は楽しそうに頷くと、〈蒼橋〉の決まり文句で返した。

「ええ。みんな適当にやって、いい加減に仕上げてますから」


満天の星空を背景に、いびつな岩塊が浮かんでいる。

それがゆっくりと回転するにつれ、岩肌に映る重量物用クレーンの影が伸び縮みし、奇妙な踊りを踊っているように見える。だが、そのクレーン本体を彩っていたはずの衝突防止灯の輝きはない。

いや、あちこちから不思議な形の金属構造が頭を出している岩塊自体にも、灯りは見えない。

「反応がねぇすね」

目標の冶金《やきん》衛星・アーサー・ミラーⅡに向けて発光信号を送っていた、モルゲン鉱業所属の採鉱艇・曙七八号のナビゲーター、綿貫健一《わたぬきけんいち》が首を傾げる。

「待ちくたびれて寝ちまったかな？」

そう軽口で応えたのは艇長の畑中武彦《はたなかたけひこ》だが、言葉とは裏腹に目は笑っていない。

「それならいいんすが……ほんとに行くすか？」

ナビゲーターの質問に、艇長が苦笑した。

「ここまで出張《でば》って来て、反応がねぇから帰《けえ》るとは言えねぇだろう」

「それはそうなんすけど……」

何やら歯切れが悪い。ナビゲーターが異常な怖《ビビ》がりであることを改めて思い出した艇長は、その肩をポンと叩くと告げた。

「安心しろや。行くのはおれ一人だ」


――そして二時間後、冶金衛星の人間用エアロックに取り付いた艇長から声が届いた。

「よし、開いた。パスワードに間違いはねぇ」

「あったら困りますよぉ。あれだけ苦労したんすから」

ナビゲーターが愚痴るのも無理はない。エアロックにパスワードキーが付けられていたことを知った艇長は、対策本部に連絡を入れたが、迷走はそこから始まった。

対策本部からの要請に対し、衛星の管理者は、ＩＤのない一般人の立ち入りは禁止されているから教えられないと言って来たのだ。

対策本部が、お宅の衛星の安否を確認するだけだといくら言っても、〈紅天《こうてん》〉の本社から派遣されているらしい管理者はうんと言わない。会社の規定を破るわけにはいかないの一点張りなのだ。

強行突破は簡単だが、紅天艦隊が接近している今、〈紅天〉との揉めごとを増やすわけにはいかない。遅かれ早かれ始まるだろう交渉の席で、向こうに突っ込まれる材料になるだけだからだ。

考えあぐねた対策本部は、ならば一般人でなければいいんだろう？　と、曙七八号の二人を対策本部付けの臨時職員に任命しようとした。

ところが今度は、それを聞いたモルゲン鉱業がクレームを付けて来たのだ。曰《いわ》く、当社はことの重大性に鑑《かんが》み当社の所有する作業艇・曙七八号を提供したが、乗組員は当社と専属契約を結んでいる。従って、臨時職員に任命するなら二名は契約解除。採鉱艇も返してもらう、と。

対策本部は頭を抱えたが、妙案はない。

そこに、〈紅天〉御用達《ごようたし》と称する法務コンサルタントが現われた。

曰く、お困りのようですが、一つ有効な手があります。曙七八号をチャーターしてはいかがですか？　モルゲン鉱業との交渉は代行しますよ……。

冶金衛星の管理者とモルゲン鉱業、そしてコンサルタントの三者が結託しているのは明らかだったが、とにかく時間がない。問題の冶金衛星には一〇〇人以上の従業員がいるはずなのだ。

結局、対策本部が法外な価格でチャーター契約を結び、パスワードが送られて来たのは先に述べたとおり、交渉が始まってから二時間後だった。

エアロックに消えた艇長から連絡が入る。

「衛星内の空気が抜けてる。気圧は二〇ヘクトパスカルくらいしかねぇぞ」

「二〇？　外とほとんど同じじゃねぇすか」

「ああ。嫌な予感がする。扉にアンテナ通すから、ちょっと待ってくれや」

エアロックの中扉は普通、外扉を完全に閉めて内部とエアロックの気圧が等しくならないと開かないようになっている。この機構は機械的な仕組みだから電源がなくても作動するが、それだけ密閉度も高い。

衛星内の汎用リンクが生きていれば、そこを経由して外部と通信できるはずだが、この分ではあてにできない。自前で通信手段を確保するしかないのだ。

しばらく間があって、艇長から連絡が入った。

「聞こえてるか？」

少し音が遠い
「へい。少しばかり遠いすが、ちゃんと聞こえてます」

「これから後は補修用に持ってきたコードを引いていく」

「分かりやした、お気をつけて」

「おお。しかし、扉を閉めると本当に真っ暗だな」

「え？　非常灯は点《つ》いてないんすか？」

ナビゲーターの声には不審の色が濃い。

「ああ、全部消えてる……重力はこのあたりだと〇・五Gくれぇか。……お？　スーツ用のロッカーが置いてあるぜ。中身は……五着入ったままだ。エアタンクもみんな八〇パーセント以上残ってる」

「空気抜けてるのに、スーツ手付かずっすか？」

「ああ。妙な話だ。少し進んでみる。……おや、天井の塗装が帯状に焦げてるな。電源コードに大電流が流れたらしい」

「大電流？　どこから流れ込んだんで？」

「調べて見ないと分からねぇが……たぶんサージ電流ってやつだな。外にあったクレーンがでけぇアンテナの役目をしたのかも知れねぇ」

「なるほど、クレーンにブレーカーは付いてないすね」

「ああ、モーターの配線あたりにスパークが飛んで、配線の末端側から大電流が流れ込んだんだな。ブレーカーが作動した時には電源回路はとっくに御釈迦《おしゃか》ってわけだ。……おや？　通路に粉が広がってる……こいつは……消火剤だな」

「消火剤？　火事すか？」

「ああ。空になった消火器が転がってる。何を消したんだ？　お、あれは……配電盤か。真っ黒焦げだぜ」

「電気火災ってやつすか？」

「ああ、衛星みてぇな閉鎖空間じゃこれが一番怖ぇんだ。ああ……天井が真っ黒に煤《すす》けてやがる。こりゃあかなり酷《ひで》ぇ火事だな……。あれ？　妙だな。消火剤が何かに吹き寄せられたみてぇに帯になってやがる」

「帯？　風でも吹いたんすか？」

「ああ。どうやら火災が手に負えなくなって、衛星内部の空気を抜いたと見える……あっ！」

「ど、どうしやした？」

「光だ。角を曲がったら光が見えた」

「光！　誰かいるんすか？」

「分からねぇ。……どうやらドアが半開きになってるらしい……近付いて見る」

「気を付けてくださいよ、ほんとに」

「分かってるって。おめぇは艇《フネ》の中なんだから心配しなくていいんだ」

「で、でも……」

「いいから少し黙れや」

「へ、へぇ」

ナビゲーターの口を強引に塞いで、艇長はその光に近付いた。

最初に見て取ったとおり、外開きのドアの向こう側が半分開いて、中の光が楔《くさび》状に行く手の通路を照らしている。ちらちらと色が変わるところを見ると、光源は複数あるようだ。

少し躊躇《ため》った艇長だったが、思い切ってドアを開ける。

次の瞬間、ナビゲーターの耳を絶叫が貫いた。


「だめです。死んでます」

やっと落ち着いた畑中艇長が曙七八号を経由して送った報告を受けて、対策本部のオペレータから愕然とした声が返る。

「死んでる？　何があった？」

「……それが、冬眠カプセルの数が足りなかったみてぇです」

「カプセルの数が足りない？　どういうことだ？」

艇長は頭を振った。――いけねぇ、まだ頭が混乱してやがる……。

「……ええと、サージ電流で電源火災が起きたみてぇです。結構酷い火事で……消火しきれずに衛星の空気を抜いたけど、冬眠カプセルの数が足りなくて奪い合いになった——ってことだと思います……」

点滅を続けるカプセルの非常ランプに照らされた部屋の中は地獄だった。室内の壁に並んでいる冬眠カプセル用のハッチはすべて開けられ、引きずり出されたカプセルに頭を突っ込むようにして衛星従業員の死体が折り重なっている。カプセルの数は明らかに死体の数より少ない。

「奪い合い……」

オペレータの口調も混乱している。

「ええ。先にカプセルに入った人間は抵抗できねぇから、後から来たやつに引きずり出されて、そこに残りの人間が殺到して……てことだろうと思います」

と、オペレータの声が変わった。

「対策本部長のカマルだ。畑中艇長、そこで亡くなっている人は何人だね？」

いきなり主席に話しかけられて艇長は仰天した。

「こ、こりゃあどうも。ここにいるのはええと……三〇人くれぇですね。カプセルの数は一〇個です」

「今、やっと衛星の内部構造が分かる資料が手元に来たが……艇長は人間用エアロックから入ったんだな？」

「ええ、そうです。そこから五〇メートルくらい入ったT字路を右に折れた左側の部屋です」

「居住区のカプセル室だな。この図面によるとカプセルは五〇個あることになってるが……」

「とんでもねぇ。間違いなく一〇個しかねぇですぜ」

艇長の耳に主席が舌打ちする音が響く。

「図面の誤魔化しか……いや、今は状況を把握するのが先だ。そこはそのままにして、通路を進んでくれ。そこから先が居住区のはずだ。部屋に避難している人間がいるかも知れん」

「そういや、ここには一〇〇人以上いるって話でしたね」

「ああ。生存者がいるなら助けねばならん」

「分かりやした……あれ？　空気を抜いたんで通路のドアが開いてるのは分かるが、なんで部屋のドアが全部開いてるんだ？」

「部屋のドア？」

「ええ。通路に部屋の中の物が散乱してます。……こりゃあ、耐圧ドアじゃねぇぞ」

「何だって？」

「部屋のドアは見た目は耐圧風ですが、シーリングも何もねぇ普通のドアです。おまけに外開きですぜ」

「そんな馬鹿な……」

主席は絶句した。衛星の部屋のドアは内開きというのが常識だ。通路の空気が抜けても部屋の気圧が残っていればドアが押され、開くことはない。

「……そうか、これを知ってたからここの従業員はカプセルの取り合いをやったんですぜ。スーツが置いてあるのは火事現場の向こうだから取りに行けねぇ」

「……つまり、電源火災用の消火設備も、簡易呼吸器も準備してなかったということか……」

主席の暗然とした声が艇長の耳元で響く。

不活性ガスを使った消火設備があれば、目と口元を覆う簡易呼吸器を使うだけで消火できる。わざわざ内部の空気を抜く必要はないのだ。

「おれの会社も阿漕《あこぎ》だと思っちゃいたが、ここほど無茶苦茶じゃねぇ。評議会は検査してなかったんですかい?」

主席の答は苦い。

「紅天系施設の安全検査をやっているのは紅天系の検査機関だ。評議会は手が出せない」

「ああ……あの紅蒼通商協定ってやつですか――って、それで済ませるわけにゃいかないでしょうが、しっかりしてくださいよ」

「ああ、分かっている。それはこちらの役目だ、艇長は先に進んでくれ。繰り返しになるが、今は状況を確認するのが先だ」

「分かりやした。先に進みます」

だが、畑中艇長が背後に伸ばしたコードの長さぎりぎりまで捜索しても、生存者は発見できなかった……。

——そして、この冶金衛星からの報告を皮切りに、派遣した他の調査艇からの報告が続続と対策本部に集まり始めた。本部の喧騒が高まるにつれ、主席たちの眉間の皺は深くなってゆく……。

10　混　迷

「そんなに酷《ひど》いんですか？」

「うむ。すでに三基の衛星の従業員が全滅しているのが確認された」

　緊急無線で連絡してきた評議会のカマル主席の声はがらがらに荒れている。〝要山《かなめやま》〟の石動《いするぎ》管制長は、話の内容より先にその声で主席の激務ぶりを察した。

「早急に対応しないと致命的な被害が出るおそれのある衛星も多い。これから報告が集まるにつれ、その数は更に増えるだろう。だが、手が足りん。ＡＴＴにも応援を頼みたい」

　――やはり……。その要求を予想していた管制長だったが、彼としては熟慮済みの結論を返すしかない。

「分かりました。そういうことならＡＴＴはお手伝い出来ません」

　石動管制長の答がよほど意外だったのだろう。一瞬通信が途絶える。

「……理由を聞かせてもらえるかね？」

　海鳴りの底から聞こえてくるような声だが、管制長の腹は決まっている。

「はい。蒼橋《あおのはし》リンクの根幹はデータ通信です。その最大の受発信地が〝簪《かんざし》山《やま》〟であることはご存知だろうと思います」

「もちろんだ」

「そして〝簪《かんざし》山《やま》〟には、今回被害を受けた紅天《こうてん》系企業の本社や営業所が集まっています……というか、ほかにはありません。もし中途半端な状態で蒼橋リンクを稼動させたら、通常のデータ通信に加えて、被害状況の確認と対策に関するデータが怒濤《どとう》のようにリンクに殺到します。それはたぶん、通常行なわれる通信の何倍もの量になり、当然通信ラグが発生するでしょう。

そうなればデータの整合性を取るための再送要求が急増し、それがさらなる遅滞を生んで遅滞はどんどん酷くなります。

〝ブリッジ〟内の航行データのように、リアルタイムの更新が必要なデータベースまで機能不全に陥れば、再度蒼橋リンクを停止する以外対処方法はありません。不完全なまま蒼橋リンクを稼動させれば、このループを繰り返すだけです。

だから、今ATTには蒼橋リンクの完全復旧以外に割ける人員も装備もないのです。ご了解ください」

緊急無線の帯《チャンネル》を沈黙が支配する。

永遠にも思えた何秒かが過ぎた時。返ってきた声は思いのほか平静だった。

「……そうか……。そういうことなら無理強いもできまい。ATTには蒼橋リンクの完全復旧に専念してもらうということで皆を説得しよう。これから復旧という段階になって蒼橋リンクが稼動していなかったら大変だからな」

そう主席に言われて、管制長は胸を突かれた。主席がどれだけたくさんのものを背負って要求してきたかが痛いほど分かったからだ——だが、やはりない袖は振れない。

「はい。ありがとうございます。今できることに全力を尽くします」

そう言った管制長の言葉を受けて、主席は少し笑ったようだった。

「いや、礼を言うのはこちらだ。きみが管制長で本当に良かったと思う。蒼橋リンクの復旧見通しが立ったら教えてくれ」

通信が切れる。石動管制長は背筋を伸ばしてスピーカーに一礼すると、スタッフに連絡するためのカフを上げた。

「あ、ここだ。信雄《のぶお》、シート持ってきて。手持ちの分じゃ足りそうもないわ」

「仙崎《せんざき》了解。一〇メートルあれば足りるか？」

「それだけあれば充分よ」

カチカチという応答の合図を耳元で聞いて、ATTの通信エンジニア、エア・宮城《みやぎ》はヘッドランプの向きを調節した。

極軌道通信中継衛星の内部に外の光は届かない。中心に浮かべた作業用発光体の助けを借りて、慎重に裂け目の状態を調べる。

水・木・金と三基の衛星のガスが抜けていることを確認したエアたち〝簪山《かんざしやま》〟班はそのまま軌道を進み、〝要山《かなめやま》〟班が反対側で確認した土・月・火の修理に入っている。水・木・金を修理するのは同じように軌道を周回してきた〝要山《かなめやま》〟班の役目だ。

すでに一基目の土曜日《サタディ》の修理は終わり、二基目の月曜日《マンディ》にかかったところだ（日曜日《サンディ》は予備だから、修理は急がなくてもいい）。

「コネクタは切れてるけど、アンテナパネルに損傷はなさそうね。幸恵《ゆきえ》、押さえてて、今仮止めするから」

カチカチという応答の音と共に、待機していた金子幸恵《かねこゆきえ》が裂け目をまたいでうつ伏せになり、軽粘着性のシートを貼ったスーツの両手両足を器用に使って外皮を引き寄せる。その腹の下で外皮が重なった瞬間、エアが短く切った接着シートを手早く貼り付けた。衛星内のガス圧は低いから人力でも何とかなるのだ。

それを繰り返して六メートルほどもある裂け目の仮止めを終えたところで、新しいライトブルーのスーツが到着した。今呼ばれた仙崎信雄《せんざきのぶお》だ。

「お、仮止めが済んでるじゃねぇか。さすがに手際がいいな」

「そりゃあ一基修理した後だもの、手際くらいよくなるわ」

「違いねぇ。ちょっと離れてろ、スプレーする」

仙崎はちょっと肩をゆすると背負ったタンクの位置を調整し、手に持ったノズルを裂け目に向けた。乳白色の外皮に蛍光グリーンの液体が吹き付けられていく。

その後に幸恵が続き、仙崎から受け取ったシートを慎重に乗せていく。最後にしっかり押さえるのはエアの役目だ。

発見から一〇分もしないうちに裂け目を一つ修理したエアたちだったが、表情は今ひとつ冴えない。

「手持ちのシートは今ので最後？」

「ああ。あと五メートルくらいしかねぇ」

「わたしも似たようなものだわ。補給待ちね」

この衛星を破壊した連中は、ロープ状にした低温燃焼型火薬を衛星の外側に貼り付けてタイマーで作動させたらしい。その一番大きな裂け目は最初に修理したが、問題は外皮に貼り付けたアンテナパネルや太陽電池パネルが原因で生じた小さな裂け目だった。

パネルは硬い板だから、外皮がいっきにしぼむのに追従しきれない。あちこちでたがいに干渉して外皮のあちこちに裂け目ができているのだ。その数は予想以上に多い。

「先に外側の修理を進めるわ」

そう言うとエアは改めて喉元を押さえた。

「総員謹聴。内部の修理は今の作業が終了した時点で中止。補給が届くまで外からの修理に切り替えます」

カチカチと返る応答の数を数えたエアは、もう一度喉元を押さえた。

「翔治《しょうじ》、パネルの応答解析を始めて」

ATT作業艇三二号で待機していた艇長の桶川翔治《おけがわしょうじ》が、間髪を入れずに答える。

「こちら桶川。もう済んでるぜ。反応がないのは全部で一二箇所だ」

エアはちょっと驚いた様子で返す。

「エア了解。早いのね」

「おいおい、そりゃあセクハラだぜ」

「あ、ごめん……じゃなかった。ここで謝ったらセクハラを認めたことになるわね。手が早いに言い換えようか？」

「分かった分かった。エア姉さんにゃかなわねぇや。データを送るから、後はそっちに任せるぜ」

「エア了解」

そう言いおいて、エアたちは衛星の北極部にある点検用ハッチに向かった。

連邦宇宙軍第一〇八任務部隊旗艦《プロテウス》の司令官席で個人通話のランプが光る。

それとほぼ同時に、ムックホッファ准将がカフを上げた。

作戦行動中の艦が外部からの個人通話を受けるのは、事前に承認されている帯《チャンネル》とスクランブルパターンが一致している時だけだから、相手は分かっている。

「わたしだ。ずいぶん間が開いたな。何？　義勇軍の司令長官が？　何だと？……うむ、……うむ。……なるほど、そうか、分かった。義勇軍の動きが妙に鈍いと思っていたところだ。そういうことなら、〈紅天〉の意図が判明するまで行動を共にしてくれ。よくやった。……もちろんだ、自分の判断で動いてもらってかまわない。こちらはまだ直接支援できる位置まで戻っていないからな。通信解析？　もちろんやっているが……そうか、そういうことならすぐ送らせる。この帯《チャンネル》でかまわないな？　分かった。無理をしないで頑張ってくれ」

少し矛盾した表現で通信を終えた准将は大きく息をつくと、参謀長を呼ぶカフに手を伸ばした。いくら艦内とはいえ、この話を通信回線を通してするわけにはいかない。

「何だって？　間違いねぇのか？」

「准将の艦隊が傍受して解析した結果ですぜ。間違いがあるはずがねぇでしょう」

俺の中でそうロケ松に返されて、御隠居は一瞬詰まった。

　彼らがまず何をするかといえば、情報収集しかない。各自いったん自分の艇《フネ》に戻り、役割を分担して各種通信の傍受を始めたのだが、ロケ松は准将と連絡を取ることにこだわった。

「航行制限が解除されたなら、汎用無線帯は通信で一杯のはずだ。今なら准将に連絡を取っても探知されないかも知れねぇ」——というわけだ。

　帯域の混雑具合から、最初から目星を付けられていなければ大丈夫だろうという結論になり、ロケ松はまだ一度も使っていない帯《チャンネル》を選んで通信を試みた。

　その結果、准将から送られて来たのが、紅天系施設の被害甚大という情報だったのだ。

「全滅した施設が四基。犠牲者は五〇〇人近くてまだ増える模様——ってのは事実ってことか。評議会の対策本部とやらはこれをちゃんと把握してるのか?」

　御隠居はまだ半信半疑らしい。ロケ松は軽く咳払いすると言葉を継いだ。

「もともとが対策本部の交信だから、個々のオペレータは知ってるでしょう。ただ、誰も全体を把握してねぇと思いますぜ。対策本部といったところで急ごしらえだから、詰めてるのは宇宙船の管制をやってたオペレータと、普段は書類仕事専門の評議会スタッフぐらいだ。歴戦の連邦宇宙軍通信班と比べるわけにはいかねぇ」

　そう指摘されて御隠居は考え込んだ。

「……たしかに事が順番に起きてるわけじゃねぇからな。一〇〇箇所以上で同時進行してるんじゃ、情報をまとめるだけでも大変な手間だ。それ専門に訓練された人間と設備がなくちゃあ、作業が遅れるのも無理はねぇか……。大将、対策本部の通信状況はどうだ？」

俺の一角に隠されていたスピーカーから源治《げんじ》の声が返る。

「こっちは小雪《こゆき》と手分けして帯《チャンネル》二つをモニターしてるが、混乱はひでぇもんだ。ほかの帯《チャンネル》を使ってるはずの交信がしょっちゅう紛れ込んで来やがる。対策本部は後手後手にまわってますぜ」

非常用の無線は簡単なスクランブルしかかかっていないし、微妙な帯域指定もできない。混信するのは無理もなかった。

「そうか、分かった。そのまま続けてくれや。生駒屋《いこまや》の、義勇軍のほうはどうだ？」

スピーカーの声が辰美《たつみ》のものに代わる。

「〝踏鞴山《たたらやま》〟にいた建設組合の連中を呼び寄せてるが、L区に着くのは当分先だな。ほかの作業艇も迎撃が終了し次第対策本部の指揮下に入るよう指示が出てるが、まだ終わらせたチームはねぇ。今が本番の真っ最中だぜ」

「親爺《おやじ》は頑張ってくれてるが、手駒が足りねぇってことか……。分かった。沙良《さら》、蒼橋リンクの回復状況はどうだ」

沙良は御隠居の後ろに座っているが、声はスピーカーからも聞こえた。発言は皆が同時に聞けるようグループ化されているのだ。

「ニュースだト、まだ二日以上かかるって言ってるョ。全然手が足りないみたイ」

〈蒼橋〉のニュースは蒼橋リンクの一斉同報だけでなく、他星系《よそ》から来る宇宙船のために通常の放送も行なっている。それを見ているのだ。

「まぁ、大将に手伝わせたくれぇだからな。極軌道衛星のほうはどうだ？」

「んート、資材が足りないので修理は遅れ気味って言ってるネ。ATTも大変みたいだョ」

「だろうな。これだけ被害が出てちゃあ、中途半端にリンクを回復させたら回線がパンクしちまう。後は……音羽屋《おとわや》か。解析はできたか？」

スピーカーから忠信《ただのぶ》の声がする。

「無理言わないでください。今やっと大将のIDで引き出したデータと、自前の解析データの照合を終えたところです。何か見つかるまでにはまだかかります」

忠信は通信傍受には参加していない。彼が自分で〝天邪鬼《アマンジャク》〟の軌道解析をしていると聞かされた御隠居が、それに専念するよう命じたからだ。

「分かった。怪しいやつが見つかったらすぐ教えてくれや」

「もちろんです」

「頼んだ」

そう返した御隠居は深刻な表情で腕を組んだ。

――こうなると、対策本部が後手にまわっているのが痛ぇぜ。主席はたぶん、連邦宇宙軍の半分も事態を把握してねぇはずだ。どうしたもんか……。

「何ですって？　そんな馬鹿なことが……」

ムックホッファ准将の話を聞いたアフメド参謀長が愕然とする。

「熊倉《くまくら》大尉の情報だ」

「それは承知していますが……蒼橋評議会はこのことを知らないんですね？」

「うむ。〈紅天〉の工作員がどの程度食い込んでいるか分からない。連絡は自重している」

――という話だが……」

「たしかにＣＩＣへの侵入を許すようではその心配は分かりますが……妙ですね」

「ああ。そこまで工作員が食い込んでいたのに、岩塊落としや待ち伏せが準備されていることをつかんでいなかったとは考えにくい」

「おっしゃるとおりだと思います。全体像はつかんでいなくても警告ぐらいはするはずですが、紅天艦隊は蒼橋義勇軍のなすがままに翻弄されています。これは何かありますね」

そう参謀長に言われて、准将は一番最初にキッチナー中将に受けたレクチャーを思い出した。

――たしか次期政権の目が出ているという話だったな。〈紅天〉本星には、今回の遠征が失敗に終わることを願っている勢力があるということか……。

「やはり〈紅天〉内部に軋轢《あつれき》があると見たほうがいいな」

「反主流派ですか？」

そう参謀長に問われて、准将は苦笑した。

「結論を急いではいかんよ。実際には蒼橋義勇軍の機密に関与できないレベルの工作員しかいなかった可能性もないわけじゃない」

「それはそうですが……」

考え込んでしまった参謀長の心中はよく分かるが、いつまでも悩んでいても仕方ない。准将は少し強引に話題を変えた。

「キッチナー中将に判断をあおごう。熊倉大尉の報告を要約したものに、今の推測を加えたものを添付して送ってくれ。傍受の状況はどうだ？」

参謀長ははっとして准将に向き直った。

「混乱していますね。傍受しているだけでは何が起こっているのかまるで分かりません」

応答のない衛星に向かったのは、調査には素人の採鉱師であるうえ、ほとんどの衛星の内部リンクが死んでいるために、連絡に手間取っているのだ。内部に入ったきり連絡が取れない者も多いらしい。

参謀長の言葉に、准将は顎をなでた。

——われわれ《連邦宇宙軍》には通信管制艦があるからある程度全体像を把握できるが、〈蒼橋〉の対策本部にそのためのスタッフが揃っているかどうかは疑問だな。できるなら協力したいところだが、政治的取り決めなしにそれをするわけにはいかんし……。


「ええ、聞きましたぜ。どうします？」

故障シグナルを出したまま待機中の《越後屋《えちごや》鉱務店》のコクピットで、外部アンテナに繋《つな》いだ小型端末に越後屋景清《えちごやかげきよ》が話しかけている。

「ええ、目星は付けてありますが……え？　やるんですか？」

「はい、はい。……やはりそういうことですか……。いや、この話を聞いたときから覚悟しちゃあいましたがね。たしかにこれでアンゼルナイヒのやつはお終いでしょう。あとのことは頼みましたぜ」

そう言って通信を切った景清はコンソールのカバーを開け、前にオフにしたスイッチを順に切り替え始めた。

しばらく待つ内に、背後から核融合炉が起動する低いうなりが聞こえて来た。閉めたコンソールの表示が臨界温度に近付くのを待って、景清はＣＩＣに繋がる防人《さきもり》リンクのカフを上げた。

「待たせたな。ようやく修理が終わった。いつでも行けるぜ」

「個人通話？　今はそんな余裕は……何？　司令長官？　分かった、繋いでくれ」

主席が詰めている蒼橋宇宙港《みなと》の対策本部の混乱は酷くなる一方だった。

通信管制を行なっているのは普段宇宙船の航行管制をやっていたオペレータだから、コースは指示できても被害状況を把握するのにはどうしても手間取る。専門外だから非常ドアの開扉方法などを訊《たず》ねられても分からないのだ。

そしてもちろん、そんな知識は状況をまとめている評議会スタッフにもない。何せ急遽動員されるまでは、書類仕事専門だったのだ。手当たり次第に連絡してやっと分かった頃には調査員が自己解決していて、新しい質問を送って来ている――というようなことが頻繁に起きている。

蒼橋リンクが機能していればデータの処理は半自動的にすむし、外部の技術的なデータベースも自在に参照できるから迅速に指示を出せるのだが、無線通信では基本的に音声通話しかできない。個々の音声情報を分類して被害状況データベースに入力するだけで大変な手間だった。

「カマルだ」

「主席ですかい？　ひでぇ声ですね。誰かと思いましたぜ」

今は御隠居の軽口に付き合っている暇は無い。主席は少し声を強めた。

「そんなことはいい。今まで何をしてたんだね？　義勇軍の手はまだ空かないのか？」

「まだ無理でさぁ。親爺から聞いてませんか？」

「いや……聞いてはいるが……」

「親爺が無理と言うなら、おれにも無理ですぜ。それよりそっちの具合だ。何か無茶苦茶みてぇですね」

「ああ。手が足りない。いや、人手はあるんだが知識と経験が足りない。状況把握すら碌《ろく》にできない状態だ」

「分かりやした。一般帯域から外れた帯《チャンネル》をデータ通信用に確保してくだせぇ。こちらから被害状況を整理して送ります」

「被害状況？　どういうことだ？」

「連邦宇宙軍が交信を傍受して解析してます。それをもらいました」

「いや、傍受されているだろうとは予想していたが……解析だと？」

「ええ。連中の通信管制艦のスタッフが被害衛星別に分類して、時系列順に並べた奴です。ええと、今の時点で調査員が接触した衛星は五七基。危険な状態にあるのが三四基——だそうですぜ。そっちでも把握してますか？」

「い、いや。到着したという連絡があったのは、まだ三〇基くらいだ」

「ですか。じゃあ否も応もねぇですね。ムックホッファ准将に続けてデータを送るように依頼してください」

そう御隠居に問われて、主席はためらった。

——自分の星系《ほし》の交信が傍受されていることは軍事的な常識だが、その解析結果を傍受している相手からもらうというのは問題が別だ。ここで〈蒼橋〉が弱味を見せれば、どんな形で付け込まれるか見当もつかない……。

だが、主席の躊躇は一瞬だった。このまま対処が遅れれば、致命的な結果に結び付くのは間違いない。後のことは後で考えるよりない。

「分かった。要請を出そう。これからの連絡はこの帯《チャンネル》でかまわないな？」

「ええ。次からは呼び出しもこれで願います。ＣＩＣは通せねぇんで」

「ＣＩＣを通せない？　どういうことだ？」

一瞬息を呑む気配があって、御隠居は取り繕うように言葉を継いだ。

「いや、今は説明してる暇がねぇ。後は頼みます」

唐突に通信が切れる。主席は訝《いぶか》しげに消えた通話ランプを眺めていたが、余分なことを考えている暇はないと考え直したのだろう。ヘッドセットをかぶり直すと、しゃがれた声を張り上げて新しい指示を出し始めた。

「ふぅ。冷や汗かいたぜ」

ヘッドセットを外した御隠居が、つるりと額をなでる。

「OKですかい？」

細石寺の庵の中で一緒に通信をモニターしていたロケ松が、そう訊ねるのに頷いて見せて、御隠居は正面のスクリーンを見上げた。

防人リンクのデータだから、L区の作業艇は名前《コードネーム》しか表示されていないが、おおかたの状況は分かる。

「まだやっと半分か。これからどうなるか見当も付かねぇな」

――その時、〝白熊山《しろくまやま》〟で待機していた一隻の採鉱艇のサインが出発に変わったが、衛星の状況に気を取られていた御隠居はそれに気付かなかった。

11 奈落

連邦宇宙軍第五七任務部隊旗艦《サンジェルマン》の艦橋は静かだった。

ムックホッファ准将からの通信を受けたキッチナー中将は司令長官席の遮音スクリーンを張り、准将の話に耳を傾ける。

「それは……難しいな」

「はい。それを承知の上でお願いしています」

准将の要請に、中将は迷った。

――L区の惨状を見るかぎり、IO《Irregular Object》迎撃への協力と同様に、人道支援として解析データを送ること自体には問題はない。

ただ、紅天《こうてん》艦隊も同じものを傍受中なのは間違いない。元の通信と解析結果を比較されれば、こちらの解析能力が察知される可能性は高いだろう。そしてなにより、解析結果を対策本部に送れば、われわれ《連邦宇宙軍》は一方的に〈蒼橋《あおのはし》〉に肩入れしていると見られても仕方ない……。

しばらく熟慮していた中将は、やがて一つの結論を出した。

「分かった。解析結果は使い捨てコードで暗号《スクランブル》化し、准将の艦に送る。准将はそれを複号（暗号を元に戻すこと）後、混信防止用の標準暗号《スクランブル》化のみを行なって〈蒼橋〉に転送してくれ」

中将のヘッドセットの耳元から、准将の驚いた気配がする。

「標準暗号《スクランブル》化だけですか？」

「そうだ。紅天艦隊に傍受させる」

「傍受？　どういうことです？」

「紅天艦隊は位置が遠い。〝ブリッジ〟の至近で傍受している准将の哨戒艦ほど詳細な結果は得ていないはずだ。こちらの解析精度を並の星系軍レベルまで落としても、充分有効な情報になる」

「……つまり、われわれ《連邦宇宙軍》は中立なのを忘れるな――と伝えるわけですね？」

准将の返答に、中将は満足そうに頷いた。

「そういうことだ。向こうにも立場というものがあるだろうからな」

准将の返答は簡潔だった。

「了解《イエス・サー》しました」

「頼んだぞ」

そう告げて通話カフを下ろした中将は、改めて艦橋正面のスクリーンを眺めた。

蒼雪《あおのゆき》の衛星軌道を離脱した紅天艦隊は、一G減速で〝ブリッジ〟に向かっている。中将の第五七任務部隊は航程半日分の距離を保ちつつ、それを追尾中だ。

――停戦宣言中の相手を不必要に刺激しても意味はない。問題は、連中が何を考えているかだ。こちらのサインに気付いてくれればいいが……。


「あれ? 表示が急に変わりました」

播磨屋《はりまや》一家の集合場所に向かう遷移《せんい》軌道に乗っていた《播磨屋四號》のコクピットで、便乗席のロイス・クレインが突然声を上げた。

「何だ? おれは何もしてねぇぞ」

そういぶかしげに顔を向けたのは、その隣に包帯姿で座っている成田屋甚平《なりたやじんぺい》だ。

「いえ、被害情報が急に詳しくなって、数も増えたんです。どうしたんでしょう?」

「どれどれ」と、航法モードになっていた自分のコンソールを防人《さきもり》リンクの戦況速報表示に切り替えた甚平は、表示データを逆スクロールして眉をひそめた。

「ああ、間違いねぇな。データ更新のタイムスタンプが三時間以上飛んでやがる」

「データベースをいっきに更新したって、アナウンスが出てるよ」

そう口を挟んだのはパイロット席の滝乃屋昇介《たきのやしょうすけ》だ。

「対策本部の指揮下に入った艇《フネ》なら、個々の衛星ごとの経緯も分かるって言ってる」

「そいつは凄ぇな。蒼橋リンクが復旧してないのに、どうやってここまでまとめたんだ？」

「それは分かんないけど……それより、データのとおりならL区は大変だよ」

「え？」と、改めて一覧データに目を落とした甚平の顔色が変わる。「おい、従業員全滅って何だよ。EMPくらいでそんなひでぇことになるわけねぇだろう」

「ぼくに言われても困るよ。ただ……」

そこで昇介は少し言いよどんだ。

「……L区の衛星は建造時期が古いものが多いから、今の〈蒼橋〉の安全基準に合わせて改修するのは難しいって話を聞いたことはあるよ」

ロイスが驚いて口を挟む。

「難しいって……そんなことで大丈夫なんですか？」

その口調に昇介は苦笑した。

「大丈夫じゃないよ。実際、火災を起こして全員避難なんて話もあったし、死者が出ても会社がもみ消したこともあったみたいだし……」

「へぇ、工場衛星って危険なんですね……」

「いや、H区はそんなことないよ。ここ数年、大きな事故は起きてないし……。まぁ、ちょっと前に大きいのが起きたけどね」

そう軽く返して甚平の席に振り向いた昇介の表情が、突然強張《こわば》った。

うつむいた甚平の顔から、水滴がいくつもこぼれ出ている。

「じ、甚平兄ちゃんどうしたの？」

二人のただならぬ様子に気付いたロイスが、慌てて甚平の肩をさする。

「成田屋さん、どうしたんです？ どこか痛いんですか？」

声も出さずロイスに世話されるままになっていた甚平《じんぺい》が、ようやく顔を上げた。

その顔は蒼白で、あふれる涙を拭おうともしない。

「……おれだ……おれのせいだ……おれがビーム砲なんか撃ったから……」


「ようやくまともに動き始めたな……」

すっかり落ち着きを取り戻した〝簪山《かんざしやま》〟の対策本部で、カマル主席ががらがら声で呟《つぶや》く。

喧騒は相変わらずだが、もう怒鳴ったりあちこち走りまわるスタッフの姿はない。

鳥居《とりい》管制センター長が微笑《ほほえ》みながら返す。

「ええ。皆が慣れたこともありますが、やはり連邦宇宙軍が解析済みのデータを送ってくれているのが大きいです。……本当なら全部自前でやりたかったんですが……」

そう少し残念そうに言うセンター長に、カマル主席が笑いかける。

「いや、対策用のデータベースを準備していただけでもお手柄だ。データをもらっても入れ物がなければ役には立たないからな」

災害時に一番重要なのは情報の共有だ。それを知っていたセンター長は、事前に被害状況と対策法を蓄積するためのデータベースを準備していた。だが被害状況が予想以上に酷《ひど》く、データベースに入力する前の段階で情報が渋滞したためにほとんど機能していなかったのだ。

「問題はこれから長丁場になることだが、交代要員の手配はできているのかね?」

改めて訊《たず》ねる主席に、センター長は軽く頷いた。

「今、蒼橋《みなと》宇宙港の事務要員に動員をかけています。チュートリアル用のシステムを構築中ですから、簡単な訓練を終えれば引継ぎに支障はないと思います」

「分かった。間もなく〝宇宙鳶《そらとび》〟連の艇《フネ》がL区に入るはずだ。それまでに分かっている情報を整理して、向かわせる先を選んでおいてくれ」

そう言いおいて、主席は正面の仮設スクリーンに目をやった。

状況未確認の衛星は三〇をきったが、逆に言えばまだ三〇近くあるということだ。

さらに調査が終わった衛星でも救助の必要がないところはごくわずかで、多くの衛星が大なり小なり被害を受けている。システム破損で機械的な故障を起こしている衛星も多く、

〝宇宙鳶《そらとび》〟連は大きな力になるはずだ。

――問題は被害を受けた全衛星に派遣できるだけの人数がいないということだ……。今必要なところに配備してしまうと、後から大きな被害が出ていると分かっても対応できない。難しいところだな……。

――カマル主席はまだ、これからさらに大きな問題が起きることを知らない。

「こちらの解析結果と大きな差はないということかね？」

紅天軍蒼橋派遣艦隊旗艦《テルファン》のCICで、司令長官のアンゼルナイヒ中将が通信参謀に訊ねる。

「はい。発信内容と時系列はほぼ一致しています。これは連邦宇宙軍が〝ブリッジ〟の交信を解析したものに間違いありません。ただ……」

そこで通信参謀は少しためらった。

「内容は連邦宇宙軍の方が詳細です。ここからでは対策本部の通信は傍受できても、個々の作業艇からの通信は完全には捕らえきれませんから」

「それは、われわれ《紅天艦隊》の傍受能力が低い――ということか？」

「い、いえ。単純に距離の問題だと思われます。彼ら《連邦宇宙軍》の艦は〝ブリッジ〟の近くにいますから」

「なるほど。それは仕方ないな。次、情報。内容の検討はすんだかね？」

「現在作業中ですが、これが正しければ今までの解析結果を大幅に修正する必要がありますね。救援は艦隊の総力を挙げても追い付かないかも知れません」

「やはりそうか……。〈蒼橋〉の弁務官事務所からの報告はどうだ？」

情報参謀も同じようにためらう。

「それが……情報より先にあれを寄越せ、これが欲しいといった要求ばかりで、被害の状況についてはほとんど送って来ていません」

「何だと？」

「どうやら、早く確認が取れた企業が先まわりして資材確保に走ったようです。それを見て、自力ではまだ衛星の安否を確認できない企業も手当たり次第に資材を買い占めています。

各地の倉庫はすでに空っぽで、足りない分を寄越せと矢の催促です。おかげで弁務官事務所は企業からの要求を転送するだけの状態です」

それを聞いた司令長官はさらに暗澹《あんたん》たる表情になった。

――こんな時でも自社の利益優先で、することは足の引っ張り合い。それを調整するはずの弁務官事務所は判断放棄でこちらに丸投げときたか……。

……いや、それでも紅天市民の生命財産を守るのは紅天軍の使命だ。手をこまねいているわけにはいかない……。

司令長官は表情を引き締め直すと、ＣＩＣに集合している参謀たちに告げた。

「以後、被害状況については連邦宇宙軍が発信する通信の傍受内容を基本とする。ただちに救援計画を組み直してくれ」

参謀たちは一瞬唖然としたが、すでに状況の深刻さは把握しているのだろう。反対する者はいない。だが、内心忸怩《じくじ》たるものがあるのは間違いないらしい。

彼らが渋々という様子で退出するのを確認して、司令長官は参謀長のフリードマン少将を招いた。

「連邦宇宙軍は何を考えていると思うかね？」

参謀長は憤懣やるかたないという表情だ。

「最低限のスクランブルで解析結果を送信している以上、われわれが傍受することは織り込み済みということでしょう。馬鹿にされたものです」

司令長官は肩をすくめた。

「つまり、われわれは塩を贈られたというわけかね？」

「不本意ながら」

だが、苦々しげにそう答える参謀長の表情をよそに、司令長官が考えていたのは少し違うことだった。

——これは、ＩＯ迎撃で〈蒼橋〉に協力した以上、ＥＭＰで被害を受けた紅天系衛星の救援にも協力するという意思表示ではないか？

　だとすると連邦宇宙軍は平和維持艦隊としての中立姿勢を崩すつもりはないということになるが……。


「資材がない？　どういうこと？」

「衛星の被害を受けた紅天系企業が買い占めた。このままでは補給ができない」

〝要山《かなめやま》〟のＡＴＴ管制センターから連絡を受けたエアは文字どおり啞然とした。

　彼女たちは二つ目の極軌道衛星・月曜日《マンディ》を修理していたが、予想以上に被害が大きく、資材の補給を待っていたところだ。

「買い占めったって——連中の衛星にバルーンタイプはないでしょう？　補修テープや接着剤買い占めて、何する気なの？」

「転売だ」

　それを聞いたエアの顎が落ちる。

「……転売？　嘘でしょう？」

「残念ながら事実だ。すでに五回以上転売されていて、値段は最初のものの一〇倍以上に跳ね上がっている。今必死で買い戻しているが、足元を見られて商談は進んでいない」

「〈紅天〉の連中は何を考えているの！ そんなことをしたって復旧が遅れるだけなのに」

「連中が考えているのは自社の利益だけさ。災害でも何でも利用できるものは利用する。後のことなんて考えちゃいないよ。今度のことでそれがよく分かった」

エアの耳元から聞こえる石動《いするぎ》管制長の口調は苦い。

「分かった。で、どうするの？」

「とにかく、確保できた分だけ先に送る。月曜日《マンディ》を修理する分くらいはあるはずだ。残りの分は確保でき次第送るが、正直言っていつになるか分からん」

「エア了解。仕方ないわね」

喉を押さえていた手を離して、エアは大きくためいきをついた。


「峠《ぶどうやま》は越えたな。後は待機中の艇《フネ》で充分対応できる」

CICの大スクリーンを確認したシュナイダー参謀長がつぶやく。

その声に力がないのは、御隠居が脱出して以来一睡もしていないからだ。睡眠抑制剤の効力にも限界はある。

〝天邪鬼《アマンジャク》〟迎撃を終えて離脱した艇《フネ》は、順次対策本部の指揮下に入るよう指令してある——とはいうものの、〝白熊山《しろくまやま》〟で再度補給をすませないかぎり新しい行動には移れない。

蒼橋義勇軍が本格的にEMP災害救助に向かうにはまだ時間が必要だった。

――しかし、カマル主席も思いきった手を打ったものだ。連邦宇宙軍が交信を傍受していることくらいは承知していただろうが、そこから解析データをもらおうと考えたのは凄い……。

そこまで考えて参謀長ははっとした。

――待てよ。連邦宇宙軍の解析データの内容を主席は知らなかったはずだ。連邦宇宙軍の通信解析能力は軍事機密だから、義勇軍だってつかんじゃいない――ということは、誰かがその内容を教えたということになる……。

参謀長はにやりと歪みかける口元を無理矢理抑えて、オペレータにつながるカフを上げた。

いくつかあたりさわりのない質問と指示を出した後、さりげなく一つの指示を付け加える。

「〝宇宙鳶《そらとび》〟連の現在位置と、補給待ちの艇《フネ》の一覧、それと防人リンクの応答がない艇《フネ》の一覧も出してくれ」

案の定、現状確認の一環とでも思ったのだろう、隣に座った監視役の男は、渋面を作ったまま何も言わなかった。

その間にも事態は動いていた。

多数の衛星が、わずか数百キロの間隔でひしめいているL区の最内側軌道帯の一角。

調査担当採鉱艇・《紅鉱一七》（紅天鉱業一七号）のコクピットで、艇長が眉をひそめた。

「おい、ぶれてねぇか？」

「やはり応答は……え？」と、ナビゲーターが発光信号の入力キーから手を離して顔を上げる。

銀白色にきらめくL区の岩石帯を背景に、段付きの二重円筒形のシルエットが小さく浮かんでいる。彼らが目指しているL区最大の鍛造衛星・サイクロプスⅣだ。

複数の調査対象がある場合、遠いところから先に向かわせるのはセオリーだから、《紅鉱一七》に指示が出たのは早かったが、到着したのはかなり時間がたってからだ。すでに多くの衛星の状況が判明し、対策本部はその対応に追われている。

それを知っているクルーは、自分たちが何を見ることになるか不安に思いつつ、正面のモニターに目をこらした。

中心を貫く極太の円筒が遠心力鍛造機を収める機械筒。その外側を機械筒より少し短い長さで覆っている岩塊が制御筒のはずだ。遠目には製作中のチクワかバウムクーヘンのようにも見える。

「少しズーム頼む」

艇長に言われてスクリーンの倍率を上げたナビゲーターは、首をかしげた。

「……たしかに回転がぶれてますね」

「ああ、妙だな……待てよ、向きもおかしくねぇか？」

「向き？」

「あいつはたしか、軸線が軌道方向に添っていたはずだが……今は斜めだぞ」

「あ、ああ。たしかに向きが違う。……どうしちゃったんでしょう」

話すうちにも、二重円筒形の鍛造衛星のシルエットは少しずつ大きくなって来る。

「逆光になってよく見えねぇが……衛星の自転速度ってのは、あんなに早いもんか？」

ズームされた荒い画面の中で、一番外側の表面がはっきりと分かる速度で動いている。

「あの衛星は二重構造で、内側の回転速度は外側に影響しないはずなんですが……」

「そんなこと言ったっておめぇ、一緒に回転してるじゃねぇか」

「……ですよね。少し待ってください。ええと……直径が……で、角速度が……だから……ひやぁ、一番外側だと五G以上ある計算ですよ」

「五G？　そりゃあ無茶だ。中の人間は動けねぇぞ」

「ええ。機械筒は基本的に無人で、作業員は外側の制御筒にいるはずですからなおさらです。生きていても指一本動かせない」

「急がないとまずいな」

「しかし……どうやって乗り込みます？　あの回転速度じゃあ、簡単に同期はできないですよ」

入り口は機械筒先端の中心にあるエアロックしかないが、その回転に合わせたら作業艇がもっても中の人間がもたない。席から立つだけでも一仕事だろう。

艇長は少し考えると告げた。

「スーツで行く。おまえは対策本部に報告しろ」

「何をする気ですか！」

「スーツのバーニアを噴かして自分が錐揉《きりも》み状態になれば、エアロックの回転と同期できるはずだ。実際問題として、それ以外に中に入る方法はねぇだろう？」

「それはそうかもしれませんが、正気じゃありませんよ」

「いや、こんなこと、正気じゃなきゃできねぇよ」

「偏心してる？……どういう意味だね？」

対策本部で《紅鉱一七》からの連絡を受けたカマル主席が、つぶれかけた声で訊ねる。

応えるのは艇長だ。

「内部に据えた鍛造機のハンマーの一部が止まるかどうかして、重心軸がずれ始めてますぜ。衛星全体がすりこぎ運動をしてて、シャフトの中央通路の中でも何かにつかまっていないと吹っ飛ばされそうです」

「何が引っ掛かってるか分からないのか？」

「無茶言わないでくださいな。おれが着ているのは普通の船外作業用スーツですぜ。こんなもんで四Gも五Gもあるようなところに降りていけるわけがねぇ」

「……そうか。仕方ない。後は〝宇宙鳶《そらとび》〟に任せよう。艇長はいったん作業艇に戻って待機してくれ。そこに留まるのは危険だ」

「言われなくてもそうしますぜ。ミイラ取りがミイラになるわけにはいかねぇ」

「分かった。気を付けて戻ってくれ」

「了解です」

通信が切れる。主席はそのまま通話中に送られて来ていた鍛造衛星のデータの検分に入った。このデータが手元に来るまでにもいろいろあったが、最後は主席が半分脅しつけて提供させたものだ。

サイクロプスⅣの大型鍛造機は、内側の機械筒の中央通路から放射状に伸びた立坑《シャフト》の底（外側）に置かれている。大型は三基、中型や小型は五基ないし七基が一グループで、それが軸線方向に並んで配置されている。

鍛造用ハンマーの落下周期を同期させることで、機械筒外殻に与える衝撃を均等に分散させる仕組みだ。その上で機械筒の自転速度を上げれば擬似重力が強くなり、同じ機械でも鍛造能力が増すということになる。

——うまく考えられているようだが……どうも危うい設計だな。よくこれまで無事だったものだ。

主席はカフを上げると、別室で控えている衛星設計の専門家を呼び出した。

「図面で何か気が付いたことはあるかね？」

少しきしるような声が返る。彼も主席同様しゃべり続けなのだろう。

「これはかなり無理がある設計ですね。自転速度で加重を自在に変更できるのはいいが、放射状に配置された鍛造機の運動が完全に同期していないと、衛星の構造に影響が出ます。内側の機械筒と外側の制御筒の間の間隔も狭いですね。摩擦をゼロにするための磁気反発回路を簡略化しようとしたのでしょうが、この程度の隙間では機械筒に歪みが出たら即接触です」

同極の磁気による反発力は、その間隔が狭くなるほど強くなる。逆に言えば、間隔を空けても充分な反発力を得るためには、強力な磁気発生回路が必要なのだ。

「なるほど。EMPで電源が落ちたとたんに制御が効かなくなってハンマーが停止。同時に磁気も消えて、ぶれた機械筒が制御筒に接触し、全体が回転を始めたということだな」

「そういうことですね。回転は慣性運動ですから、外から強制的に止めてやらないとどうしようもありません」

「……つまり、衛星のシステムを復旧させても、事態の解決にはならないということだな？」

「そうです。ただ……」

「どうしたのかね？」

「急がないと危険です。調査艇から送られて来た映像を元にシミュレーションしてみたんですが、引っ掛かっているハンマーは、たぶん一番大型の鍛造機のものが一つです。残りの二基が下に落ちたために重心軸がずれたんですね。このまま放置すると軌道がずれるだけでなく、衛星ごとバラバラになる可能性があります」

主席の声がいちだん高くなる。

「バラバラ？　猶予時間はどれくらいだ？」

「確答はできませんが、制御筒の外殻にひび割れが見え始めています。岩盤の強度からすると、最短で一〇時間。たぶん、二〇時間後には確実に分解しているでしょう」

主席は唇を噛んだ。

「分かった。そのまま図面の解析を続けて、そのハンマーが引っ掛かっているところまで行く経路を探し出してくれ」

「分かりました。経路が見つかるまでこの作業に専念してかまいませんね？」

「もちろんだ」

そう返した主席はカフを切り替えて次の相手を呼び出した。

「阿亀組《おかめぐみ》の頭《かしら》を呼んでくれ」


「甚平兄ちゃん、着いたよ」

昇介が窯元《かまもと》衛星のエアロックと接続した乗降口の気密を確認して振り返る。

「ほら、成田屋《じんぺい》さん。せっかくエアロックを空けてもらったんだから、行きましょう」

甚平は右腕にギプスをはめているからスーツが着られない。衛星に近付いた昇介は、発光信号で先にエアロックを使っていた細石寺の庵にどいてもらったのだ。

ロイスが手を貸して席から離そうとするが、甚平はどうも煮えきらない。

「御隠居がいるんだろう？　合わせる顔がねぇよ」

「そうはいかないよ。甚平兄ちゃんの話をしたら、とにかく連れて来い！　の一点張りなんだから。祖父《じい》ちゃんは怒ると怖いけど、理不尽なことは言わないから大丈夫だよ」

「でもなぁ……」

「いいから行くの！」

と、ロイスと二人がかりで甚平を引っ張り出した昇介が、エアロックを開く。

そこに待っていたのは小柄なツナギ姿だった。

「さ、沙良《さら》……。何でこんなところにいるの？」

とたんに、にこにこ顔だった沙良の頬が膨《ふく》れる。

「何だョ、もっと他に言うことはないのかョ」

「で、でも他に何を言えばいいのさ？　久しぶり、とか？」

昇介の答を聞いて、沙良はぷい、と横を向いた。

「分からないならいいョ。御隠居はこっちで待ってるからラ、付いて来ナ」

肩をいからせて通路を進む沙良に続きながら、ロイスがそっと昇介に訊ねた。

「お知り合いですか？」

——だが、昇介は苦笑いを返しただけで答えなかった。

12 本 分

「大将、いるかね？」

突然、防人《さきもり》リンクのスピーカーから呼びかけられ、源治《げんじ》は慌ててカフを上げた。

「その声は頭《かしら》か？ 何かあったのか？」

磨羯焼《まかつやき》の窯元《かまもと》衛星に集合した播磨屋《はりまや》一家の艇《フネ》の中で、《播磨屋壱號》だけは防人リンクを切っていない。

忠信《ただのぶ》が解析中の〝天邪鬼《アマンジヤク》〟データを引き出す必要があったから、切るわけにはいかないのだ。もちろんＣＩＣには整備中ということで通している。

「ちょっと面倒なことになった。データを送るから、見てくれや」

その言葉と同時にコンソールでサイクロプスⅣに関するデータの展開が始まる。

それを見た源治の顔つきが変わった。

「こいつぁ間違いねぇんだな？」

「ああ。主席からじかにもらったもんだ。どうだい？ 手はあるかね？」

「これを止めろってことか……とんでもねぇ話だな」

「無理かね？」

と、頭《かしら》が訊《たず》ねたとき、源治のコンソールに、数式がいくつか浮かび上がった。脇を見れば、コンソールを計算モードにした小雪《こゆき》が、わき目も振らず何かを打ち込んでいる。

すぐに数式の意味を読み取った源治は、素早く暗算で検算すると口を開いた。

「制限時間内に止めるとなりゃあ、〝車曳き〟が最低四隻、余裕を見て六隻は要《い》る。ただ、こいつは無理だ」

「え？」という反応が、スピーカーと隣の席から同時に返る。

「制御部には5Gの遠心力がかかっているんだろう？　衛星に取り付いた瞬間、〝車曳き〟は吹っ飛ばされるぜ。おれたちの艇《フネ》の可倒式アームは、そんな加重に耐えられるようにはできてねぇ」

「あっ……」という反応も、やはり重なって聞こえた。

「だから、制御筒の外殻じゃなくて、エアロックのある機械筒の端に取り付くわけにもいかねぇんだ。〝車曳き〟は真っ直ぐ押すだけしかできねぇからな。

〝発破屋〟のマジックハンドを使えば取り付くことだけはできるだろうが、それは回転の中心に近いところだけだ。離れたら加重が増えてマジックハンドがもげちまう」

「取り付く数を増やしたらどうだ？」

「輪軸の原理ってやつで、回転の中心に近いほど、回転を止めるのに必要な力は増えるんだぜ。制限時間内に止めるために必要な艇《フネ》を全部取り付かせるには、場所が足りねぇ」

そう告げられて、頭《かしら》は沈黙した。源治と阿亀組《おかめぐみ》の頭《かしら》の付き合いは長い。相手がだめと言ったら、本当にだめなことぐらいはよく分かっている。

「うーん、そうか……あ、待てよ。たしか大将は〈紅天《こうてん》〉の軽巡航艦に独楽《こま》まわしを仕掛けて捕虜にしたよな。あの時と同じに、〝露払い〟からリニアガンを撃ち込んで回転を止めることはできねぇかい？」

源治は思わず膝を打った。

「そうか、その手があったな。ちょっと待っててくれ」

言うなり源治はカフを切り替えた。

「生駒屋《いこまや》、甚平《じんぺい》、ちょっとコンソールを見てくれ。今からデータを送る。こいつの回転をリニアガンで止めることは可能か？　制限時間は九時間だ」

「窯元衛星で停泊している艇《フネ》はたがいに有線で繋《つな》がっているから、データのやり取りは簡単だ。

しばらく何やらやっている気配があって、まず生駒屋が答える。

「質量がこれだけあるととても無理だぜ。ありったけの弾丸を撃ち込んでも、回転速度を

○・一％落とすのが精一杯だ」
　続いて答えたのが甚平だ。着いたとたんに御隠居にどやされたらしいが、そのおかげでかなり元気になったようだ。

「右手が使えねぇから昇介《しょうすけ》に手伝ってもらったが、おれの答も似たようなもんだ。人間が動けるぎりぎりの二Gまで落とすにしても、〝露払い〟が一〇〇〇隻近く必要だぜ」

　それを聞いた源治はうなった。

　――〈蒼橋《あおのはし》〉にゃあ、そんな数の〝露払い〟はねぇから、一〇〇隻で一〇回、一〇隻なら一〇〇回出撃を繰り返さなくちゃならねぇってことか……。〝天邪鬼《アマンジャク》〟迎撃で艇《フネ》が出払っている時にそれはできねぇ相談だな……。

　改めてカフを切り替え、頭《かしら》を呼び出す。

「ウチの〝露払い〟に聞いたがやっぱりだめ……あっ！」

　突然絶句した源治に、頭《かしら》がうろたえ気味に訊ねる。

「ど、どうした？　おまえさんのところの〝露払い〟は〝上の藪〟に入院してたんじゃないのか？」

「いや、それはどうでもいいんだ。〈紅天〉の軽巡航艦で思い出したことがある……。……うん、いけるかも知れねぇ」

「何だ？」

「ちょっと確認する必要がある。少し待っててくれ」

そう告げると、源治はカフを切り替えた。

「御隠居、頼みがある」

「そんな……阿亀組《おかめぐみ》でも無理なのかね？　熟練工揃いだと思ったが……」

「熟練工だから、できることとできねぇことの区別が付くんでさ」

「それは分かるが……」

H区からサイクロプスⅣに直行した〝宇宙鳶《そらとび》〟連から悲観的な報告を受けたカマル主席の表情が歪む。

「ベテランの採鉱師《やまし》連中に確認したんですが、連中の装備じゃ制限時間内に回転を外から止める方法はねぇそうです。

仕方ねぇから、中から止める方法はねぇかとエアロックから入ったんだが、最初はともかく、鍛造機がある一番底（外側）まで降りるのは無理ですぜ。すりこぎ運動があるから、一・五Gを超えたら梯子《はしご》にしがみつくだけで精一杯だ。あれ以上降りたら、作業どころか身動き一つできるもんじゃねぇ。途中から戻るだけでも大汗かきましたぜ」

「……そうか。無理を言って悪かった」

「いや、とんでもねぇ。頼まれた仕事をできねぇというのは鳶《とび》の恥だ。何とか方法を考えます。少し時間を下せぇ」

「分かった。こちらも方策を考える」

だが主席が八方手を尽くしても、有効な解決策を持っている人間は誰一人見つからなかった。

主席は絶望のあまりシートに沈み込んだ。

——あの衛星が分解したら、破片はL区の衛星群に向けて飛び散るだろう。危機的な状況にある衛星がいくつもあるのに、そんなことになったら被害は計り知れない……。

その時、コンソールのコール音が主席の耳を打った。

「カマルだ。ああ、司令長官か。え？　何？　何だと？　捕虜の釈放？」

「ラミレス艦長。外部から通信が入った。部屋の端末を使って出ろ」

天井のスピーカーからそう告げられて、〈紅天〉の軽巡航艦《テロキア》艦長、ラミレス中佐は首を傾げつつ、端末の応答ボタンを押した。

蒼橋義勇軍が源治の代わりに派遣した〝車曳き〟によって、残骸と化した二隻の軽巡航艦はL区に向かう遷移《せんい》軌道に乗っている。

正式に降伏した以上、いくら自力航行はできないとはいっても、艦の指揮権は委譲しなくてはならない。艦橋には義勇軍が送り込んだ回航要員が立ち、艦長は自室に軟禁状態だった。

「ラミレス中佐だ」

艦長の返答に答えたのは聞き慣れた声だった。

「お、元気そうだな。捕虜生活はどんなもんかね」

「その声は、ハイネマン中佐だな？　何か用かね？」

「まぁ、用があるから呼んだんだがね。ＥＭＰの話は聞いているな？」

艦長の返答が一瞬遅れる。

「あ、ああ。責任は痛感している。どんな裁きでも受けるつもりだ」

だが、源治は血のにじむような艦長の返答には頓着しなかった。

「いや、そんなことは今はいいんだ。あれのおかげで紅天系の衛星に大きな被害が出ていることは聞いているな？」

「うむ。一般ニュースで分かる範囲だが……まさかあんなことに……」

「だからそれはいいって言ってるんだ。やっちまったことより、これからどうするかが問題だ。まだ仕事は終わっちゃいねぇぞ」

「どういう意味だ？」

「まだニュースでは流れてねぇと思うんだが、サイクロプスⅣって衛星を知ってるか？

鍛造衛星らしいんだが」

「サイクロプスⅣ？　紅天系の衛星の中でも最大級の一つだな。たしか一〇〇〇人以上の従業員がいるはずだ」

「そう、それだ。それがＥＭＰのおかげで大変なことになってるらしい」

「大変なこと？」

「システムが緊急停止した余波で、中の鍛造機が引っ掛かったまま回転が止まらねぇ。おかげで衛星の重心がぶれて分解しそうだ」

「分解？　あんなものが分解したら、Ｌ区の衛星は大被害を受けるんじゃないか？」

「ああ、そのとおりだ。というわけで、力を貸してもらいてぇ」

　いきなり言われて、中佐はめんくらった。

「力？　どうしろというんだ？　われわれは捕虜だぞ」

「あんたの軽巡航艦は〝団子山《みたらし》〟を制圧するつもりだったんだから、機動スーツを積んでるだろう？」

「機動スーツ？　たしかに積んでいるが……おまえたちがパワーセルを抜いたから使えないぞ」

「それはかまわねぇ。すぐ戻させるから準備をしてもらいてぇ」

「どういうことだ？」

「鍛造衛星内部の擬似重力は四Gを超えている。〝宇宙鳶《そらとび》〟でも手が出せねぇが、機動スーツなら何とかなるんじゃねぇかと思ってね」

「四G？　それは……少し待て、確認する」

そう言うと艦長は、艦内通話のカフを上げた。

「須藤大尉、ラルストン少佐と話したい」

「分かった。ハイネマン中佐から指示があったから許可するが、こちらでもモニターはする。妙な話はしないほうが身のためだ」

「分かっている」

――この須藤大尉って回航要員は杓子定規で困るが……蒼橋義勇軍もハイネマン中佐みたいな士官ばかりじゃあないってことだろうな……。

そんな取り留めもない思いを、スピーカーの声が破る。

「はい、ラルストン少佐です」

「機動スーツは四G以上の環境下で作業できるな？」

「突然ですね？　六Gまでなら何とか動けます。事前にプログラミングしておけば、一〇Gでも作業はできます。パイロットの生死は保障できませんが」

「分かった。実は……」

艦長がハイネマン中佐から聞いた話を要約して伝える。

黙って聞いていた少佐は、ほっと息をつくと、あっさり答えた。

「たしかに四Gではパワーアシストなしでは腕を上げることもできないでしょう。やっと出番ですね」

「これは軍の作戦ではないぞ。いいのか？」

「海兵隊の本分は、同胞の生命財産を守ることです。そういうことであれば、喜んで出ますよ」

少佐の声に迷いはない。それを確認して、艦長はカフを切り替えた。

「待たせたな。海兵隊は行けると言っている。何台くらい必要だ？」

「さすがに海兵隊は漢《おとこ》だな。いつもは何台くらいで行動するんだ？」

「最小単位は三台の分隊だ」

「そういうことなら三台はないとまずいってことだな。よし、三台で行こう」

「行こうはいいが、このまま艦ごと行くのか？」

「いや、そんな無理はしねぇ。たしか、機動スーツってのは筋肉電流でコントロールするんだよな？　パワーを切っても操縦者に影響はねぇよな？」

「ああ。パワーオフならただの重い着ぐるみだ。人力ではろくに動かせないがね」

「分かった。だったらパワーを切って《播磨屋壱號》にしがみついていけばいい」

「《播磨屋壱號》？　何だそれは？」

「おれの艇《フネ》だ。実はもう近くまできている。ええと……四時間くれぇなら我慢できるだろう？」

「それは大丈夫だが……」

「よし、決まった。須藤大尉には言っておくから準備を頼むぜ」

――そして四時間後、源治たちは問題のサイクロプスⅣを視認できる位置まで接近していた。

ブリッジの輝きを背景にした二重円筒の周りを、何隻もの作業艇が取り囲んでいる。

「あれですか？　たしかに偏心してますね。こんなのは初めてだ」

《播磨屋壱號》に取り付いた機動スーツに繋《つな》がっているスピーカーからラルストン少佐の声が流れる。

「ああ、高速回転＋すりこぎ運動ってやつだ。さすがの〝宇宙鳶《そらとび》〟連も、作業は不可能だと言ってきたらしい」

「まぁ、われわれでも、困難なことならすぐできますが、不可能なことだと少し時間がかかりますからね」

さらりと言われて、源治は思わずスピーカーを見上げた。

「すげぇこと言いやがるぜ。それが紅天海兵隊のモットーかね？」

「いえ、大昔にどこかの工兵隊が言ったことを拝借しただけですよ」

そうあっさりと返すと、少佐は衛星の内部構造を示したデータに目を落とした。

「やはり、真ん中のエアロックは避けて、その近くに穴を開けたほうがあとあと面倒がないな。一度壊したエアロックを修理するのは大変だ。となると……」

こうなれば源治には口は出せない。正面に向き直った源治は、防人リンクの個別通信カフを上げた。

「頭《かしら》、助っ人が着いたぜ」

「お、大将か、待ってたぜ。そのやたらごつごつした連中が助っ人だな？」

「ああ。紅天の海兵隊で、指揮官はラルストン少佐だ。後で挨拶させる。内部の様子はどうだ？」

「システムがシャットダウンして慣性でまわってるだけだから、内部は真っ暗だ。どこがひっかかってるか分からねぇから、センター通路から降りる立坑一つ一つに灯りと簡易中継局をセットしてる。底まで光は届かねぇが、通話はできるはずだ」

と、そこに検討を終えたらしい少佐が口を挟んだ。

「紅天海兵隊のラルストン少佐だ。よろしく頼む」

「お、あんたが紅天の海兵さんかね。なかなかいい声をしてるじゃねぇか。おらぁ阿亀組《おかめぐみ》の頭《かしら》で、番匠屋豊聡《ばんしょうやとよさと》ってもんだ。悔しいがおれたちじゃどうしようもねぇ。こっちこそ頼んだぜ」

「阿亀組《おかめぐみ》？　ひょっとしたらおれの乗っていた艦を解体したのはあんたたちかね？」

「お、そうだった。謝る気はねぇが、悪いことしちまったとは思ってる。こらえてくれや」

「いや、責めてはいないさ。戦争だしな。だが、あれだけ見事に艦を解体する腕がありながら、こいつにはお手上げかね？」

「痛いところを突くね。おれたちは〝宇宙鳶《そらとび》〟だから、ゼロG環境なら無敵だぜ。だが、高G相手となると勝手が違うのよ」

「なるほど、それはもっともな話だが……正直なところ、あんたたちのスーツは何Gまでいけるか教えてもらえないか？」

「うーん、そうだな。二・五Gあたりが限界だろうぜ。それ以上になるとバーニアの推力が足りねぇから、手を離したら落っこっちまう」

「そうか、分かった」と返した少佐は、改めて源治に呼びかけた。

「頭《かしら》たちに、二G地点まで付いてきてもらいたい。そこを中継点にして、必要に応じて道具類《ツール》を運び込む」

「そういうことか。たしかに降りてみなけりゃ何が必要かは分からねぇし、いちいち戻っていたら時間の無駄だ。承知したぜ」

「感謝する。コンテナに入れて運んできた道具《ツール》のリストはそちらのコンソールに送ってあるから、頭《かしら》たちにも教えてやってくれ」

「心得た」

「パワーカッター（動力切断機）を頼む」

「了解。すぐ送る」

喉から手を離した阿亀組《おかめぐみ》の頭《かしら》は、赤い二本線の入った鬱金《ウコン》色のスーツの腕を大きく振り、待機している組員の注意を促した。

ラルストン少佐たちがサイクロプスⅣの底（最外部）に着くにはまだかかるはずだ。途中で何かあったのは間違いないが、今は理由を訊《き》くより要求された装備を送るほうが先だ。

頭《かしら》は左腕を張って腰に当て、続けて両手で何かを構える形を作って前後させる。最後に立坑の梯子《はしご》に括《くく》りつけてあるバスケットを腕全体で示し、下を指した。

パワーカッター《P　P》を降ろせという意味だと察した組員たちが、張り巡らした命綱と関節バーニアの助けを借りながら慎重に動き始める。二G環境下では手を伸ばすだけでもひと仕事だが、あとは組員に任せればいい。頭《かしら》は改めて喉を押さえた。

「何があった」

「衛星の支持ワイヤーが断裂しかけている。立坑の外壁を叩く振動で気が付いた」

「支持ワイヤー？　そんなものまでいかれかけてるのか……。わかった。で、次は何が必要になる？」

「確保用ロープ。最厚の補強ネット。押さえの帯金とボルト。あとは溶接器だが……」

機動スーツの標準装備に溶断器はあるが溶接器はない。あるのは基本的に破壊用の道具《ツール》だけだ。

「そこは何Gだ？」

「三Gちょいだ」

頭《かしら》は一瞬黙ると言葉を継いだ。

「分かった。こっちから一人送る。サポートしてくれ」

「おい、大丈夫なのか？　三Gだぞ」

「溶接アームを身体に固定させて出す。言葉が通じる溶接器だと思え」

「……分かった。準備する」

「了解」

一息ついた頭《かしら》は、待機している溶接工を見上げた。

——さて、誰を選んだもんか……。

鍛造衛星サイクロプスⅣの機械筒（内側筒）は、何重もの円筒（床）を重ね、エアロックに直結しているセンターシャフトから放射状に延びた立坑がそれを貫く構造になっている。

いま少佐たちが降下中なのもその立坑の一つだが、実はそれらの機能部分（床や立坑）はセンターシャフトからぶら下がる形で固定されているだけで、機械筒の構造的強度にはほとんど貢献していない。

実際に回転加重を支え機械筒全体の強度を維持しているのは、センターシャフトと機械筒の底（外部）の間に張り巡らされている無数の支持ワイヤーだ。人間の腕くらいの太さがあるこのワイヤーは、機械筒が回転することで適度な張度《テンション》を保ち、全体が変形するのを防いでいる。

ワイヤーを使って加重を支えていると考えれば一種の吊橋構造であり、構造全体を強化せずに軽量化できる優れた設計と言えないこともない。

だが、今は事情が違う。緊張状態のワイヤーなら加重限界を超えた張力を与えないかぎり裂断しないが、すりこぎ運動の影響でワイヤーが緊張と弛緩を繰り返せば劣化が急速に進み、いずれは加重限界のはるか下で断裂してしまうことは間違いないからだ。

ラルストン少佐たち紅天海兵隊が発見したワイヤーが、まさにその状態だった。

本来撓《たわ》んだりしないはずの太いワイヤーが今は大きく波打ち、何回かに一度は大きく振れて立坑の外壁を叩いている。

降ろされて来たパワーカッターで立坑の外壁を切り取った高崎《たかさき》中尉が、穴から身を乗り出して観察する。少佐の部下の一人だ。

「ちょうどここが振動の腹（一番大きく振れる部分）になってますね。ワイヤーの固有振動数とすりこぎ運動の周期が合致した時に大きく振れるんだと思います」

たしかに視界一杯に広がるワイヤーの林はすりこぎ運動に合わせて不気味に揺れているが、大きく動いているのはその一本だけだ。

振れている位置のワイヤーは肉眼でも少し太く見える。応力《ストレス》が左右の振動で蓄積し、束ねられていた鋼線が切れてほつれ始めているのだ。

「上下の腹にはまだ変化は見えんな。ここを修理すればしばらくもつか……」

隣から見上げた少佐が少し思案する。

——通常は支持ワイヤーが一本切れた程度なら問題はないはずだが、全体が限界状態にある今は話が別だ。下に降りている間に一本裂断すれば、影響は連鎖的に他のワイヤーに及ぶ。場合によっては機械筒の構造全体が崩壊する可能性もある……。

「スーツが取り付けば、その重みでワイヤーの固有振動数が変わるはずです。収まるか激しくなるかは五分五分ですが……」

高崎中尉の提案を受けて少佐は少し考え、決断した。

「よし、高崎中尉、しがみつくのは任せた。振動が酷《ひど》くなるようなら即離脱だ。収まるようなら修理はおれがする。ヨハンセン少尉はその補佐だ。次の資材が届く前に準備を終わらせる」

そう言うなり、少佐は背中のバーニアを軽く噴かすと穴に身を躍らせた。

穴の縁にかけた左手を支点に外壁に取り付き、機動スーツの手首の裏とつま先に仕込んだピトンを使って、外壁を器用に登っていく。

動作は機動スーツがサポートしてくれるものの、自分の肉体にかかる三Gの加重は変わらないはずだが、少佐の動きに無駄はない。

適当な高さまで登った少佐は、三点支持姿勢を崩さないよう、片手で機動スーツのバッグを探り、通常のハーケンに逆円錐形のカバーをかけたような奇妙な形のハーケンを取り出した。

その頭をまわし、目盛を外壁の厚みに合わせる。ヘルメットの透明度を落として部下に注意を促したあと、無造作にリリースワイヤーを引く。

閃光と共に薄い煙が上がったのち、いったんハーケンを外して穴が貫通したことを確認し、再度叩きつけるように押し込む。

外壁の向こうからくぐもったような振動が一回だけ伝わり、ハーケンは固定された。

差し込んだハーケンの先が、仕込まれた炸薬によって茸《キノコ》状に変形し、内側から押さえたのだ。

同様にしていくつかのハーケンを打ち込んだ少佐がその一つにロープを固定し、下に落とす。

あとは三人掛かりだ。登って来た二人の部下と手分けしてハーケンの間にロープを張り、そこから何本も確保用ロープを垂らす。

少佐は最初の準備ができたことを確認し、待機していた高崎中尉に合図した。

13 連携

「紅天《こうてん》の海兵隊が協力？　間違いありませんか？」

「解析を三回やり直させた。蒼橋《あおのはし》義勇軍に紅天海兵隊が協力しているのは事実だ」

第一〇八任務部隊旗艦《プロテウス》の自室で何日ぶりかの仮眠を取っていたムックホッファ准将は、キッチナー中将の言葉で完全に覚醒した。

「それは〈蒼橋〉に送信する解析結果に含まれていますか？」

「削除して別データとして送信済みだ。確認したら折り返してくれ」

見れば枕元のコンソールで添付情報ありのアイコンが点滅している。

「了解《イエス・サー》しました」

そう返して、准将はハンガーのシャツに手を伸ばした。

——どうやらこのベッドともしばらくお別れらしいな……。

「少し右……もう少し……そこで止めて」

指示が終わると同時に溶接器の先で火花が飛ぶ。一秒……二秒、三秒目を数える前に火花が消え、次の指示が来る。

「次も同じ間隔で右に……待って、揺れが来るわ」

言い終わる間もなく、身体が大きく振られる。

頭《かしら》が降ろしてくれた〝言葉が通じる溶接器〟は小柄な女性溶接工だった。機動スーツで抱えた時に負担が少ないように——ということで、一番小柄な人間が選ばれたらしいが、その腕は一流だ。

だが、テープで両手両足までぐるぐる巻きにされた彼女を脇に抱え、逐一指示を受けているラミレス少佐が驚いたのは、実は腕ではない。その恐ろしいまでの勘の良さだった。自分で触れているわけでもないのに不規則な支持ワイヤーの動きを先読みし、今のように的確な指示を繰り返す。おかげで始めて一〇分も経っていないのに、すでにワイヤーに巻いた補強ネットの下側の溶接が終わり、上側の作業に入っている。振れが戻ってワイヤーが直線になった瞬間を選んで溶接しているから、仕上がりも綺麗だ。

少佐は振れがゆっくりと戻っていくのを身体で感じながら、次の溶接点に狙いを定めた。

「はい、承知しました。え？　司令長官？　いま他の通信に出ていて……。分かりました。

連絡があったことだけ伝えます」

CIC で、シュナイダー参謀長は滝乃屋《たきのや》司令長官宛だった通信を切り、苦々しげに傍《ぶどうやま》らのツナギ姿に向き直った。

「そろそろごまかしきれなくなって来たぞ。どうするつもりだ？」

ATTのツナギを着た男は不敵に笑った。

「慌てるな。もう少し待て」

参謀長は不機嫌そうに鼻を鳴らしたが、心の中で考えていたのは別のことだった。

——やはり妙だな。紅天系衛星の被害を聞いたときは異常に動揺していたのに、何か通信を受けてから急に落ち着いてやがる。御隠居の居る場所はだいたい分かったから、引っ括ってもいいんだが……何をするつもりなのかを確かめてからでないと手を出すわけにはいかんな……。

少佐からの通信を受けた頭《かしら》が、両手を胸の前で弾《はじ》けさせ、続いて真っ直ぐ上げた右手を間歇的にまわし、最後に指を四本立て、バスケットを腕全体で示すと下を指した。

中型爆薬筒を四個、時限信管付きで降ろせ、というサインだ。

組員たちが動き出すのを確認して、頭《かしら》は再度喉を押した。

「着いたな？」

「着いた。たしかにハンマーが途中で止まっている」

「四個で足りるか？」

「上下させる時のガイドレールがハンマー本体に食い込んでいる。一番下の食い込みを爆破すれば落ちると思うが、念のために引っ掛かっている残りの二箇所もやる。一個は予備だ」

「了解」

「ところで溶接器は無事に上がったか？」

「明美《あけみ》か？　あざくらいはできたかもしれねぇが、本人は元気だぜ」

「そうか、良かった。……彼女は明美という名前なんだな？　感謝してると伝えてくれ」

「ああ、伝えるが、手を出すんじゃねぇぞ。おれの娘だ」

「頭《かしら》の娘？　道理で度胸が据わっていると思った」

「まぁ、危ねぇところに他人を行かせるわけにゃあいかねぇからな」

「……なるほど。そういうものか」

「そういうもんだ」

そうあっさり返すと、頭《かしら》はバスケットを降ろしているウィンチに目をやった。

「もう少しで着く。仕掛け終わったら、そのバスケットにつかまって上がって来い」

「了解」

「何か凄いことになっていますね」

「だが、いいコンビだ。たがいの連携にほとんどミスがない」

《プロテウス》の司令長官席で、ムックホッファ准将とアフメド参謀長が話し込んでいる。

見ているのはサイクロプスⅣでの阿亀組《おかめぐみ》の頭《かしら》と、紅天海兵隊のラルストン少佐のやりとりだ。

防人《さきもり》リンクを使った通信はさすがの連邦宇宙軍でもまだ解読できていないが、頭《かしら》が鍛造衛星内に設置した簡易中継局の電波は拾えるし、解析もできる。

とはいっても、実際に傍受している哨戒艦がいるのは〝ブリッジ〟の軌道のさらに外側だ。その距離からL区の衛星内のみで使う目的の微弱電波をキャッチするだけでなく、解析まで可能だということを紅天艦隊に知られるわけにはいかない。キッチナー中将が解析記録から削除したのも当然だろう。

「どうやら支持ワイヤーを補修して底に降りるつもりのようですね」

「三Gで溶接して、四～五Gで鍛造機のハンマーの引っ掛かりを外す気か……紅天の海兵隊はかなり優秀だな」

「はい。スーツ同士の会話までは傍受できていませんが、蒼橋義勇軍とのやりとりからすると相当のベテランです。連邦宇宙軍《う ち》にもこれだけ使いこなせる操縦者はそういないでしょう」

実は連邦宇宙軍には、軌道スーツの運用に関する〝戦訓〟データはあっても、操作に関するデータはほとんどない。着用者の個性に頼る部分があまりにも多い上に、任務に応じて状況が完全に変わるから汎用データにしたくてもできないのだ。

連邦宇宙軍の中で〝戦訓〟データ化できないのは、指揮官の決断と軌道スーツの操作方法だけ、と言われる所以《ゆえん》だ。

「問題はなぜそれほどのベテランが、蒼橋義勇軍に協力しているかだが……」

「紅天系衛星の危機を救うため――では納得できませんか？」

「それが一番納得できる答ではあるんだが……どうも引っ掛かる。蒼橋義勇軍が鹵獲《ろかく》したビーム砲を撃てたのも、軽巡航艦の幹部――たぶん艦長だな――から起動パスワードを入手できたからだ。

いくら捕虜になったとはいえ、敵対している相手にこうも簡単に協力できるものだろうか？」

准将の疑問に参謀長は難しい顔になった。

「紅天軍の軍規の堅さには定評がありますからね。これが本星に知られたら、この二人は即刻銃殺でしょう」

「わたしが引っ掛かっているのもまさにそこだ。蒼橋義勇軍が脅迫や利益供与で二人を動かしたのならまだ分かる。だが、彼らが軍規を破っても構わないという何かしらの信念を持っているとしたら、これは厄介なことになる」

「どういうことです？」

「考えてもみたまえ。二人に降伏するように命じたのは紅天艦隊の司令長官だ」

そう准将に指摘されて、参謀長は「あっ」となった。

「すべて示し合わせてのこと——とおっしゃるんですか？」

「それは分からん。ただ、指揮官の意志が部下の行動を掣肘《せいちゅう》するのは事実だ。最終的に赦《ゆる》されるという確信か、あるいは赦されなくてもかまわないという覚悟のどちらかがなければ、軍規に反する行動は取れない。軍人とはそういうものだろう」

「それは……分かります」

二人は共に考え込んだが、やがて今の段階で結論が出る疑問ではないと思い至ったのだろう。どちらともなく話題は元の解析データに戻っていった。

——彼らはまだ、この時の会話が重くのしかかる時が来ることを知らない。

「バスケットをハンマーの上一〇mに固定した。一〇秒後にカウントダウン開始。タイマーは三分だ。問題ないか？」

「問題ない」

と、頭《かしら》は短く返すと組員たちを見まわし、全員が身体を固定し終わっていることを確認すると、大きく右手をまわし、指を三本立てた。

固唾《かたず》を呑んで待つうちに時間が過ぎ、頭《かしら》の背中が振動を感じた。

そしてその三秒後。すさまじい衝撃が立坑の底から伝わって来た。

衝撃は下から昇って来てセンターシャフトで反射する形で何度も往復し、頭《かしら》たちは文字どおりもみくちゃにされたが、振動が収まるにつれ、それまで皆を苦しめていたすりこぎ運動もゆっくりと収まり始めているのがはっきりと分かった。

頭《かしら》が喉を押さえて叫ぶ。

「やったぞ」

だが、かえって来たのは疲れ切った少佐の声だった。

「ああ、やった。この分なら分解はしないだろう」

「どうした？　何かあったのか？」

「バスケットをフリーにしたところで、スーツの着用限界が来た。パワーを切ったからもう自力では動けない。引き上げてくれ」

「そりゃあ……分かった。あとはゆっくり休んでくれ」

そう返すと、頭《かしら》は止まっているウィンチを腕全体で指し、大きく右にまわした。

ウィンチ担当の組員がスイッチを倒すと、立坑の壁に貼り付いた背中から、それまで他の振動に紛れて感じられなかった規則的なリズムが伝わって来る。

ひと仕事終えたことを実感しつつも、頭《かしら》の意識は自然に次の仕事に向かう。

――とりあえず分解は回避した。あとは回転をどうやって止めるかだな……。

「そうか。良くやってくれた。怪我人は出てないな？」

「もちろんですぜ。まぁ紅天の連中は大分へばってる様子ですが、命に別状はねぇです」

阿亀組《おかめぐみ》の頭《かしら》から報告を受けたカマル主席が、簪山《かんざしやま》の対策本部で大きく安堵《あんど》の息をつく。

まだ全部の衛星の調査が終わったわけではないし、サイクロプスⅣも肝心の従業員の救出が残っているが、最大の懸案事項が一段落したことは間違いない。

「被害が他に波及しなかったのは彼らのおかげだ。存分にねぎらってやってくれ」

「あれ？　おれたちにご褒美はねぇんですかい？」

その口調に主席は苦笑した。

「頭《かしら》の仕事はまだ終わってないだろう？　回転を止める方法は、やはりあれしかないのかね？」

「違ぇねぇ。で、そっちの話ですが、まず、ゼロから設計しないかぎり、五Gに耐えられる軌道作業艇は用意できませんぜ」

「やはり無理かね？」

「パイロットが機動スーツを着なくちゃ操縦できねぇような代物だ。作るのに何年かかると思います？」

「たしかにそのとおりだが……」

「それとも連邦宇宙軍と紅天艦隊に、ありったけの機動スーツを出してもらって、回転させたまま中から救出しますかい？」

「いや。それしかないなら見栄も外聞もなく頼み込むつもりでいたが……実際にやってみてとても無理だと分かった。やはり回転を落とすほうが先だ」

ラルストン少佐たちは途中で手間取ったとはいえ、機械筒の底に行くだけで精一杯だった。従業員のいる制御筒はそのさらに底（外側）だから、無理をしてたどり着いても帰って来られないのは明らかだった。

「それしかねぇでしょう。人間が近寄れねぇなら道具を使うしかねぇ。こっちにあるロケットブースターの準備は始めてます。そっちにある在庫をありったけ送ってくだせぇ」

だが、主席の返答は妙に歯切れが悪かった。

「準備はしているが……少し時間がかかるかも知れん」

「どういうこってす？　今の時期にあんなものをどこが使ってるんですかい？」

いま二人が話しているのは、固形燃料で推進する古典的な使い捨てロケットブースターのことだ。

〈蒼橋〉でも、核融合推進を使うほどでもないが、艀《はしけ》のガス推進では力が足りないような隙間用途（無人コンテナの軌道を遷移させる。過加重の貨物船の姿勢を一時的に制御する等）に広く使われている。

とはいうものの、今はまだ星間交易は停止中だ。余っていて当然だと考えるのが普通だろう。

「紅天系企業が買い占めているらしい」

「買い占め？　〈紅天〉が自力でサイクロプスⅣの回転を止めるっていうんですか？」

「いや。あの鍛造衛星は関係ない。自社の衛星の被害に関係なく、復旧で必要になりそうな資材を片っ端から買い集めて、たがいに転売して値を吊り上げているんだ。おかげでロケットブースターも値上がりする一方だ」

「吊り上げ……。〈紅天〉の連中は何を考えてやがる！　被害を受けてるのは自分とこの衛星じゃねぇか！　その企業とやらにちゃんと話はしたんですかい？」

「もちろんだ」

「返事は何と？」

「たしかに被害は出ているし、損害も大きい。だからその欠損を埋めるために、利益を上げる努力をしている――そうだ」

「……そりゃあ無茶苦茶だ。自分のことしか考えてねぇ。閉じ込められている従業員はどうするつもりなんです？」

「従業員は〈蒼橋〉籍だから、まず蒼橋評議会が手を差し伸べるべき——だそうだ。そしてもし間に合わなかったら賠償金が必要だから、利益を減らすわけにはいかない——と」

頭《かしら》はもう言葉もない。

「…………。主席はこれを放置しておくつもりですかい？」

主席の口調は苦い。

「いや、そのつもりはない。前々から紅天系企業のやり方は酷《ひど》いと思っていたが、ＥＭＰでその本性があからさまになった。これから復旧が始まるという時に、これ以上足を引っ張られてはたまらん。今、抜本的な対策を立案中だ」

「それが時間がかかる理由ですかい？」

「そうだ。対策の実施にはいろいろ調整が必要だからな。その前に集めた分だけ先に送る。頭《かしら》は具体的な改造方法を詰めておいてくれ」

「分かりました。そういうことなら是非もねぇ。供給されてから慌てないですむよう、きちんと準備しときますぜ」

「頼む」

そう告げてカフを下ろした主席は、改めて資材リストを見直した。物によっては一桁、いや二桁以上の値上がりも珍しくない。

——問題はどこで線を引くかだな……。

「抜本的な対策？　何をするの？」

「想像はつくが、詳しいことはまだ分からん。ただ、対策が実施されれば、資材の供給に問題はなくなるらしい」

修理中の極軌道衛星・月曜日《マンデイ》の中で、〝要山《かなめやま》〟から連絡を受けたエアは少し当惑した。

「そうなればありがたいけれど……時間はどれくらいかかるの？」

「それもまだ分からん。ただ、情報をくれた義勇軍の話ではそんなに長くはかからないということらしい」

「義勇軍？」

「ああ。資材の値上がりで困っているのはあちらも同じだからな。たがいに在庫を融通し合っているが、足りないものはどうしても出てくる。向こうも対策の実施を心待ちにしているようだ」

「そうか……。じゃあ、次の衛星の修理が始まる頃には間に合うと思っていいわね？」

「ああ。その心積もりでいてくれ。こちらは資材が確保できしだい送る」

「了解《ラジャー》」

そう返したエアは、喉のマイクを一斉同報に切り替えた。

「全員注目。資材確保の見通しがついたわ。ここの機能テストが終わったら、予定どおり最後の一基に向かいます」

極軌道衛星は全部で七基。一基は予備だから、六基修理すれば〝要山《かなめやま》〟と〝簪山《かんざしやま》〟間のリンクは復旧する。修理にあたっている作業艇は二隻だから、それぞれがあと一基ずつ修理すれば作業完了なのだ。

応答のカチカチ音を数えながら、エアがつぶやく。

——抜本的な対策はいいけれど、〈紅天〉の反発が怖いわね……。

「これだな？」

「ええ。〝踏鞴山《たたらやま》〟を狙った第一陣とパターンが同じなのはそのグループだけです」

すし詰め状態の《播磨屋《はりまや》四號》のコクピットで、御隠居の問いに答えたのは音羽屋忠信《おとわやただのぶ》だ。

ずっと一人で続けていた〝天邪鬼《アマンジヤク》〟の軌道解析がようやく終わったところだ。

しかし、当人が広いスクリーンがあったほうが説明しやすいと言うので、一同はコクピットのほぼ全面がスクリーンになっているこの艇《フネ》に移って来ている。

もともと四畳半程度しかないスペースに、御隠居、住職、沙良《さら》、ロケ松、辰美《たつみ》、昇介《しょうすけ》、甚平《じんぺい》、ロイス、そして説明役の忠信の九人がひしめいているのだから、窮屈どころの話ではない。

──ゼロG状態じゃなかったらとても入りきらなかっただろうな……。

そんなことを思いながら一人パイロット席に座っている昇介は、忠信の指示に従ってスクリーンを操作した。

〝ブリッジ〟をたすき掛けにするように大きく傾斜した楕円軌道が表示される。

「あれがいま言ったグループの軌道です。〈紅天〉の長射程ミサイルによって破砕された他の岩塊《ヤマ》は大部分が円軌道か放物軌道ですが、このグループだけは別です」

「〈紅天〉が意図的にやったってことか？」

そう訊《たず》ねた甚平に、忠信が頷く。

「もしランダムに飛んだ結果、一部が似た軌道に乗っただけなら、他にも長楕円軌道を描く岩塊《ヤマ》ができるはずですが、そういう岩塊《ヤマ》はほとんどありませんでした。明らかにこの軌道になるよう仕組まれたものです」

「そんなに独自の軌道なら、どうしてもっと早く探せなかったんだ？」

そう訊ねた辰美に、忠信は苦笑して見せた。

「軌道データは蒼橋航路局の航法支援レーダー情報を元に計算したものです。航路局のレーダーは〝ブリッジ〟内を航行する艇《フネ》のためのものだから、こんなに傾斜した楕円軌道まではカバーしてないんですよ。ですから、最初に破砕された時のデータを元にしてわたしが計算しました」

「最初の破砕？　そこから始めたってぇのか？……そりゃあ時間がかかるのも当然だな。分かった。変なこと訊《き》いて申しわけねぇ」

あっさり矛《ほこ》を収めた辰美に軽く一礼して、忠信は説明を続ける。

「長楕円軌道にしたのは戻って来るまでの時間を稼ぐためでしょう。つまり、最初の策が破綻《はたん》した時の備えですね」

「でも、数は多くねぇんだろう？　何個くらいなんだ？」

甚平の質問だ。

「たしかに数は十数個しかありませんが、問題は〝ブリッジ〟との交差位置です。迎撃しなかった場合、約半数がL区と交差します」

「L区？　残りの半数は？」

「L区とM区の間の空隙を通過して、何日かしたらまた戻って来ますね」

「やり過ごしても気は抜けねぇってことか」

「それもありますが、もっと大きな問題はL区と交差するほうです。こいつには〝車曳き〟が使えないんですよ」

「あっ」と声を上げたのは、甚平と辰美、そして昇介の現役採鉱師《やまし》と、御隠居だけだった。

残りの四人はぽかんとしている。

忠信は一つ咳払いすると、微笑《ほほえ》んで説明を続けた。

「これまでの〝天邪鬼《アマンジャク》〟は、H区と交差する軌道に乗っていたから、〝車曳き〟で速度を落としてやれば、M区に落ちて吸収されました。しかし、L区と交差するこのグループの速度を落としても、吸収する岩塊帯はありません。蒼橋に落ちるだけです」

「それが狙いですな」

おもむろに口を開いたのは住職だ。

「〈紅天〉の計画には連邦宇宙軍が〝天邪鬼《アマンジャク》〟迎撃に参加するという想定はなかったでしょう。実際、ここにいる熊倉《くまくら》大尉さんがいなかったら、実現していたかどうかも分からないことです。となれば、L区に向かう〝天邪鬼《アマンジャク》〟を迎撃できるのは紅天艦隊しかない――という形にしたかったんではありませんかな？」

「なるほど。連邦宇宙軍の存在を外して考えるとよく分かるぜ。紅天艦隊の狙いはそれだな」

ロケ松の意見に一同がざわつく。それが落ち着くのを待って、今度は昇介が口を開いた。

「でも、〝車曳き〟が使えなくても〝発破屋〟がいる。蒼橋の大気圏で燃え尽きるくらいまで細かく破砕できるはずだよ」

忠信はにっこりと頷いた。

「そのとおりです。〝発破屋〟本来の仕事はそれですからね。すでにこの〝天邪鬼《アマンジャク》〟には蒼橋義勇軍の〝発破屋〟が取り付いて作業中です。彼らは蒼橋の地表に欠片《かけら》の一つでも落とすような真似はしませんよ」

と、突然御隠居が立ち上がった。表情が変わっている。

「待て。今の音羽屋の話で全部見えた。〈紅天〉はどうにかしてその〝発破屋〟の仕事を邪魔する気だ。その時におれがＣＩＣにいたら、紅天艦隊に救援要請を出すのを渋るかもしれねぇ。

だから冬眠させやがったんだ！」

――だが、その結論が出るのは少し遅かった……。

14　真　相

「そろそろ働いてもらう時間だな」

ＣＩＣで時計を睨んでいたツナギ男が、おもむろに立ち上がった。

シュナイダー参謀長が訝《いぶか》しげに訊《たず》ねる。

「どういう意味だ？」

「ＥＭＰのおかげでよけいな時間を食ったが、これからが本番だ」

「何をする気だ！」

「出し物の落ちが分かったら面白くないだろう？　ほら、始まるぞ」

男は悠然と正面の大スクリーンを指差した。

大きな楕円軌道を描いて接近する〝天邪鬼《アマンジャク》〟の最後の一群の迎撃が始まったところだ。

十数個の〝天邪鬼《アマンジャク》〟に〝発破屋〟が取り付き、作業中の表示を出している。

と、一個の表示が点滅を始め、爆破のカウントダウンをスタートさせた。

だが、数字は順調に減っていったが、ゼロになっても表示が変わらない。

注視していたオペレータたちが、不安げな顔を見合わせ始めた時――。

突然スクリーンがフラッシュした。

〈f―三二、破砕不十分〉
〈隣接ブロックに警報〉

さまざまな警告文が次々に極太のフォントで表示され、該当の〝天邪鬼《アマンジャク》〟の位置に赤い丸が連続して収束していく。

参謀長は何も考えず遮音スクリーンを切った。途端にＣＩＣに満ちていた喧騒《けんそう》が全身を打つが、それにかまわず声を張り上げる。

「Ａ班は破砕状況を出せ」

「Ｂ班は破片の軌道解析だ」

「Ｃ班以降はＡＢ両班の管制を引き継げ」

参謀長の的確な指示で喧騒が徐々に治まっていく。

「破砕状況出ます」

大スクリーンの一角が四角く切り取られ、いびつな枝垂《しだ》れ柳《やなぎ》が広がっていく様子が表示される。

「まずいな……半分しか爆破できていない……。軌道解析出るか？」

「出します」

枝垂れ柳に重なる形で、軌道の模式図が表示される。細かい破片は蒼橋《あおのはし》の大気圏に落ちる軌道に乗っているが、破砕し切れなかった大きな破片はL区と交差する軌道に乗ったままだ。

「第一予備班、f―三二を始末しろ。まだ充分間に合う」

とりあえず打てる手は打ったところで、参謀長はようやくツナギ男のことを思い出した。

――まさか、あいつが考えていたのは……。

次の瞬間、大スクリーンが再びフラッシュした。

〈f―一四、破砕失敗〉
〈f―〇三、破砕不十分〉
〈f―……〉

警報に警報が重なり、大スクリーンは完全に機能不全に陥った。

目を血走らせた参謀長が怒鳴る。

「警報を切れ！　全艇に緊急連絡。破砕中止！　繰り返す、破砕中止！　雷管を点検しろ！」

「非番のオペレータを招集。雷管の検査結果を集計しろ」

「A班からD班、破片の軌道解析を急げ。E班以降はA班からD班の管制を引き継げ」

だが、最初の警報への対応もすまないうちに新しい警報が連続したため、オペレータたちの半パニック状態はなかなか治まらない。

その時、参謀長の耳元で落ち着いた声が囁《ささや》いた。

「さすがは新司令長官。見事な手並みだ」

血相を変えた参謀長が男の胸倉をつかむ。

「きさま、爆薬に細工を……」

だが、男は左手をポケットに入れたまま落ち着き払って答えた。

「それはノーコメントというやつだな。さて、どうするね？」

「どうするとは、どういう意味だ？」

「破砕を中止したら〝天邪鬼《アマンジャク》〟の軌道は変えられないだろう？　どうするつもりだね？」

参謀長は血走った目でスクリーンを振り返った。

――爆薬に細工がされていることが確実な以上、点検がすむまで義勇軍の艇《フネ》は使えない。

かといって連邦宇宙軍は離脱済みだ。今から呼び戻してもとても間に合わん……。

音がするほど噛み締めた奥歯の近くで、じわりと血の味が広がる。

「こうなると手は一つしかないだろう？」

「何だと？」

「紅天《こうてん》艦隊に救援要請をしろ。近くまで来ているはずだ」

その言葉の意味が、耳を通って脳に届いた時、参謀長は文字どおり愕然とした。

「！　それがおまえたちの狙いか！」

「それもノーコメントだが、早くしないと間に合わないぞ」

だが、参謀長はもうその声を聞いていなかった。

――そうか……最初からこれが目的だったのか……。たぶん、工作員が〝白熊山《しろくまやま》〟で補給した雷管の無効化タイマーに細工したんだな……だから紅天艦隊は休戦を受け入れた……この〝天邪鬼《アマンジャク》〟はそのために用意されたのか……。

考えている内に、怒りが徐々に鎮まり、燃え盛っていた炎が凝縮して白熱の球体になる。それが胸を通り過ぎ、異常な重さと共に腹の底に収まった時、参謀長はゆっくりと口を開いた。声が低い。

「一つだけ聞かせてくれ。なぜ司令長官を拘束した？　おれなら扱いが楽だとでも思ったのか？」

「それは否定しない。あの爺《じい》さんはビーム砲が撃てることを隠していたし、連邦宇宙軍ともパイプがあるようだ。紅天艦隊を無視して、L区の衛星を見殺しにするぐらい平気でやるだろう。なにせ、大部分が紅天系なんだからな」

「それは……」違うと言いかけて、参謀長は言葉を呑み込んだ。

――こいつは、御隠居がそんなことをするはずがないと言われても、絶対信じないだろう。頭の中にある〈紅天〉対〈蒼橋〉の図式以外のことは考えようともしない……。

唐突に、前に播磨屋源治《はりまやげんじ》が口にした〝蟹は自分の甲羅に似せて穴を掘る〟という譬《たとえ》が頭に浮かんで、参謀長は思わず微笑《ほほえ》んだ。

――大将。おまえの言ったとおりだぜ……。

「何を笑っている！」

「いや、ちょっと思い出したことがあってな。あんたはおれたちが今度も奥の手を隠しているとは思わないのか？」

「考えたから拘束したのさ。爺さんならいざ知らず、あんたには衛星を見殺しにして紅天艦隊を潰す度胸はないはずさ。どんな奥の手かは知らんがね」

「ああ。業腹だがそのとおりだ。おれにはあんなものを使う覚悟はない」

それを聞いて男は今日初めて顔色を変えた。

「何？　本当に奥の手があるのか？」

参謀長の口調は変わらない。

「さてね。それこそノーコメントだ。ただ、度胸のない参謀長として言わせてもらえれば、紅天艦隊への依頼はおれの独断では無理だぞ。評議会の許可が必要だ」

「いま、極軌道衛星は使えないな。これだけ通信が錯綜していれば緊急無線が通じないことだってあるだろうさ」

「……あれもおまえたちか！」

「おまえたちの主席はそれなりに遣り手だからな。救援要請と引き換えに妙な条件を出されるわけにはいかんよ。ほれ、こうしている間にも時間は過ぎるぞ」

男はそう言うと、司令長官専用コンソールのロックを解いた。ご丁寧に紅天艦隊の使っている帯《チャンネル》までセットする。

それでも参謀長は動かなかった。

——御隠居ならどうする？　自力での迎撃は不可能だ……連邦宇宙軍は間に合わない……もうビーム砲は使えない……どうすればいい……。

そして……参謀長はゆっくりとコンソールの送信カフに手を伸ばした。


「きさま、どういうつもりだ！」

やっと主席に回線が通じたとたん、いきなり怒鳴りつけられて、御隠居は啞然とした。

「しゅ、主席、落ち着いてくれ、何があった？」

「黙れ！　どの口でそれを言う。シビリアンコントロールが聞いてあきれるわ。だいたいきさまはいつも一人で決めやがって。あのビーム砲だって……」

主席は塩辛声で一方的にまくし立てる。御隠居はぽかんとしつつも、とりあえず怒りの言葉に耳を傾けた。事情が分からなければ返事のしようがない。

──主席のこんな様子を見るのは久しぶりだが……当人が激昂すればするほど他人は冷静になるってのはほんとだな……。

と、息継ぎでもしたのか、塩辛声が一瞬途切れた。すかさず御隠居が自分の言葉をねじ込む。

「待った。おれに不足があったなら謝る。何があったのかだけでも教えてくれ」

「言いわけは聞きたく……何？　いま何と言った？」

塩辛声の調子が急に変わる。御隠居は安堵《あんど》のため息をつくと、言葉を継いだ。

「だから、何があったのかを訊ねてるんでさ。何をそんなに怒ってるんです？」

「……本当に知らないのか？」

「知らない……というか主席に叱られるようなことをした覚えはありませんぜ」

「紅天艦隊に迎撃要請を出してないと言うのか？」

それを聞いて御隠居は思わず臍《ほぞ》を噛んだ。

「紅天……間に合わなかったか！」

CIC《ぶどうやま》への回線を開けば間違いなく工作員に切断される。まず主席に連絡してからと考えたのが、完全に裏目に出てしまったのだ。

「間に合わなかった？　どういうことだ？　これは司令長官の判断ではないのか？」

御隠居の返答は苦い。

「それをやったのはたぶん親爺《おやじ》です。責めないでやってくだせえ」

「親爺？　シュナイダー参謀長か。彼が勝手に要請を出したというのか？」

「そうです。おれと連絡が取れねぇから、要求されても突っ張りきれなかったんでしょう」

それを聞いた主席はさらに困惑したらしい。

「待て。話が見えない。連絡とか要求とかいうのは何のことだ？　前にCIC を通せないと言ったことと関係あるのか？」

——さすがは主席だ。ちゃんと覚えてやがる……。

御隠居は腹を括《くく》ると、これまでの経緯を説明し始めた。

「〈蒼橋〉から緊急の支援要請です」

紅天軍蒼橋派遣艦隊旗艦《テルファン》の艦橋で、〈蒼橋〉の救援計画を確認していたアンゼルナイヒ司令長官に、通信参謀から連絡が入る。

「支援要請？　どういうことだ？」

訝《いぶか》しげに訊ね返す司令長官に、通信参謀は淡々と説明した。

「I《Irregular》　O《Object》の迎撃で手違いあり。爆破が不完全で中途半端な大きさの岩塊が多数発生。緊急支援を求む――とのことです。発信者は蒼橋義勇軍司令長官です」

コンソールに転送された通信文を見て、司令長官が眉をひそめる。

「これは……ちょっと待て」

急いで中止したはずの作戦計画第二案をコンソールに呼び出す。タイムスケジュールの予定時間と、〈蒼橋〉から支援要請が届いた時間がほとんど一致していることに気付いて、司令長官は顔色を変えた。

「これは何だ？　作戦は中止したのではなかったのか？」

通信参謀の口調は変わらない。

「たしかに弁務官事務所から中止指令を出しました。しかし、いま〈蒼橋〉は混乱しています。中止命令が届かなかった実行班もあったかも知れません」

「……そんな、そんな馬鹿な……では蒼橋義勇軍司令長官の身柄も解放してないのか？」

「実行班からの応答はまだ返ってきていません」

通信参謀の口調は異常なまでに平板だが、今の司令長官はそれに気が付かない。

――作戦計画第二案にEMP被害は織り込まれていないんだぞ。今のL区にI《Irregular》　O《Object》が降り注いだら、その被害は計り知れない……。

司令長官は一つ頭を振ると、全幕僚に通じるカフを上げた。

「全員CICに集合せよ。〈蒼橋〉でIOが大量発生した。航法はIOの予想軌道をできるだけ詳細に出せ。〈蒼橋〉には《テルファン》以下の軽巡航艦四隻で先行する。他の艦はそのまま減速を続けて〝ブリッジ〟に向かえ！」

「紅天艦隊に支援要請？　〈蒼橋〉がですか？」

「そうだ。蒼橋義勇軍司令長官の名前で出ている」

IO《Irregular Object》後陣の迎撃を終えた第一〇八任務部隊旗艦《プロテウス》は、配下の艦に集合をかけつつ〈蒼橋〉へ戻る軌道に乗ったところだ。

その艦橋で、紅天艦隊を追尾中の第五七任務部隊司令長官、キッチナー中将から連絡を受けたムックホッファ准将は困惑した。

――本当に状況が切迫しているのなら、紅天艦隊に支援要請を出すこともあり得るだろうが、すでに支援中の連邦宇宙軍に断りがないというのが解せない。今の情報も通信を傍受して解析した結果もたらされたものだ。

「蒼橋義勇軍に確認しましたか？」

「もちろんしたが、こちらからの呼びかけに応答がない。〈蒼橋〉で何か起こっているようだ」

「……まさか……」

「ん？　何か心当たりがあるのかね？」

准将は一瞬ためらった。滝乃屋《たきのや》司令長官がＣＩＣから脱出した件は、中将には伝えていなかったからだ。だが、こうなれば明かすよりない。もともと状況が変化して、艦隊からの直接支援が必要になれば伝える予定だったのだ。

「ええ。一つ大きいのが。確認して折り返します。紅天艦隊の動きはどうです？」

「軽巡航艦四隻が先行するようだ。こちらも追尾を開始した」

「分かりました。そちらはお任せします」

そう返すと、准将はコンソールの送信カフを個別通話に切り替えた。

「いま連絡しようとしてたところですぜ。紅天艦隊への支援要請の件ですね？」

「そうだ。何が起きているか分かる範囲で伝えてくれ」

「ようがす。こっちでデータ化したものをまず送ります。確認したら折り返し願います」

細石寺の庵でムックホッファ准将からの連絡を受けたロケ松は、音羽屋忠信《おとわやただのぶ》の解析データと御隠居の推察――今となっては事実そのもの――を手早くまとめると送信した。

しばらくして准将の声が返る。

「確認した。この軌道解析データは見事だな。何人くらいでやったんだ？」

「それをやったのは一人ですぜ」

「一人？……なるほど。〈蒼橋〉というのはとんでもない星系《ほし》のようだな」

「それはおれも毎日実感してるところですがね。で、どうです？　連邦宇宙軍は間に合いそうですか？」


准将の声に無念さがにじむ。

「残念ながら紅天艦隊より先に迎撃するのは無理のようだ。こちらの艦隊も、キッチナー中将の艦隊も距離がありすぎる」

准将の艦隊の中で、〝ブリッジ〟に一番近いところにいるのはビーム砲を搭載していない哨戒艦だけだ。

個艦防御用の短射程ビーム砲を搭載した他の艦は、受け持ちの〝天邪鬼《アマンジャク》〟を〝ブリッジ〟から離れたところで迎撃したから戻っても間に合わないし、一番長射程のビーム砲を搭載した二隻の軽巡航艦は一番離れたところにいる。

そして、キッチナー艦隊がいるのは紅天艦隊のはるか後方だ。

「となると、紅天艦隊を当てにするしかねぇってことですね？」

「そうなる。確認するが、蒼橋評議会はこの決定に関わってはいないんだな？」

「ええ。今その件で司令長官が主席と話しています」

「主席と？　では蒼橋評議会は、司令長官がＣＩＣから離れていることを知っているんだな？」

「です。どうやら紅天の工作員の数は、おれたちが考えていたほど多くねぇようです。今のところ主席との通信が、切断や妨害される気配は見えません」

「そうか。それを聞いて少し安心したが。そうなると紅天艦隊への対応が問題だな。どうするつもりか分かるかね？」

「それが……かなり揉めてますぜ」

ロケ松の隣の席でカマル主席と話し込んでいた御隠居が嘆息する。

「連中はそんなことまでやらかしてるんですかい」

「ああ。これをやめさせないと被害衛星の復興どころか、救援もおぼつかない。強制手段を取って、紅天系企業の資産を差し押さえるつもりだったんだが……」

「……それを知らない親爺が紅天艦隊を呼んじまったってことですね。片手で支援を受けておきながら、反対の手で資産を差し押さえたりしたら、〈紅天〉との関係はこじれるどころの騒ぎじゃねぇ」

「そのとおりだ。紅天艦隊の迎撃支援を受けなければL区は壊滅的な被害を受ける。いまさら支援要請は間違いでした、と言うわけにはいかない。どうするのが一番いいのか……」

主席は考え込んでしまったらしい。同じように考えていた御隠居が口を開く。

「この際、何が一番いいか、じゃなくて、何が一番ましかを考えましょうや」

「一番まし？　どういう意味かね？」

「まず動かせねぇのが〝天邪鬼《アマンジャク》〟の迎撃だ。こいつは紅天艦隊に任せるほかはねぇ。紅天系衛星を見殺しにするというのなら話は別ですがね」

そう言われて主席は憮然とした。

「そんなことができるはずはないだろう」

「分かってまさぁ。となりゃあ、あとは艦隊との交渉だ。連中は紅天系企業の物資買い占めの件を知っていますかね？」

「それは……弁務官事務所から流れているだろう。閉鎖していないからな」

「となると、面白いことになりますぜ。連中は休戦を受け入れたときに、目的を復旧支援と明言してます。当然艦隊の物資を提供するつもりでしょうが、その値段はどうなると思います？」

「値段？……おお、そうか、そういうことか」

「無料、もしくは原価で提供するというのがこういう時の基本ですぜ。紅天艦隊と交渉して、物資の引き受け窓口を評議会に一本化すれば、混乱している市場を無視して必要なところに直接供給できる。そうなりゃあ、思惑で買い占めていた紅天系企業はお手上げだ。我慢しきれなくなって手放したところを底値で買い取れば、わざわざ接収する必要はありませんや」

「なるほど。連邦宇宙軍も来てくれるから、これから提供される物資は増えるな。万が一、紅天艦隊が窓口の一本化を拒んでも、連邦宇宙軍が応じれば同じことだ」

「です。物資を確保するまでには少し時間がかかるが、接収はしないほうが吉ですぜ」

「分かった。その方向で紅天艦隊と交渉する。で、CIC《ぶどうやま》はどうする？　このまま放置するのかね？」

「いや、そのつもりはねぇが、今は親爺が動くのを待ちます」

「参謀長かね？」

「ええ。紅天の作戦はたぶん、この支援要請で一段落ですぜ。要はこちらと対等以上の立場で交渉するための地ならしで、それが成功しちまった。

こうなったのは、後《ご》の先《せん》とか偉そうなことを言ったおれの責任だが、工作員の腹が見えた以上、親爺が黙っているはずがねぇ。きっと何かやらかします」

「そうか、やらかすか。そいつは楽しみだな」

「まったくです」

——だが、事態は二人の思惑とは少し違ったほうに動いていた。

「緊急連絡。追尾中の連邦宇宙軍が加速します！」

紅天軍蒼橋派遣艦隊旗艦《テルファン》のＣＩＣに突然響いたアナウンスに、幕僚たちは色めき立った。

「何だと？」

「加速？　減速中だったはずだぞ」

「どこに向かっている？」

「艦隊全部か？」

通信参謀が大車輪でデータを要約し、報告する。

「連邦宇宙軍は艦隊を二分した模様です。巡航艦一二隻だけが加速しています。五Ｇ近い急加速です。進路は問題のＩＯ《Irregular Object》の軌道方向と思われます」

「五Ｇ？　無茶苦茶だ」

「われわれより先にＩＯを迎撃するつもりか？」

「減速はどうする気なんだ？」

幕僚たちが口にする疑問はもっともなものばかりだが。それゆえに答は出ない。紅天軍の常識では在り得ない事態だ。

それまで黙っていたアンゼルナイヒ司令長官が口を開く。

「こちらとの距離は？」

「このまま加速が続けば、四時間後には追い越されます」

「四時間……よし、各艦に連絡。減速中止。乗組員が全員対Gシートに付いたことを確認し次第、最大加速で〝ブリッジ〟に向かう。減速可能なぎりぎりの地点まで加速を切るな。急げ！」

ＣＩＣの円卓に付いていた幕僚たちが慌てて立ち上がり、あらかじめ指定されている対Gシートに向かう。人によって体型が微妙に異なるから、合わないシートだと骨折する可能性があるのだ。

――だが、紅天艦隊が限界まで加速し続け、ようやく減速に入った時、連邦宇宙軍は減速する気配をいっさい見せないまま、遥か彼方に消えていた。

「間に合いますか？」

「間に合わせる。准将から〝戦訓〟データをもらったからな」

ムックホッファ准将の問いに答えるキッチナー中将の声はいつもと同じだ。すでに加速は終わっているのだろう。艦の速度は照準できる限界の速度まで上がっているということだ。

「しかし距離が……」

「軽巡航艦の主砲より重巡航艦の主砲のほうが射程が長い」

「あっ」と准将は息を呑んだ。

――そうだ。キッチナー中将の艦隊には重巡航艦が四隻ある。その主砲の射程は軽巡航艦のものとは比べものにならない……。

中将は静かに告げた。

「准将が言ったとおり、大砲は遠くから撃つものだよ」

――そして、前回のムックホッファ艦隊同様、最大戦速のまま〝ブリッジ〟に接近したキッチナー艦隊は、〝天邪鬼《アマンジャク》〟をフライパスしながらことごとく撃ち落とし、長い減速の炎を引きながら去っていった。

15　逆　転

「何だ、今のは何だ？」

　CIC の大《ぶどうやま》スクリーンでその一部始終を見ていたツナギ男が、おろおろとあたりを見まわす。

「連邦宇宙軍さ」

　冷静に返したのはシュナイダー参謀長だ。

「連邦……そんなはずはない。あの位置から間に合うはずがない」

「そうか、おまえは知らなかったんだな。最初の〝天邪鬼《アマンジャク》〟はおれたちが全部落としたわけじゃない。最後の二つは連邦宇宙軍がやったんだ。……まさかそれが繰り返されるとは思わなかったがな」

「そんな、そんな馬鹿な……これではアンゼルナイヒが……」

「何だと？」と、参謀長が訊《たず》ねようとした時、何かのはずみで男の左手がポケットから出た。

参謀長は考える間もなくその手を蹴り上げた。

男の手から飛んだ小さな端末が、放物線を描いて下のフロアに向かった。

「拾え！　ボタンに触れるな！」

参謀長が叫ぶ。総立ちになっていたオペレータたちが落下地点に殺到し、一人の若いスタッフが「取ったわ！」と声を上げた。見れば広げた胸元に端末がすっぽり納まっている。

「でかした。そのまま触るな。くそっ、じたばたするな。誰か来てくれ、スパイだ！」

もみ合う二人を遠巻きにして見ていたオペレータたちが、スパイの一言でいっきに動く。

あっという間に取り押さえられたツナギ男を無視して、参謀長はフロアに向けて叫んだ。

「他にも仲間がいる。ヘンリー医長とそのスタッフだ。拘束しろ！　あと、〝葡萄山《ぶどうやま》〟の出入り口をすべて封鎖しろ！　おれの許可がないかぎり誰も出すな！　入れるな！」

警備担当も兼ねている屈強なスタッフが、指示を受けて出口に殺到する。

と、一人が手を上げた。

「御隠居を人質に取られたらどうすればいい？」

参謀長は破顔した。

「大丈夫だ。御隠居は病室にはいない」

「え？　じゃあどこに？」

「いま呼ぶ」そう言うと、親爺《おやじ》参謀長はコンソールのカフを上げた。

「防人《さきもり》リンクで雑役艇一一二号を呼んでくれ」

もう監視はないから、司令長官を呼び出すことに何の問題もない。参謀長は同時にCIC内の一斉同報スイッチもセットして、回線が繫《つな》がるのを待った。

庵の中で連邦宇宙軍の活躍を目《ま》の辺《あた》りにし、あらためてその腕前に驚愕していた御隠居は、低い告知音で我に返った。

搭載されている防人リンクの個別通信ボタンが点滅している。

一瞬迷ったが、この庵が義勇軍の雑役艇として登録されていることを知っているのは、一握りの人間だけだ。

御隠居は思いきってカフを上げた。とたんにスピーカーから懐かしい声が降る。

「司令長官、ご無事ですか？」

「親爺か！　遅かったな。連絡してきたってことは、CICに潜入していた紅天《こうてん》の工作員は始末できたんだな？」

「はい。リーダー格の一人を確保しました。いま、ヘンリー医長以下の医療スタッフを探しているところです」

「ヘンリー医長？　あいつも工作員だったってのか？」

「ええ。司令長官が脱出したあと、発作を起こしたことにしてカムフラージュしたのはあいつです」

「そうか……あいつがな……」

御隠居は、医長に足の痛みを治療してもらった時のことを少し思い出した。

――親切ないい医者だと思っていたが、人は見かけによらねぇってことか……。

「で、始末に今までかかったのはなぜだ？　脅迫でもされてたのか？」

「ええ。拘束したリーダー格の男が発信機を常に握っていて、隙が見つかりませんでした」

「発信機？　爆弾か？」

「……たぶん、ウィルスです。ボタンを押せば〝葡萄山《ぶどうやま》〟の生き物は一日もかからず全滅すると言っていましたから。おかげで工作員の言うがままで、紅天艦隊への支援要請を出さざるを得ませんでした。申しわけありません」

「いや、それは今はいいぜ。連邦宇宙軍が出し抜いてくれたからな」

「見てたんですか？」

「熊倉《くまくら》大尉さんが一緒だから話は聞いていた。まさか本当にやってのけるとは思わなかったがな」

「まったくです。で、どうします？　誰か迎えにやりますか？」

「いや。これで帰るぜ」

「分かりました《ラジャー》。戻るまでに捕まえた男を尋問しておきます」

そう返してカフを下ろした参謀長は、あらためて大きな息をついた。

――これでよし。あとは司令長官と主席の仕事だ。こっちはこっちで、できることをすませないとな。

参謀長は、フロアを埋めたスタッフに向き直った。二人のやり取りを聞いていた一同のざわめきが徐々に鎮まっていく。

頃合を見計らって参謀長は声を張った。

「聞いたとおり、滝乃屋《たきのや》司令長官は無事だ。今まで黙っていて悪かったが、そうせざるを得ない事情があったことは分かってもらえたと思う。詳細については追って報告するから、今は任務に戻ってくれ」

何人かが手を上げるが、今は個別に対応している暇はない。参謀長はあらためて足元に転がっているツナギ男を見下《みお》ろした。

猿ぐつわをかまされた顔に無精髭が伸びている。

――そうか。御隠居が脱出してからもう二日以上経ってるんだな。おれの顔も酷《ひど》いものになってるかもしれん……。

そんなことをちらりと思いながら、参謀長は男を運び出すためのスタッフを呼んだ。

——参謀長はまだ、男が猿ぐつわの奥で声もなく笑っていることに気付いていない……。

「とんでもない手際だな」

キッチナー艦隊がＩ Ｏ《Irregular Object》を撃破する様子を再生し終わった紅天艦隊旗艦《テルファン》のＣＩＣで、アンゼルナイヒ司令長官がぽつんと呟《つぶや》く。

だが、円卓に居並ぶ幕僚たちは、沈痛な表情のまま一言も発しない。

紅天艦隊は、自分たちが間に合わないことがはっきりした時点で減速を弱め、今は一・五Ｇで〝ブリッジ〟に向かっている。通常の活動ができるぎりぎりの加重だが、身体にかかる負担は無視できない。

とはいえ、幕僚たちが沈黙しているのは、身体が重いからではないのはもちろんだ。いま再生されたのは遠距離からの観測結果をもとにした擬似実況データだが、目標までの距離と艦の速度は疑いようがない。その圧倒的な技量の差に、皆打ちのめされているのだ。

司令長官はＣＩＣを改めて見まわしたが、やはり誰一人目を合わせようとしない。

——無理もないか……。軽巡航艦と重巡航艦ではもともと大きな差があるのに、それに加えてこれだけ技量に差があってはどうしようもない……。

そこまで考えて、司令長官は自嘲気味に首を振った。

　――いや、頭を切り替えよう。指揮官がこんなことを考えているようでは、幕僚たちの沈黙を笑えん。何があっても、与えられた戦力の中で最善の結果を出すのが指揮官の役目だ。ここで弱音を吐くわけにはいかん……。

と、司令長官が自分で自分を励まして重い口を開こうとした時、通信参謀のコンソールが低い告知音を発した。

　じっとうつむいていた通信参謀が慌ててカフを上げた。その表情が複雑に歪む。

「蒼橋《あおのはし》評議会から司令長官宛に直接通信です」

「何？　こっちにまわせ」

　そう言ってヘッドセットを付けた時、司令長官は複数の視線を感じて顔を上げた。それまで沈黙していた幕僚たちが、今は全員こちらを注視している。

　司令長官は一瞬考えて遮音スクリーンを降ろし、他のモニターも全部切断した。自動で行なわれる録音は残るが、いま会話を聞けるのは自分だけだ。

　設定をもう一度確認し、司令長官はおもむろに口を開く。

「紅天星系軍蒼橋派遣艦隊司令長官、アンゼルナイヒだ」

「蒼橋評議会主席、ムスタファ・カマルです。こうやって言葉を交わすのは初めてですね」

　声がざらざらに荒れている。司令長官はちょっと気圧《けお》された気持ちで挨拶を返した。

「そういえば、今までは文書の遣《や》り取りだけでしたな。初めて声を聞かせてもらったわけだが……その声はどうされました？　風邪ですか？」

主席はひきつるような声を漏らした。どうやら笑ったらしい。

「それならいいのですがね。EMP発生以来しゃべりどおしでこの有様です」

「それは……」……お気の毒に、と言いかけて司令長官は躊躇した。EMP発生の原因は〈蒼橋〉にあることを思い出したからだ。紅天系衛星の被害を思えば、主席の声が荒れたのは自業自得以外の何物でもない。

主席が司令長官の考えを見透かすように言葉を継ぐ。

「原因の一端はこちらにもありますから、声が嗄《か》れたくらいで文句は言えません。今はもう少し大事なことがあります。一つ確認させてもらってよろしいですか？」

交渉ごとで最初から低姿勢で来る相手は、たいてい裏に何かある。そのことを知り尽くしている司令長官は、慎重に応じた。

「確認？　お話を聞くだけは聞きましょう」

「ありがたい。あなたの艦隊はそちらの資産である施設の安否確認と、復旧支援のためにいらっしゃる――これに間違いはありませんか？」

「そのつもりでいますが」

「結構。では、こちらから被害状況と必要な資材を整理して送ります。お持ちの資材があったらご協力願えますか？」

「それは……」

司令長官は一瞬唖然とした。資材を提供するには当然、〝ブリッジ〟の中に入らなくてはならない。作戦計画を中止して以来、どうやってこの問題をクリアするか頭を痛めて来たのに。いきなり門戸を開かれてしまったからだ。

――どういうことだ？　〈蒼橋〉にはもう、〝ブリッジ〟に入った艦隊に対抗する術《すべ》はないはずだ。こちらが武力を背景に〈蒼橋〉の中枢である蒼宙市《あおぞらし》（〝簪山《かんざしやま》〟の正式名称）に迫っても構わないとでもいうのか？

そこまで考えて司令長官ははっとした。肝心なことを忘れていたからだ。

――そうだ、連邦宇宙軍だ。われわれが実力行使に出ても、彼らが戻ってくれれば簡単に駆逐される。そんなリスクを冒すはずがないと考えているに違いない……。

司令長官は慎重に言葉を選んだ。

「同じことを連邦宇宙軍にも提案されているんですか？」

主席は即座に反応した。

「もちろんです。今はどんな手助けでも欲しい状況ですからね。すでに連邦宇宙軍には快諾をいただいています」

――やはりそうだ。ＥＭＰ被害を盾に、われわれと連邦宇宙軍に援助合戦をさせる気だ。

両勢力が〝ブリッジ〟に入ってしまったら、停戦期間が過ぎても再戦に踏みきるのは難しい。軍事的にだけでなく、政治的にもだ……。

司令長官は迷った。〈紅天〉本星の姿勢は、この争いは自治星系間の問題であり、連邦が関与する必要はない——という方針で一貫している。だが、ここで提案を受け入れれば、なし崩しに連邦宇宙軍を交えた和平交渉に引きずり込まれてしまうだろう。〈紅天〉本星の方針に反した指揮官がどうなるかは考えてみるまでもない……。

考えあぐねた司令長官は、少し探りを入れることにした。

「被害はそんなに酷《ひど》いんですか？」

それに答える主席の口調は苦い。

「一刻の猶予もない状態です。生命維持システムが機能停止している衛星が多数あり、いまだに接近できない衛星もあります。お送りするデータでご確認ください」

——データならすでに持っているが、その入手経緯を明かすわけにはいかない……。

そう考えた時、司令長官は文字どおり愕然とした。

——そうか、連邦宇宙軍が〈蒼橋〉の通信解析結果をわれわれに傍受させたのはこれが目的か！

不十分な情報のままこの交渉に臨《のぞ》んでいたら、被害状況はこちらを三者交渉に引きずり込むための虚偽情報だと判断する可能性があった。しかし生データを渡されてしまったら、否定のしようがない。

連邦宇宙軍にすれば、こちらが交渉のテーブルに着くかどうかがいちばんの問題だ。ＩＯ《Irregular Object》迎撃の功績を横取りしたのもこの一環だろう。こちらが優位になる状況をすべて潰したのち、仲裁者面で間を取り持つつもりだ。それは当然、〈蒼橋〉の方針とも合致する……。

――だが、現状はどうであれ、ＥＭＰ被害が発生した原因は〈蒼橋〉にある。基本的な優位はこちらにあり、それは動かないし、動かせるはずもない。そこを衝いて、連邦宇宙軍を排除した二者協議にのみ応じるという姿勢を堅持すれば〈紅天〉本星の方針に反することもない……。

ようやく考えが決まった。司令長官はおもむろに口を開く。

「はい。それはもちろん確認しますが、資材のリストは今すぐでも必要でしょう。ただちに送りますので、そちらでご検討ください」

「……ということは、受け入れ窓口を蒼橋評議会に一本化するということでよろしいですか？」

実はこの質問こそが主席が直接通話を申し入れて来た最大の理由であることは言うまでもない。

だが、自分の考えで一杯だった司令長官は、深く考えることなく一般常識で判断してしまった。

「もちろんです。被害状況を一番しっかり把握しているのはそちらですからね。配分に関してはお任せします」

「感謝します」

「ただ、完全に無償というわけにはいきません。EMPの原因はそちらですからね。費用に関しては改めて協議するということでいかがですか？」

主席は少し躊躇《ためら》った様子だったが、待つほどのこともなく返答が返る。

「分かりました。この件に関して協議が必要なことはこちらも承知しています。当面の手当てが終わったら、おたがいにテーブルに着くということでよろしいですか？」

「それで結構です。われわれの艦隊の予定については改めて連絡します。この帯《チャンネル》でよろしいですね？」

「はい。かまいません。では、到着をお待ちしています」

「こちらこそ、お会いできるのを楽しみにしています。それではこれで」

最後は儀礼的な遣り取りで締めて、司令長官はカフを下ろした。

顔を上げれば、幕僚たちが通話の前よりさらに真剣な表情で見つめている。

——さて、問題は今の通話をどうやって皆に説明するかだな……。

〝簪山《かんざしやま》〟の対策本部でヘッドセットを外したカマル主席は、満面の笑みを浮かべてスタッフを招集した。

「紅天艦隊と話が付いた。資材リストが送られて来るから、連邦宇宙軍の提供分と合わせて発表してくれ」

「価格はどうなりました？」

そう訊ねたスタッフに主席は少し苦い顔で応じた。

「無償だ。ただほど高いものはないというから、後でふっかけられるだろうが、今は相場を安定させるほうが先だ。集計できたものから順次リンクで流してくれ」

蒼橋リンクはまだ復旧していないが、〝簪山《かんざしやま》〟内のリンクは完全に機能している。紅天系企業の本社ないし出張所はほとんど全部〝簪山《かんざしやま》〟にあるから、リンクに流せば情報はあっという間に広がるだろう。

——まずはひと安心、か。主席はそう呟くと目をつぶった。


「資材の手配ができた。すぐ送る」

極軌道衛星・月曜日《マンディ》の修理を終え、最後の受け持ちである火曜日《チューズディ》を検分中だったエアの元に、〝要山《かなめやま》〟の石動《いするぎ》管制長から通信が届く。

「え？　もう用意できたの？　抜本的な対策って何だったの？」

作業が完全に終わるまで、エアたちは真空耐Gスーツを脱げない。蒼橋リンクが機能していれば、スーツでも作業艇並の情報が得られるが、いまは一般ニュースすら聞けないのだ。

「評議会が、連邦宇宙軍と紅天艦隊から提供される資材を無償提供すると発表した。これからは対策本部に直接要求すればたいていのものは届く。おかげで相場は大暴落だ。必要な資材はあっという間に集まったよ」

「それは……うまい手だわ。わたしはてっきり紅天系企業の資産を接収するものだとばかり思っていたのに、評議会もやるわね」

「餅は餅屋ってやつだな。われわれも自分の餅を搗《つ》くとしよう。あと少しだ」

「そうね。蒼橋リンク全体の復旧具合はどう？」

「そっちの修理と同じ頃に終わるはずだ。できれば同時に開通させたい。よろしく頼む」

「了解《ラジャー》」

そう返したエアは、今の情報を全員に伝えるべく喉を押さえた。

「合致した」

「よっしゃ、行け！」

〝宇宙鳶《そらとび》〟仕様の作業艇・《萬年壱號》に乗った阿亀組《おかめぐみ》の頭《かしら》の号令と共に、回転を続ける鍛造衛星、サイクロプスⅣに向けて火線が走る。

真っ直ぐに伸びていったその火線が途中でふっと消えた。

空域に集合した〝宇宙鳶《そらとび》〟連を初めとする救助隊が固唾《かたず》を呑んで見守る中、突然鍛造衛星が白光を噴き出した。

白光は回転方向に向けて鼠《ネズミ》花火のように噴き出し、衛星を巡る炎の輪が出現する。

「やった！ どんぴしゃだ！」

「よし、今度はいける」

だが、一同が歓声を挙げて見守る中、その光は突然、回転する衛星の接線方向に向けて飛び出した。

とっさに頭《かしら》が発した「G・G！」という叫びに「ほいさぁ」という野太い声が被った瞬間、くるくるまわりながら遠ざかる白光が音もなく弾《はじ》けた。

「済んだぜ」と、こともなげに言う声に、頭《かしら》は心から感心した様子で話しかけた。

「凄ぇな。一発じゃねぇか」

だが、返ってきた声は少し不満げだ。

「まぁな。だが〈蒼橋〉じゃあ二番目だ。甚平《じんぺい》のやつにゃあ敵《かな》わねぇ」

腕利きの〝露払い〟の一人、G《グリーン》・G《グリーン》だ。本名は別にあるのに、いつも同じ歌を歌っているのでそれが通り名になってしまった男だ。

「そんな情けねぇことを言うなよ。それじゃあ三番目より下の立場がねぇだろう」

「三番目から下は並だが、並の仕事ができりゃあ、職人としては一人前だ。おれが言ってることはそれとは別の話だぜ」

「それは分かるが……あんまり意識してもいいことはねぇぞ」

「分かってる。それより次をどうするんだ？　もう一度試すか？」

「いや。まだアンカーボルトの強度が足りねぇようだ。準備するから少し待機しててくれや」

「了解《ラジャー》」

通信が切れる。頭《かしら》は続いて作業艇の後部にある工作室に通じるカフを上げた。

「アンカーボルトの強度を上げる。太くするのと、数を増やすのと、どっちがいい？」

工作主任があっさり返す。

「もちろん数を増やすほうが早いでさ。台座をくっつけるだけですぜ」

「そんなこたぁ分かってる。ボルトの在庫との兼ね合いはどうかって訊《き》いてるんだ」

「おっとそうか……ええと、今の四本を六本にするとブースター三〇〇本分、太いの四本だと五〇〇本分ですぜ」

「強度は同じか？」

「太いの四本のほうが多少強ぇが……大した差はねぇですね」

「よし。ならまず太いの四本用の台座を作ってくれ、型ができたら他所《よそ》の連中にまわす。それが済んだら六本のほうだ」

「ブースターは足りるんですかい？」

「さっき連絡があった。相場が暴落して簡単に手配できたそうだ」

「へっ、紅天のやつら涙目ですかい。欲の皮突っ張らかすからそういう目に遭うんだ」

「違《ちげ》ぇねぇが、他人を笑ってる暇はねぇぞ。従業員の救出が遅れたら、こっちは涙目じゃすまねぇ。準備ができたら報告頼む」

「了解《ラジャー》」

鍛造衛星の回転を止めるために頭《かしら》たちが考えた方法は、ある意味単純なものだった。

無人のロケットブースターを対にして頭同士をくっ付け、衛星に打ち込むのだ。

向こう向きに回転する衛星の縁と発射する艇の見通し線上にレーザー発振器を積んだ艇を配置し、そのレーザーをガイドラインにすれば、ブースターは回転する衛星の接線にそって飛ぶ。

外周の周回速度まで加速した時点で推進用のブースターを止めれば、回転速度との相対速度はゼロだ。そのまま衛星の縁すれすれまで接近した瞬間に下に向けて爆発式のアンカーボルトを打ち込めば、ブースターは衛星の縁に固定される。

後はそれまで使っていなかった向こう向きのブースターに点火してやればいい。

もちろん、一本や二本で回転が止まるはずはないが、どんどん打ち込んでやれば、やがて回転は落ちるという仕組みだ。

だが、ブースターは本来、それだけで飛行するようには作られていないから、大昔の火《ひ》箭《や》のように長い棒を添えて進路を安定させる必要があるし、アンカーボルトを打ち込むタイミングの算定も大変だった。

試行錯誤してそれらをクリアした後、最後に残っていたのが、いま頭《かしら》が試したアンカーボルト強度の見極めだったのだ。

衛星に打ち込まれた瞬間から受ける五G以上の遠心力に耐える強度を持ち、同時に細長いブースターに簡単に取り付けられる台座は市販品にはなく、手作りになったが、《萬年壱號》のまわりには工作室を持った各種の作業艇が集まっている。型さえできれば数は揃うのだ。

手配を終えた頭《かしら》は、改めて回転する鍛造衛星に目をやった。

――後少しだ。辛ぇだろうが我慢してくれ……。

――それは、〝ブリッジ〟で作業している人間に共通する思いだった。ある者は外光が入らないバルーン衛星を黙々と修理し、ある者は自分のヘッドランプだけを頼りに真っ暗な衛星を捜索し、ある者は声を嗄《か》らして作業艇を誘導する。場所や状況はそれぞれ違うが、皆懸命に自分にできることをやっているのは同じだった。

だが、それでもやはり立場の差というものは出てくる。

特に被害の中心であるL区で働く人間は、H区の住人のように蒼橋評議会や蒼橋義勇軍を積極的に支持していたわけではない。請け負い制と自営という違い以前に、L区とH区は商売敵なのだ。

しかも彼らを雇っている紅天系企業は、伝統的に自分と自分の身内の会社以外は（同じ星系《ほし》の会社であっても）敵だという考えが強い。本人たちの思いはどうあれ、まず紅天系企業の一員として動くことが求められるのは当然だった。

そう、当然だったのだ。蒼橋義勇軍が本格的に救援に参加するまでは。

そのことを身をもって体験している一隻の作業艇がいる。

「タンタロスⅢに接近中の《キング・クリムゾン三二》、聞こえる？　こちらは蒼橋義勇軍所属、《小林丸》の小林麻美《こばやしあさみ》大尉。対策本部からこの空域の管制を委任されました。以後はこちらの指示に従ってください」

突然スピーカーから降ったアルトの声に、艇長は仰天した。

「おいおい、蒼橋義勇軍大尉はいいが、女かよ？」

「ええ、あなたが男だというくらいには女よ。よろしくね」

「あ、ああ。それはかまわねぇが、軌道は動かせねぇぞ。推進剤《アイス》がぎりぎりだ」

「大丈夫。進路はそのままで高度を二〇〇キロ上げて。こちらの〝車曳き〟がいるわ。推進剤《アイス》をもらえば、タンタロスⅢの軌道に半分の時間で同期できるはず」

「半分？　ほんとかよ？」

「そちらの艇《フネ》の性能が額面《カタログスペック》どおりならね」

「そいつは保証できねぇが、やってみる価値はあるな」

「頼むわ。そちらが積んでるシーリング材がないと、先行している〝黒鍬組《くろぐわぐみ》〟の動きが取れないの。半分下ろしたら次はニューロマンサーⅡに向かって」

「ニューロマンサーⅡ？　そいつはウチの会社の衛星じゃねぇぞ」

「分かってる。シーリング材が不足していると報告があったの。いま一番近いのはあなただから、お願いね」

「……しかし、本社に許可をもらわねぇと……」

「許可はこちらで取るわ。従業員の命がかかっているから急いでね」

《キング・クリムゾン三二》の艇長はしばらく呆然としていたが、航法レーダーを確認すると主推進器《メインエンジン》のスロットルを押し込んだ。

野太い振動が背中から伝わって来る。

「いいんですか？　本社に知れたらお目玉食らうかもしれませんよ」

ナビゲーターが心配そうに訊ねる。艇長はにやりと笑った。

「いや、美女の頼みを断っちゃあ男がすたるぜ。ごちゃごちゃ言わずにランデブー軌道の計算をしろや」

「あれ？　艇長には声だけで美女かどうか分かるんですか？」

「野暮なことを言うんじゃねぇや。美女だと思ってたほうが楽しいじゃねぇか」

「あらありがとう。ご期待にそえるかどうか心配だけどね」

そこまで聞いて、ロケ松はヘッドセットを外した。ＣＩＣに帰る途中の庵《ぶどうやま》の中だ。

「御隠居の思惑どおりってやつですかい？」

そう言われて、一緒に通信をモニターしていた滝乃屋司令長官が相好を崩す。

「まぁな。紅天系企業は男しか採用しねぇから、女の声で管制すりゃあ言うこと聞くんじゃねぇかと思ったのよ」

ロケ松はあきれた。

「そんないいかげんなことでいいんですかい？」

「いや、これは大事なことだぜ。Ｌ区の連中にゃあ企業のしがらみってやつがあるからな。今の事態がのっぴきならねぇもんだってことは皆承知してるんだが、自営業と違って乗ってる艇《フネ》も積んでる資材も会社のもんだ。勝手に他所《よそ》の企業にも協力しますとは言えねぇやな。だから間に蒼橋義勇軍が入ってそのしがらみを外してやるんだが、その時に強引に命令するより、女が優しく頼んだほうが反発が少ねぇのさ。もともと協力したいってえ下地はあるんだから、踏ん切りが付けやすいんだろうな」

「踏ん切りねぇ……」

ロケ松にはいま一つ理解できない。

「頭ごなしに命令されるのは下僕だが、やってくれと頼まれれば仲間だぜ。誰だって下僕より仲間のほうがいいってことさね」

「そんなもんですか？」

「そんなもんだ」

そう反《かえ》すと、御隠居は改めてヘッドセットをかぶりなおした。

——そして……滝乃屋司令長官の思惑は的中した。

防人リンクを積んでいる義勇軍の艇《フネ》は、通常の無線交信に頼っているL区の作業艇に比べて連携能力が高く、しかもパイロットたちに縄張り意識がない。

紅天系企業に所属しているL区の採鉱艇乗りたちは最初、それを冷ややかに見ていたが、協力要請を受けるようになると徐々に態度が変わり始めた。会社の指示は指示として守りつつ、それ以外のことでは、他社の関係者であっても積極的に協力し始めたのだ。

「手持ち資材のリスト？　こんなものどうするんだ？」

「他社の作業艇とリストを共有する。そうすればたがいに融通できるからな」

「融通？　商売敵とか？」

「蒼橋義勇軍が間に入るから、尻《ケツ》を預けてしまえばいい。足りないものを運んでくるより、分けてもらうほうが早いし簡単だ」

「そりゃあ現場としては願ってもない話だが、本社《紅天》がいい顔をせんだろ。営業所《かんざしやま》は何と言ってる？」

「通信障害のおかげで、今は営業所《かんざしやま》との直接データ通信は難しい。他社の作業艇に転送を依頼することになってもやむを得ないそうだ」

「そいつは……なるほど。蒼橋リンクが復旧するまで、不便だが仕方ないな」

「そうだ。仕方がない――というわけで、よろしく頼む」

「了解」

――これと似たような会話がL区のあちこちで交わされるまでそう時間はかからなかった。それはごくささやかな変化だったが、やがて、〈蒼橋〉と〈紅天〉という二つの星系《ほし》にとって大きな意味を持つことになる……。

——だが、その変化の可能性を一顧だにしない人間もやはり存在していた。

〝ブリッジ〟から離れた空域で、一隻の〝車曳き〟が岩塊《ヤマ》に取り付いている。

岩塊《ヤマ》の進行方向に向け、ほぼ限界に近い出力で主推進機関《メインエンジン》を噴射している機体の、推進《アイ》剤《ス》タンクに描かれている名前は《越後屋《えちごや》鉱務店》。

そう、景清《かげきよ》の艇《フネ》だ。

主推進機関の振動が室内に響き、ヘッドセットなしでは会話もできないコクピットの中で、ナビゲーターが何かしきりに話している。目元に浮いているのは涙のようだ。

「もうやめて、やめてください」

操縦桿を握った腕にしがみつき、ナビゲーターは必死で懇願するが、景清は身じろぎもしない。

その腕を邪険に振り払い、飲み物のパックに右手を伸ばした景清は、中身が空だったことに気付いて舌打ちした。

空パックをナビゲーターに投げ付け、そのまま掌を差し出す。

涙を拭いていたナビゲーターは慌てて新しいパックを取り出し、封を切るとその手に乗せた。

だが、礼も言わずにそれを取り、いっきに飲み干しかけた景清が突然咽《むせ》た。

中身の残ったままのパックを投げ付け、鬼のような形相で怒鳴る。

「砂糖が入ってるじゃねぇか！　いつになったらおれの好みを覚えるんだ！」

「す、すみません。それはわたしの分の買い置きで……つい間違えて……」

「ふん。亭主の好みは覚えねぇが、自分の買い置きは欠かさねぇってわけか。できた女房だぜ」

「そんな……わたしは……」

「うるせぇ、黙ってろ。こっちは忙しいんだ」

「忙しいって……何をしてるんです……こんなに全力で噴射してどうするつもりなんです？」

「黙ってろと言ったはずだ。くそ女房にゃあ分からねぇことがあるんだよ」

「だって……だって……このままではM区を越えてしまいます……お願いです、やめて、やめてください」

「うるせぇ、いい加減に黙れ！」

言うなり平手が飛ぶ。

頬を弾かれたナビゲーターはシートから半分飛び出したが、ハーネスがひっかかり、そのまま動かなくなった。口元から赤いものが一筋流れ出す。

景清は無表情にそれを一瞥すると、コンソールの表示に目を戻した。
――予想進路はM区を外れつつある……。

16　流　星

最初に気が付いたのは昇介《しょうすけ》だった。

「あれ？　変な岩塊《ヤマ》がある」

「どれです？」

便乗しているロイスの疑問を受けて、昇介は正面のスクリーンを拡大した。

〝ブリッジ〟から少し離れた空域に、岩塊《ヤマ》が一つ浮かんでいる。

「たしかに変だな。あんなところに岩塊《ヤマ》があったか？」

首をひねっているのは甚平《じんぺい》だ。

「もしかして〝天邪鬼《アマンジャク》〟の残りですか？」

ロイスが口を挟む。

「軌道が全然違うだロ、よく見なヨ」

偉そうに指摘するのは沙良《さら》だ。

〝葡萄山《ぶどうやま》〟に戻る途中の昇介の《播磨屋《はりまや》四號》には今、三人の便乗者がいる。

最初は甚平とロイスだけのはずだったが、なぜか沙良も付いて来てしまったからだ。御隠居とロケ松は住職と共に庵で後続し、音羽屋《おとわや》と辰美《たつみ》の艇《フネ》が続いている。彼らが便乗者を乗せていないのはもちろん、いつ出動がかかるか分からないからだ。

「急に航法支援レーダーのレンジ内に入って来たんだよ」

データを見直していた昇介が呟《つぶや》く。

「て、ことは天然の〝天邪鬼《アマンジヤク》〟か？」

岩塊《ヤマ》の出現位置は、紅天《こうてん》艦隊が作り出した〝天邪鬼《アマンジヤク》〟では在り得ない場所だ。甚平の言うとおり、天然の〝天邪鬼《アマンジヤク》〟と見るのが妥当かもしれない。

「軌道はどうでぇ？」

スピーカーから御隠居の声が降る。

「レーダーからの距離が遠いから、はっきりするまでは少しかかるよ」

距離が遠いとレーダーで確認できる変化が少なく、ある程度連続して観測しないと軌道の判別が難しいのだ。

と、突然、沙良が叫んだ。

「減速してるヨ！」

「何ぃ？」

「ほラ、レーダーが走査《スイープ》するたびニ、速度が少しずつ落ちてル」

蒼橋《あおのはし》航路局の航法支援レーダーは、反射波の周波数変化も自動的に計測するドップラーレーダーだ。沙良がチェックしているのは、その周波数の変化を速度に変換したデータらしい。

「馬鹿な、誰が取り付いてるんでぇ？」

天然の岩塊《ヤマ》は等速の慣性運動しかしない。もし速度が変化しているのなら、それは御隠居の言うとおり人為的なもの以外考えられない。

「軌道出た……これは……M区を通り過ぎてL区に向かってるよ」

「L区？　どの辺でぇ？」

「まだ減速中だから分からない。軌道がどんどん変わってるんだ」

御隠居が叫ぶ。

「親爺《おやじ》、いるか？」

「あ、司令長官。いま呼ぼうとしていたところです」

「そうか。新しい〝天邪鬼《アマンジャク》〟の件だな」

「です。誰かが取り付いて低軌道に遷移《せんい》させてます」

「誰か分かるか？」

「自動応答機《トランスポンダー》を切ってますし、防人《さきもり》リンクにも反応がありません。ただ、噴射の具合からすると標準型の〝車曳き〟であることは間違いありません」

「事故……いや、違うな。今頃あんなに〝ブリッジ〟から離れたところで作業してる艇《フネ》があるわけがねぇ。応答もないんだな？」

「全周波数帯で呼びかけてますが、反応はありません」

「そうか……防人リンクに反応がない〝車曳き〟は何隻だ？」

「七隻です。ただ、そのうちの四隻は、連絡を絶った時の位置と速度からして、問題の〝車曳き〟ではあり得ません」

「曲者《くせもの》候補は三隻か……だが、蒼橋義勇軍の艇《フネ》とはかぎらねぇな」

「ええ。L区にも〝車曳き〟はあります。もしそちらの所属なら、こちらでは確認のしようがありません」

「まぁ所属はこの際どこでもいい。早いとこ何とかしないと大変なことになるぞ」

「それなんですが……あそこまで速度が落ちてしまうと、〝車曳き〟が頑張っても高軌道へは戻せません。〝発破屋〟が砕くしかないんですが……」

「どうした？」

「例の〈紅天〉の工作で雷管が不足しています。いっきに全部取り替えできるほど在庫に余裕がないんで一個ずつ調べていますが、完全にランダムに組み込まれているようです。おかげで確認作業が一向に進みません」

〈紅天〉の工作員は、〝天邪鬼《アマンジャク》〟最終陣の迎撃時間に合わせて雷管の無効化タイマーをセットしていた。

〝発破屋〟の使う爆薬はほぼ剝き出しの状態で艇《フネ》に搭載されているから、宇宙線に曝《さら》され続けると経年劣化し、不発や異常爆発を引き起こす。

それを防ぐために、未使用のまま一定時間が過ぎた爆薬が作動しないよう、雷管にタイマーが組み込まれているのだが、それを悪用されたのだ。

「何だと？ 〈紅天〉のやつら、どこまで祟《たた》る気だ。出られるやつはいねぇのか？」

「確認作業が終わった艇《フネ》は皆遠すぎます。今から出て間に合うのは一隻。《播磨屋参號》だけです」

「音羽屋か！」

御隠居の叫びとほぼ同時に、スピーカーから落ち着いた声が降る。

「出番ですか？」

「聞いてたのか？」

「ご住職《ぶどうやま》がCICを呼び出した時に、グループ通話もonにしてくれたんです。事情は分かりました。行きます」

言うなり、スクリーンに映っていた《播磨屋参號》の表示が加速中に変わる。

「おい、雷管は大丈夫なのか？」

御隠居の問いに忠信《ただのぶ》があっさり答える。

「その話を聞いた時にチェックして、無効化タイマーを無効化しました」

「無効化タイマーを無効化？　そんな方法があるのか？　道理で一隻だけチェックが早かったわけだ」

参謀長は信じられないという口調だ。

「〝発破屋〟の裏技ってやつです。公表したら期限切れの爆薬を使うやつが出てくるんで、内緒にしてますけどね」

「おい、その裏技は、期限切れの爆薬を使う以外、何か役に立つのかよ？」

「甚平くんは痛いところを突きますね。子供も大きくなるし、色々と物入りなんですよ。察してください」

それを聞いて御隠居が破顔した。

「とんでもねぇ野郎だ。骨は拾ってやる。さっさと行け」

と、そこに若々しい声が降る。

「おれも行くぜ」

「生駒屋《いこまや》さん、どうして？」

「地表に届きそうな破片を始末するのは〝露払い〟の仕事だぜ」

「じゃ。ぼくも行かないと」

「昇介君、あなたは何人も乗せてるんでしょう？　もし何かあったら……」

そこに割って入ったのは御隠居だ。

「〝旗士〟が管制しなきゃあ、〝発破屋〟も〝露払い〟も役立たずだ。作業中に軌道計算してる暇はねぇだろう?」

「それはそうですが……」

「そうならそうだ。ごちゃごちゃ言うんじゃねぇ」

と、そこに懐かしい声が降った。

「おい、おれは置いてきぼりかよ」

「大将!」

「兄貴か。今どこにいるんだ?」

「サイクロプスⅣの近くだ。御隠居、頭《かしら》がやりましたぜ」

「何?　やったか!」

「ロケットブースターを山ほどぶち込んで回転を二Gまで落としました。さっき、ラルストン少佐が機械筒の底を破って制御筒との間に通路を開いたところです。

交代して入った頭《かしら》の話だと、あちこちに熱源反応があるそうです。みんな生きてますぜ」

「でかした。救出に全力を上げてくれ」

「もちろんです。……というわけで、実はおれは手が離せねぇ。みんな頼んだぜ」

「合点承知！」

六人の声は見事にシンクロした。

「よし。今だ」

景清《かげきよ》はそう言うなり主推進機関《メインエンジン》を切り、岩塊《ヤマ》に《越後屋《えちごや》鉱務店》を固定していた可倒式アームのアンカーボルトを爆破した。

すかさず艦首のバーニアを噴かし、岩塊《ヤマ》との距離を取る。あとは逃げの一手だ。

と、隣の席でナビゲーターが身動きする気配がした。

「何？　今の振動は何なの？」

景清が薄目を開けたナビゲーターの腫れた頬を、先ほどとは打って変わった優しさでなでる。

「心配いらねぇ。岩塊《ヤマ》から離れただけだ。仕事は終わった。これから帰るところだ」

「帰る？　じゃあもう仕事はいいのね？」

「ああ。もう心配はねぇ。さっきは殴って悪かった。ちょっと気が立ってたから、手が出ちまったんだ。いま手当てしてやるからじっとしてろ、な」

そう言うと、景清は壁の救急セットに手を伸ばす。

それを霞《かす》む目で見ながら、ナビゲーターは小さくつぶやいた。

——あなたはいつもそう。一人で決めて、一人で怒って、わたしを殴って……でも必ず手当てしてくれる。やさしく声をかけてくれる……わたしはそれだけでいい。それだけでいいの……。

「減速が止まった！……けど、これは……L区じゃない。蒼橋への落下コースに入ってるよ」

昇介の報告に御隠居の声色が変わる。

「何？　〝車曳き〟はどうした？」

「離脱してL区に向かってる」

「親爺！」

「はい。こっちでも確認しました。ただ、位置が良くありません。緊急発進した〝旗士〟と〝露払い〟が追っていますが、迎撃できるかどうか……」

「〝露払い〟と〝旗士〟？　よく動けるやつが残ってたな。みんな出払ってたんじゃねぇのか？」

「何言ってるんです。ご自分で指示を残したじゃありませんか。半分は他にまわしましたが、残りの半分は待機させてたんですよ」

「ほい、そうだった。まさかこんなところで役に立つとは思わなかったぜ。

昇介、このままだとどこに落ちる？」

「海を外れて……大変だ、蒼橋の北極に向かってるよ」

「北極？　蒼北市《あおきたし》か！」

三二年と八カ月に一度、蒼橋を襲う〝蒼雲驟雨《シャワー》〟は、〝ブリッジ〟から落下するから、その大部分は蒼橋の赤道に沿って落ちる。それを避けるために、蒼橋地表の都市は赤道から一番離れた両極に建設されているのだ。

「蒼北市って、紅天籍市民の家族が住んでるところですよね？」

ロイスが、隣の甚平に訊《たず》ねる。

「ああ。南極の蒼南市《あおなみし》とちょうど逆だな。あっちに住んでるのは蒼橋籍市民の家族だ」

「知ってます。美鈴《みすず》ちゃんがいるところですよね」

「そのとおりだが……こいつは妙だぜ」

「何がです？」

「考えてもみな。蒼北市に岩塊《ヤマ》が落ちたら、〈紅天〉は完全に切れるぜ。家族を殺されて黙ってるはずがねぇ」

「それは……そうですよね」

「落としたのは〈蒼橋〉じゃねぇっていくら言ったところで、むこう《紅天》聞かねぇだろう。つまりこの岩塊《ヤマ》は、〈蒼橋〉と〈紅天〉を完全に仲たがいさせたいやつが仕組んだってことになる」

「あ、そうか。そうなりますね。……でも、そんなことを考えるのは誰です？　〈紅天〉じゃないですよね？」

そこに口を挟んだのは御隠居だ。

「いや、〈紅天〉だろうな。〈蒼橋〉なんぞ、全艦隊を派遣して踏み潰せばいいと言ってる連中もいるからな」

それを聞いたロイスが悲鳴のような声を上げる。

「そんな……自分のところの市民を犠牲にして〈蒼橋〉を潰すなんて……そんなことを考えている人たちが本当にいるんですか！」

「その声はロイスさんだね？　残念ながらいる。これまでは外交的な筋を通して来る連中が主流だったんだが……とうとう熊が出ちまった。おれの完全な読み違いだ……」

「……熊……ですか？」

意味が分からないというロイスの口調に、御隠居が力なく笑う。

「ま、分かれというほうが無理か。親爺、説明頼むわ」

応える親爺参謀長の口調は苦い。

「〈紅天〉の土竜《モグラ》を泳がせて親玉を捕まえるつもりが、眠っていた熊を起こしてしまったということです」

「……熊というのは〈紅天〉の強硬派ということですか？」

「ええ。もともと〈紅天〉には、強圧交渉派と無交渉強硬派がいるんです。今までは交渉派が有力だったから何とかなっていましたが、ここで強硬派が出てくるようなら〈蒼橋〉は大変なことになります」

「で、でも、まだ間に合うよ。音羽屋の小父《おじ》さんがこの〝天邪鬼《アマンジャク》〟を砕けば、いくら強硬派でも無茶はできないよ。違う？」

昇介が必死に言いつのる。

「たしかにそうだな。〝天邪鬼《アマンジャク》〟が蒼北市に落ちさえしなけりゃ……」

だが、甚平の言葉は沙良の叫びでかき消された。

「ビームが来たョ！」

正面スクリーンの片隅を、一本の輝線が走る。

「何？　親爺！　撃ったのは誰だ！」

「これは……紅天艦隊です。もうこんなところまで来てたのか……」

「また来タ！」

「でも大外れだ。今度も一〇〇キロ以上離れてるよ」

スクリーンの拡大率を下げ、二本のビームの軌跡を表示させた昇介が報告する。

スピーカーから降る御隠居の声はただ呆然としていた。

「どういうことだ？　この〝天邪鬼《アマンジャク》〟は紅天艦隊が仕掛けたんじゃねぇのか……」

そしてその紅天艦隊では——アンゼルナイヒ司令長官が激怒していた。

「砲術、何をやっている！」

蒼白になった砲術参謀が必死で弁解する。

「蒼橋が背後にあるので、照準が……」

景清が作った〝天邪鬼《アマンジャク》〟は蒼橋の北極方向から接近し、南極を二回通過して北極に落ちようとしている。

紅天艦隊の位置から見ると蒼橋の地表に紛れて照準し難《にく》いのだ。せめて哨戒艦を随伴していれば三角測量の原理でより精密な照準が可能なのだが、軽巡航艦四隻で先行して来たからそれもかなわない。

司令長官もそのくらいは分かっているが、何しろ時間がない。あと五分でＩ　Ｏ《Irregular Object》は蒼橋の陰に隠れてしまうのだ。

「あと五分だぞ！」

司令長官の詰問に、唇まで真っ白になった砲術参謀が反論する。

「ＩＯは蒼橋をもう一周します。次に視認できた時にはこちらも距離を詰めていますから、絶対撃ち漏らしはありません！」

そう言い切られて司令長官は一瞬鼻白んだが、考えてみれば他に方法はない。

「よし、射撃中止」

司令長官の号令と共に大きく息をついた砲術参謀は、大急ぎで次の手順を指示しながら、心の中で呟《つぶや》いた。

――よし、これで大丈夫だ。ここまでIOを接近させれば、次に視認した時に撃ち落としても、蒼北市が狙われていたことは誰にも否定できない。〈蒼橋〉には散々コケにされたが、これで息の根を止められる……。


「紅天艦隊の砲撃がやんだよ」

昇介の報告に合わせて、御隠居が確認する。

「音羽屋の、行けるな？」

スピーカーから返った声は自信に満ちていた。

「もちろんです。〈紅天〉のへろへろビームとは違いますよ」


――そして三〇分後……。

「音羽屋、まだか？」

「もう少しかかります。こいつは意外と亀裂が多いんで、少し余分に仕掛けないとうまく砕けませんから」

急減速をかけて岩塊《ヤマ》に取り付いた《播磨屋参號》のコクピットで、忠信は艇《フネ》から伸びた三本のマジックハンドを器用に操りながら辰美の問いに答えていた。

「こんな時まで凝《こ》るのかよ。ばばーっとやっちまえば……」

「それができたら苦労はしませんよ。申しわけありませんが、少し黙っていてもらえますか？」

忠信がこういう言い方をすることは滅多にない。辰美は慌てて引き下がった。

「わ、分かった」

「音羽屋の小父さん荒れてるなぁ」

少し離れたところを追尾している《播磨屋四號》のコクピットで昇介がつぶやく。

「無理もねぇぜ。普段の音羽屋なら六時間はかけてる仕事だ」

甚平の言葉を聞いたロイスが不安そうに訊ねる。

「で、でも、できますよね？」

「大丈夫だ。あいつの腕は一流だ」

「それは知ってますが……」

ロイスの脳裏に最初の〝天邪鬼《アマンジャク》〟迎撃の情景が浮かぶ。忠信の砕いた岩塊《ヤマ》は誰のものより綺麗に、そして細かく砕けた……。

——そしてその一五分後……。

「音羽屋、離脱しろ。岩塊《ヤマ》の先端が赤味を帯びてきた。もう時間がねぇ」

「分かっています。生駒屋さんこそ離脱してください。間に合いませんよ」

「馬鹿野郎。砕いた後の破片を始末するのはおれの仕事だ」

「そんなへまは……」

「やっつけ仕事なんだろ？　全部うまく燃え尽きさせられると思ってるのかよ」

「分かりました。生駒屋さんはどこに落ちたいですか？」

「ば、馬鹿野郎！　他人の亭主と心中できるか！」

「安心してください。わたしも誰かさんの義妹《いもうと》と心中する趣味はありません」

「死ぬ気はねぇってことだな？」

「当然です。さて、後一つで終わりです」

そう言うと、忠信は艦首のバーニアを軽く噴かした。速度がぐぅっと落ちるが、それと同時に高度も下がり、《播磨屋参號》は岩塊《ヤマ》の下に潜り込む形になる。

辰美は慌てた。

「こ、こら。そっちじゃねぇ。上だ、離脱しろ」

「こっちからでないと仕掛けられないやつがあるんです。……よし、済んだ。あとは頼みます」

そう告げると、忠信は再度艦首のバーニアを噴かして高度をさらに落とした。岩塊《ヤマ》を避けつつ速度と高度を上げるためには、いったん下に降りて距離を取らねばならない。

次の瞬間、蒼橋の空に純白の枝垂《しだ》れ柳《やなぎ》が咲いた。

上空で待機している《播磨屋四號》で素早くレーダーをスキャンさせた昇介が告げる。

「辰美姐《ねえ》さん。岩片の軌道解析を送るよ、やっぱりいくつか残りそうだ」

「分かった。行くぜ」

岩塊《ヤマ》のかなり前方、向かい合う形で待ち受けていた辰美が、船尾のバーニアを軽く噴かす。

少し前のめりになった〝露払い〟の艦首で閃光が光った。

突入角度が深い岩片と浅い岩片は大気圏で燃え尽きるが、その中間の角度だと地上まで届いてしまう。辰美は昇介の指示に従って、岩片を選び出し、次々にリニアガンを撃ち込んだ。

撃ち込まれた岩片はいっきに速度を殺され、急激に高度を落としていく。

昇介たちが息を呑んで見つめる中、永遠とも思える何秒かが過ぎて、辰美の声が《播磨屋四號》のスピーカーから響いた。

「よし、済んだ。昇介、残りはねぇな」

「凄いや、全部落とした……あ、待って、一つ大きいのが……これは……岩片じゃない。音羽屋の小父さんだ！」

「何？　音羽屋、離脱してねぇのか？」

「生駒屋さんはちゃんと脱出できたんですか？」

「もちろんだ。そっちはどうなんだよ」

「爆破のタイミングが少し早かったようです。やはりあせっていたんでしょうか」

「だから何があったんだよ！」

辰美の声はもう叫びに近い。

「距離が足りなくて、岩片がいくつかぶつかったようです。推進剤《アイス》のタンクに穴が空いて、出力が上がりません。高度を取るのは難しいようです」

それを聞いたロイスが顔色を変えた。

「え？　駄目です！　音羽屋さん、美鈴ちゃんが待ってます、脱出、早く脱出してください！」

スピーカーから雑音に混じって忠信の声がする。

「その声はロイスさんですね？　大丈夫ですよ。軌道作業艇は大気圏突入できませんが、蒼橋義勇軍の〝発破屋〟だけは例外なんです」

ロイスは雑音交じりの忠信の声に必死で耳を傾ける。

「義勇軍はもともと〝蒼雲驟雨《シャワー》〟に対抗するために始まったんですから、〝発破屋〟が大気圏ぎりぎりまで岩塊《ヤマ》に取り付いている場合《ケース》も考えられてるんですよ」

「そ、そうなんですか？」

ロイスに訊ねられた甚平は無理矢理笑顔を作った。

「あ、ああ。そのとおりだ。〝発破屋〟の艦首装甲鈑の一段目は吹っ飛ばせるようになっていて、その下は真っ平らなんだ。頭が平らなら高速の気流の中でも進路はぶれねぇ。船体をちゃんと切り離せば、コクピットだけで地上に降りられるはずだ……」

……パイロットが無事とはかぎらねぇがな――という言葉を甚平は飲み込んだ。実際に大気圏に突入した〝発破屋〟の数は少なく、生存者はさらに少ないのだ。

突然雑音が大きくなり、忠信の声をかき消す。

《播磨屋参號》と大気の摩擦で空気が電離し、電波が通過できなくなったのだ。

一同が息を呑んで見守る中、大気との摩擦に耐え切れなくなった《播磨屋参號》は徐々にバラバラになり、蒼橋の空に二つ目の枝垂れ柳が広がっていく……。

俺のスクリーンでそれを見つめていた御隠居が、ぽつんとつぶやく。

「馬鹿野郎。おれに本当に骨を拾いに行かせる気か……」

蒼橋の北極上空を、流れ星が一つ駆けていく。

だが、再布告された〝天邪鬼《アマンジャク》〟警報によって外出が禁止されている蒼北市でその輝きを目にした者はいなかった……。

幕　間

そして、ついに蒼橋《あおのはし》リンクが復旧し、EMP被害衛星の復旧が本格的に始まったその日。

〝簪山《かんざしやま》〟の蒼橋評議会外交部を、一人の男が訪れた。

紅天《こうてん》流のフォーマルスーツに身を包んだその男は応接室に通され、外交部長の握手を丁重に断った後、一通の文書を手交した。

曰《いわ》く——。

発：紅天星系政府
宛：蒼橋評議会
本文：紅天星系政府は以下のとおり通告する。
今回の〈蒼橋〉におけるEMP災害の原因は、一《いつ》にかかって蒼橋評議会にあると判断せざるを得ない。最早《もはや》、蒼橋評議会に〈蒼橋〉に滞在中の紅天市民と、その資産を安全に管理する能力がないことは明白である。

よって、当政府は〈蒼橋〉内の紅天市民とその資産を自力で保護し、管理することを決定した。

この決定に伴い、過去に締結した紅蒼通商協定を始めとする、すべての二星系間条約及び協定類はすべて破棄される。

本日以後、紅天星系政府は、〈蒼橋〉及び蒼橋評議会を正当な交渉相手と看做《みな》すことはない。

以上、通告する。


同日。

紅天政府は、蒼橋派遣艦隊司令長官アンゼルナイヒ中将の罷免《ひめん》と、紅天宇宙軍の全艦隊がすでに〈蒼橋〉に向けて出発したことを発表した。

著者略歴　1958年静岡県生，作家　著書『時空のクロス・ロード』『アウトニア王国奮戦記』『銀星みつあみ航海記』『ご主人様は山猫姫』『〈蒼橋〉義勇軍、出撃！』他多数

HM=Hayakawa Mystery
SF=Science Fiction
JA=Japanese Author
NV=Novel
NF=Nonfiction
FT=Fantasy

銀河乞食軍団　黎明篇②

葡萄山《ぶどうやま》司令部《しれいぶ》、陥落《かんらく》!?

〈JA964〉

二〇〇九年八月二十日　印刷
二〇〇九年八月二十五日　発行
（定価はカバーに表示してあります）

著者　鷹《たか》見《み》一《かず》幸《ゆき》
原案　野《の》田《だ》昌《まさ》宏《ひろ》
発行者　早川浩
発行所　株式会社　早川書房

郵便番号　一〇一 - 〇〇四六
東京都千代田区神田多町二ノ二
電話　〇三 - 三二五二 - 三一一一（大代表）
振替　〇〇一六〇 - 三 - 四七七九九
http://www.hayakawa-online.co.jp

印刷・三松堂印刷株式会社　製本・株式会社フォーネット社

ISBN978-4-15-030964-0 C0193

＊本書は活字が大きく読みやすい〈トールサイズ〉です